Filleul

Pour ma mère qui aime lire autant que moi.

Byen pa janm pèdi.
Un bienfait n'est jamais perdu.

Proverbe créole

1

Atterrée, Normande laissa tomber la lettre sur le secrétaire où, quelques minutes plus tôt, elle l'avait décachetée en vitesse. Voilà donc pourquoi ses nombreuses missives étaient restées sans réponse. Elle qui se rongeait les sangs depuis son retour de la République dominicaine, eh bien, elle était fixée. Les larmes aux yeux, elle se réfugia sur le divan.

« *Tout détruit* [...] *Jo'no* [...] *sauvagement battu, conditions de vie pires qu'à Panfosa* [...] *Henri* [...] *décédé* [...] *enterré dans une boîte de carton à la lisière du cimetière de la ville. Jo'no* [...] *inconsolable* [...] *devient dur, cynique...* »

Et ce cri du cœur.

« *Jamais je ne me serais abaissée à te faire la demande suivante* [...] *Cela me brisera le cœur de voir partir mon Jo'no. Mais je suis désespérée. C'est pourquoi je t'en supplie, Normande, au nom de notre amitié, fais-le venir chez toi, au Canada. Sinon, il sera perdu.* »

Avec les meilleures intentions du monde, elle avait détruit la vie de son amie Gabriella, cette courageuse Haïtienne. Et celle de son filleul, Jo'no, cet enfant extraordinaire aux prunelles insondables qui, sous l'effet de l'émerveillement devant l'évocation de flocons voltigeant dans les airs,

avait demandé: «*C'est vrai que la neige chatouille le nez?*
Comment? Comme une plume de perroquet?»

«*Fais-le venir chez toi.*»

Que dirait Gilles?

Elle avait secrètement souhaité amener Jo'no au
Canada. Faire de lui ce fils qu'elle n'avait jamais eu. Malgré
son chagrin, l'idée l'emballait toujours. Les paroles du
garçon résonnaient encore dans ses oreilles: «*Comme
j'aimerais aller au Canada! Mon plus grand rêve est de
voir de la neige...*» Jamais, néanmoins, avait-elle imaginé
satisfaire son désir dans de si affreuses circonstances.

Normande se leva pour aller chercher des mouchoirs.
Elle s'essuya les yeux, se moucha et se rassit. Comment
faisait-on venir un enfant au Canada? Jo'no n'avait pas de
passeport. En avait-il besoin? Si oui, où et comment lui en
procurer un? Et qu'en était-il d'un visa?

À quoi s'attendait Gabriella? À une visite de quelques
mois? D'un an? Jusqu'à la majorité de son fils? Dans ce
cas, y avait-il des mesures spéciales à prendre? Lesquelles?
Les autorités de l'île permettaient-elles à un jeune garçon
de quitter Haïti ou la République dominicaine? Jo'no
pourrait-il voyager seul en avion? À partir de quel
aéroport? Celui de Port-au-Prince? Sinon, Gabriella et
ses enfants pourraient-ils retraverser la frontière pour se
rendre à Saint-Domingue? D'après son amie, ils avaient
tout perdu; ils n'avaient donc plus aucun papier.

Dans son désarroi, Normande ne se souvenait plus où
Gabriella avait échoué à la suite de la brutale déportation.
Elle se leva de nouveau et alla récupérer la lettre. L'en-tête
se lisait: «*Marmelade, Haïti*». Plus loin, elle lut: «[...]
dans une minuscule cabane de tôle, dans un bidonville [...]
dans les montagnes au sud-ouest de Cap-Haïtien.»

«*Fais-le venir chez toi.*»

Gilles serait-il d'accord?

« *Sinon, il sera perdu.* »

Il le fallait!

Normande se tordait inconsciemment les mains. N'y avait-il aucun répit pour le peuple haïtien? Trois ouragans successifs venaient de s'abattre sur l'île, tuant des centaines de personnes et laissant des milliers d'autres sans abri. On rapportait que les gens avaient tellement faim qu'ils mangeaient des galettes de boue! Et voilà que, tout récemment, deux écoles s'étaient effondrées, écrasant les écoliers sous les décombres.

« *Fais-le venir chez toi.* »

Gilles serait pour le moins... vivement contrarié.

Normande fut parcourue d'un frisson. Sa vieille ennemie, la couardise, toujours tapie au fond d'elle malgré ses efforts pour l'en extirper, menaçait d'étouffer encore une fois sa bonne volonté. Elle s'empressa d'évoquer le souvenir poignant qui avait soutenu son courage depuis son retour du *batey* [1] : un humble amoncellement de petits bâtons de bois empilés dans un coin près des gribouillis des enfants qui marquait le sol où Gabriella faisait l'école.

« *Fais-le venir chez toi.* »

---

1 - Village agricole pour les *braceros*, coupeurs de canne à sucre.

2

DÉPITÉ, GILLES LANÇA LA LETTRE sur la table de salon.

— Jésuite! Tous mes plans sont à l'eau! Ça donne rien d'aller bâtir une école pour ton amie en République si elle pis ses enfants sont pus là! Pis le gros Montgomery qui avait débloqué les fonds nécessaires! Sa compagnie acceptait de commanditer tout le projet.

— Ce n'est pas la faute de Gabriella.

Gilles jeta un regard noir à sa femme.

— Je l'sais, bonyeu! Mais c'est qui qui est allé s'fourrer l'nez dans la vie de cette femme-là? C'est ça qui arrive quand on s'mêle des affaires des autres!

Normande blêmit sous l'accusation. Son mari qui sous le coup de l'émotion après sa rencontre avec les gens du *batey* avait fait plusieurs promesses, revenait graduellement à ses comportements coutumiers. La situation économique n'aidait pas. Depuis que le mot *récession* avait fait le tour du globe, il vivait sous un stress intense. Sur un ton conciliant, Normande tenta de se justifier.

— Mes intentions étaient bonnes. Et n'oublie pas: c'est toi qui avais offert un voyage au Canada à Gabriella et ses enfants. Lors du retour, tu disais ne pouvoir croire qu'elle ait suggéré la construction d'une école au lieu d'accepter ton offre. Tu n'arrêtais pas de répéter que Jo'no t'avait impressionné...

Elle esquissa une moue désabusée.

— As-tu également oublié ta promesse de ne plus me parler sur ce ton?

Gilles se passa impatiemment une main dans les cheveux et fit un effort pour se radoucir.

— Ouais, t'as raison. Mais faire venir Jolo ici...

Normande ne le corrigea pas.

— Ça va coûter cher. Faudra le nourrir, l'habiller... Comment de temps qu'y veut rester?

— Je ne sais pas. Il me faudra demander à Gabriella.

— Où est-ce qu'on va le mettre? On n'a pas de place.

Normande hésita avant de suggérer:

— Dans la pièce qui te sert de bureau? Nous pourrions la convertir en chambre à coucher...

Gilles reprit la lettre et la brandit.

— As-tu bien lu? Ton amie dit que son gars devient dur et cynique. Si on s'met à avoir des problèmes avec le jeune, qu'est-ce qu'on va faire? Le remettre sur l'avion pis le retourner à sa mère?

Normande ne pouvait s'imaginer un tel Jo'no. Un enfant si sensible. Un enfant qui avait mémorisé un poème sur la neige dans l'espoir d'en comprendre les images et les sentiments. Dur et cynique? À onze ans? Par contre, Gabriella écrivait qu'il travaillait déjà comme un homme « [...] *à couper du bambou dans une manufacture de meubles* [...] »

— Toi pis ton grand cœur, Normie! Penses-y longtemps avant de t'embarquer dans une autre aventure. C'est pas aussi facile que tu t'imagines faire venir ici un jeune de même. Immigration Canada va avoir son mot à dire.

Y'a plein de formalités que tu connais pas, toutes sortes de demandes, des formulaires à remplir, probablement des lettres de permission. À cause de tous les kidnappings d'enfants, les autorités laissent pas les jeunes se promener d'un pays à l'autre comme ça facilement.

Il se frotta les mains en guise de conclusion et jeta :

— Bon, le souper est-il prêt ?

Normande fit signe que oui et, l'esprit en chamaille, se rendit à la cuisine. Elle se dit que Gilles n'avait pas tort. Il était vrai que son cœur trop tendre avait la mauvaise habitude de faire fi de sa raison. Si elle avait été honnête à partir du début et avait discuté de ce projet de parrainage avec lui, il ne l'aurait pas permis et Gabriella vivrait encore dans la maisonnette au *batey* Panfosa.

Se pouvait-il qu'elle ne sache plus distinguer entre l'acceptable et l'insensé ? Son mari avait toujours eu le don de la faire douter d'elle-même. Louise, sa meilleure amie, qui le connaissait depuis sa plus tendre enfance, se moquait gentiment d'elle. « Le petit empereur, Jos Macho, t'a encore intimidé ? Envoie-le donc péter dans les fleurs ! » Et puisqu'elle était caricaturiste à ses heures, elle avait fait un dessin bien rendu de ladite expression qui avait bien fait rire Normande.

Pour le moment, Normande ne riait pas. L'exaspération qu'elle avait ressentie après s'être perdue dans les champs de canne à son retour du *batey* remonta en elle comme un fiel amer. « *Je suis tannée, Gilles ! J'étouffe ! J'en ai assez.* » Qu'en était-il de sa résolution : « *Et j'ai décidé que si je ne puis trouver quelque chose pour moi dans notre relation de couple, eh bien, j'ai décidé d'aller chercher ailleurs...* » ?

3

C'est un «m», un «e», un «r». C'est «c» avec un «i». Rassemblez toutes ces lettres, vous y trouverez «merci». Les employées des Entreprises Viau Construction fêtaient la retraite bien méritée de la secrétaire-comptable, madame Chouinard. Cette dernière, employée de la compagnie depuis ses débuts, déballa les cadeaux d'appréciation. Dans un court boniment à Gilles, son patron, ainsi qu'à ses collègues, elle souhaita beaucoup de chance et de détermination dans les temps économiques difficiles qui sévissaient. Elle eut des paroles aimables à l'endroit de Normande qui l'avait secondée au bureau toutes ces années à titre de réceptionniste et elle souhaita la bienvenue à sa remplaçante, Monique Laforge. Gilles proposa un toast à la santé de la nouvelle retraitée et tous levèrent leur verre.

Normande ne comprenait toujours pas pourquoi son mari ne l'avait pas assignée, elle, au poste vacant. Elle était prête à cumuler les tâches de secrétaire-comptable et de réceptionniste. Depuis plusieurs mois, Gilles se plaignait du fait qu'il y avait tellement de maisons à vendre dans la région que l'industrie de la construction était presque au point mort. N'aurait-ce pas été l'occasion rêvée d'épargner un plein salaire à la compagnie? Lorsqu'elle lui avait posé la question, Gilles avait ricané et affirmé avec condescendance qu'il avait besoin de quelqu'un qui sache se tirer d'affaire en tenue de livres et en comptabilité. Normande avait argué qu'avec un peu d'aide et d'entraînement de la part de madame Chouinard, elle en aurait été bien capable. Gilles, toutefois, avait tranché d'une voix dure, laissant entendre que le sujet était clos.

Elle en comprit la raison au retour à la maison. Pompette, Gilles la prit dans ses bras et, tout en lui bécotant le cou, lui dit qu'elle n'aurait plus à se lever tôt le matin. À son mouvement de recul pour se dégager afin de demander ce qu'il entendait par là, il la serra plus fort et bafouilla :

— L'entreprise peut pas se permettre de payer un seul salaire de surplus.

Normande se débattit pour le faire lâcher prise.

— Que veux-tu dire ?

À la moue éloquente de Gilles, furieuse, elle s'exclama :

— Je suis mise à la porte de *ma propre entreprise* ? Par mon *mari* !

— Voyons, Normie. Prends pas ça d'même. 'Garde, t'auras plus de temps pour préparer tes cours du soir pis prendre soin de moi.

Normande, en effet, avait commencé à donner des cours de tutorat en traitement de texte à des jeunes du secondaire. Cette activité comblait son temps pendant les absences fréquentes de Gilles qui rentrait souvent tard du bureau, qui travaillait à l'extérieur de la ville ou qui prenait un verre avec des amis après une ronde de golf, en plus de lui permettre d'amasser les fonds nécessaires à son projet de parrainage.

— Et l'argent pour faire venir Jo'no ? Ce n'est pas mon petit salaire de tutorat qui suffira à payer toutes ces dépenses supplémentaires. C'est toi qui as dit que ça coûterait cher. Où est-ce que...

Normande s'arrêta pile, comprenant soudainement l'astuce. En la privant de son emploi, Gilles lui coupait les fonds, espérant probablement l'empêcher de poursuivre son rêve. Livide, elle déclara :

— Ça ne se passera pas de même, Gilles Viau !

Un puissant sentiment d'indignation aidant, les mots souvent soufflés par Louise passèrent ses lèvres sans qu'elle ait le temps d'y réfléchir.

— S'il le faut, j'irai voir un avocat. Je te quitterai et... et... j'emporterai avec moi la moitié de l'entreprise !

Elle ponctua sa menace de façon péremptoire.

— Qui m'appartient de droit, tu sauras !

Peu habitué à une telle réaction de la part de sa femme, Gilles dégrisa rapidement. La moitié de son entreprise ? Il y avait de la Louise là-dessous, il en était convaincu. Il s'abstint toutefois de mentionner celle qu'il qualifiait de « maudite faiseuse de troubles », de peur d'envenimer la situation. Il fallait tendre une perche avant de perdre sa compagnie. Et il savait exactement quelle perche tendre. Doucereux, il adjura :

— Voyons, Normie ! Je vais t'avancer ce dont t'auras besoin pour faire venir ton Jolo, c'est sûr. Tu pensais pas le contraire, hein ? Pis t'auras droit à l'assurance-chômage...

— Son nom est *Jolino*, Gilles Viau. *Jo'no*, si tu tiens à l'écourter.

— O.K., O.K. : Jo'no.

— Tâche de t'en souvenir.

Elle se mordit les lèvres avant de chuchoter « imbécile », et resta stupéfaite d'avoir presque injurié son mari.

4

Kapuskasing, le 3 juin 2005

Chère Gabriella,

C'EST AVEC BEAUCOUP DE PEINE *que j'ai appris les terribles événements qui ont suivi mon départ de l'île. Je ne sais comment t'exprimer mes regrets. Je t'offre mes plus sincères condoléances pour le petit Henri. Quelle tristesse !*

Au souvenir de la vague de tendresse qui l'avait envahie alors qu'elle avait serré ce petit être dans ses bras, Normande fut transpercée d'une douleur si vive qu'elle dut arrêter d'écrire et déposer son stylo. Elle resta longtemps à fixer le vide avant de se remettre à la tâche.

Comment vont Monise et Real ? Je souhaite ardemment que vous ayez au moins assez à manger. Je vais annuler mon inscription à Secours aux Démunis et te faire parvenir directement le montant mensuel.

Quant à Jo'no, je serai très heureuse de l'accueillir ici. Je te signale cependant qu'il faudra satisfaire à une foule de formalités légales afin d'obtenir l'autorisation de Citoyenneté et Immigration Canada, l'agence gouvernementale responsable de ce dossier. Jo'no aura besoin d'un passeport et d'un visa. Puisque son père était Dominicain, je tiens pour acquis qu'il te faudra retourner en République dominicaine pour obtenir les pièces justificatives nécessaires. Est-ce que ces démarches te seront possibles ?

Aussi, des frais assez élevés sont rattachés à l'obtention de toute cette paperasse. Je t'en prie, Gabriella, ne laisse pas cette embûche entraver notre projet. Demande à qui de droit de me faire parvenir les factures. Si on exige un paiement sur place, fais-le-moi savoir et je t'enverrai le montant par la poste.

Tu ne mentionnes pas le père Gilman dans ta lettre. Ne pourrait-il pas t'aider? Et qu'en est-il de Cécile Langevin, la préposée de Secours aux Démunis? Est-elle de retour à Dajabón? Si oui, peux-tu avoir recours à elle?

De mon côté, je m'empresse de remplir le formulaire requis à titre de résidante du Canada et de tutrice du parrainage de ton fils. Je dois également rédiger une lettre d'invitation à l'intention de Jo'no. Lettre qui doit inclure son nom, sa date de naissance, son adresse, le but du voyage, la durée de son séjour au Canada ainsi que la date de retour prévue... J'ose donc te demander de préciser tes intentions à cet égard.

En attendant ta réponse, je vais me renseigner auprès du conseil scolaire local afin d'obtenir une lettre d'acceptation dans une école. Acceptation qui est conditionnelle à son entrée au pays.

Comme tu peux le constater, tout est compliqué, mais certainement réalisable. Ces exigences peuvent prendre un certain temps. Il nous faudra être patientes et garder espoir. Je te promets de tout faire pour accélérer les choses. Bon courage!

Amitiés, toujours.
Normande

C'est avec appréhension qu'elle glissa plusieurs billets de dix dollars dans l'enveloppe avec sa lettre. Les coûts de son projet ne cessaient d'augmenter. La liste des besoins s'allongeait : le vol de Jo'no de la République dominicaine à Toronto, le voyage aller-retour en auto de Kapuskasing à l'aéroport de la ville reine, incluant un coucher pour Gilles et elle, en plus de vêtements et de chaussures pour le garçon, d'un lit et d'un bureau, des articles scolaires... « Mon Dieu ! » s'exclama-t-elle, en songeant soudainement qu'il y aurait peut-être des frais de scolarité pour l'envoyer à l'école. Il lui faudrait se renseigner à ce sujet, tout en espérant, si c'était le cas, que le prix ne serait pas trop élevé.

Normande s'était gardée de dire à Gabriella qu'elle n'avait plus d'emploi. Ses prestations d'assurance-chômage suffiraient-elles à payer la note ? Impossible de compter sur les maigres revenus de ses cours de tutorat, car ils étaient destinés à son amie et à ses deux autres enfants. Gilles, malgré ses belles promesses, grommelait déjà par rapport aux dépenses. Il lui faudrait trouver un autre emploi. Où s'adresser en ces temps difficiles ?

5

LE SANG GICLAIT, éclaboussant les spectateurs trop près de la rampe. Des cris d'effroi, d'injures et d'encouragement fusaient. Sous la toiture de tôle ondulée, rongée par la rouille, les deux rangées de gradins menaçaient de s'effondrer sous l'agitation du public qui se bousculait pour suivre l'action. Les effluves de sueur, de tabac et de rhum frelaté se mêlaient aux bonnes odeurs de pain frais et de porc grillé qu'offraient les vendeuses ambulantes, en faisant tintinnabuler leurs clochettes. Quelques enfants qui avaient réussi à s'immiscer dans la foule, mimaient en riant les gestes des protagonistes qui s'affrontaient sauvagement dans la petite arène circulaire. La chaleur, déjà accablante, devenait irrespirable sous la tension. Les mises importantes pouvaient rapporter gros ou coûter aux joueurs toute une semaine de gages.

Le souffle court, la crête molle, un gros-sirop rouge foncé et un cendré au plumage noir et blanc se tournaient autour, guettant le moment propice pour attaquer à nouveau. Soudain, sans crier gare, le coq rouge s'élança sur son adversaire dans un grand froufroutement d'ailes et lui laboura cruellement la poitrine de ses ergots effilés comme des sabres. Une explosion écarlate jaillit de la blessure et arrosa le sol déjà gluant et couvert de plumes. L'oiseau noir et blanc flancha. Une clameur s'éleva dans la foule.

Jo'no tressaillit, ferma les yeux et murmura tout bas : « Ti-Jésus ! Non ! »

Forcé de miser sur le gros-sirop en solidarité avec la bande, le garçon avait puisé dans son maigre salaire et joué la somme la plus modique possible, priant secrètement de toutes ses forces que celui-ci ne remporte pas le combat.

Profitant de son avantage, le coq rouge voulut revenir à la charge ; cependant le cendré, comme un boxeur agile, esquiva l'attaque par quelques sautillements de côté. Puis, faisant volte-face, il riposta avec rage par un coup de bec magistral, déchirant le cou de son adversaire sur toute sa longueur. Le gros-sirop tituba, tournoya sur lui-même, mais réussit à tenir sur ses pattes. L'œil mauvais, l'oiseau noir et blanc s'éleva alors de terre d'une puissante poussée de ses cuisses et s'abattit sur son adversaire, lui brisant une aile. Le coq rouge émit un sifflement aigu et mordit la poussière.

Le garçon se détendit.

L'oiseau gravement blessé resta étendu sur le sol empourpré, sans bouger. La foule retint son souffle, attendant les deux minutes requises avant que le vainqueur puisse être déclaré. Enfin, après une pause qui sembla interminable, l'arbitre leva la main. Les cris de victoire et les grognements de déception éclatèrent autour de l'arène.

Jo'no poussa un soupir de soulagement, tout en gardant un œil attentif sur le propriétaire dépité qui s'avançait pour récupérer son malheureux coq. Immédiatement, ses amis l'entourèrent en riant et lui tapotant le dos.

— Sale chance !

— Prochaine fois, *bouki* !

— T'en fais pas !

Baissant la voix, Orel, le chef de la bande, souffla :

— Arrive Jo'bé, *manm initil*. Nous allons reprendre notre argent.

D'une main discrète, il indiqua le vieux monsieur Sistay qui, mains tremblantes, comptait les gourdes qu'il venait de gagner. Une sueur froide caressa l'échine de Jo'no. Pouvait-il refuser sans soulever les moqueries, voire la colère de ses copains ? Non seulement il aimait bien le vieux Sistay qui avait aidé sa mère à trouver un logement lors de leur arrivée à Marmelade, mais il n'avait pas le temps cette fois-ci de s'attarder aux projets criminels de ses compères. L'oiseau moribond quittait déjà les lieux sous le bras de son propriétaire.

Désespéré, Jo'no cherchait une façon de s'en sortir lorsque, Dieu merci, du secours inattendu vint de Jean-Gadi. Mains dans les poches, le regard sournois, ce dernier déclara d'une voix lourde de sous-entendus :

— Comptez pas sur moi, les gars. Pas le temps. Chats plus importants à fouetter.

Et il éclata d'un rire sordide qui transforma son visage tailladé à la machette en un faciès cauchemardesque. Profitant de l'attention que tous lui portaient, Jo'no lança :

— Moi de même !

Et il s'éclipsa au plus vite, se frayant un chemin dans la foule qui lentement se dispersait. Où était passé le bonhomme avec son oiseau ? Il l'avait payé d'avance, pariant presque tout ce qui lui restait de son mois.

Il voyait déjà le visage de sa mère s'éclairer d'un sourire. Un coq nourri d'œufs, de figues et de cœurs de chèvre serait des plus succulents malgré la chair endurcie par l'entraînement au combat. Seulement à y penser, l'eau lui venait à la bouche. Le garçon s'était fignolé d'avance une histoire pour expliquer la provenance de cette manne bénie, car, bien sûr, il ne pouvait admettre qu'il avait assisté à une bataille de coqs. Sa mère ne le permettait pas.

Elle recommencerait ses récriminations, l'implorant de quitter son emploi, de laisser tomber ceux qu'elle qualifiait de «faux amis», et elle l'enjoindrait de reprendre ses études. Elle ne semblait pas se rendre compte que l'avenir qu'elle avait envisagé n'avait plus sa raison d'être. À la mort de son frère bien-aimé, le petit Henri, Jo'no avait compris que la vie était sans espoir à moins de s'allier à des plus forts, de se joindre à des gens comme Orel qui, à dix-huit ans, menait sa bande et faisait beaucoup d'argent.

Jo'no s'estimait chanceux d'avoir été accepté par ce groupe. Et il travaillait avec zèle pour se défaire du sobriquet de Jo'bé, diminutif pour Jo'no bébé, dont Orel l'avait affublé, affirmant que les gamins comme lui n'étaient pas fiables; ils se mettaient à chialer dès qu'ils voyaient des poings voler ou un peu de sang couler. Certes, il aurait à expliquer sa non-participation au cambriolage de monsieur Sistay, mais il trouverait bien une excuse valable.

6

Minuit passé. Jo'no n'était toujours pas rentré. Rongée d'inquiétude, Gabriella, debout devant la cabane, scrutait la nuit. S'il lui était arrivé malheur! Surtout maintenant qu'une lueur d'espoir se pointait.

— Maman!

Monise ne dormait donc pas. La pauvre petite voulait probablement demander encore une fois quand son papa reviendrait du ciel. Ce dernier lui manquait profondément. Rino lui manquait à elle aussi.

— Oui, ma chérie?

— Real pleure.

Gabriella repoussa le grossier morceau de tissu qui tenait lieu de porte. Le bambin, assis sur le bout de tapis qui servait de lit à toute la famille, sanglotait en silence. Dès qu'il sentit sa mère tout près, il hoqueta:

— Ai faim, maman.

Ces paroles qu'elle ne cessait d'entendre à longueur de jour lui firent l'effet d'un coup de couteau dans l'âme. Elle prit l'enfant dans ses bras. Le corps maigre et sans forces resta amorphe. Un chagrin insupportable la submergea. Son petit Real! Un bolide toujours plein de l'énergie propre à un garçon de trois ans, incapable de demeurer au même endroit plus de quelques minutes, réduit à ce pitoyable état. Le perdrait-elle lui aussi ?

— Veux manger.

Le bambin s'agita faiblement. Le mouvement fit froufrouter l'espoir dans la poche de sa robe. Une prière spontanée s'éleva en elle. « Faites, mon Dieu, qu'il ne soit pas trop tard ! »

— Demain mon trésor. Demain, maman pourra te donner du pain et un bol de nouilles.

Monise qui s'était rapprochée de Gabriella murmura dans le noir :

— Tu dis toujours ça, maman.

— Cette fois, ma chérie, c'est vrai. C'est bien vrai. Tu te souviens de madame Normande ? La dame du Canada qui est venue nous visiter quand nous vivions encore au *batey* ?

La fillette, appuyée contre le bras de sa mère, fit signe que oui.

— Eh bien, j'ai reçu une lettre d'elle ce soir. Et de l'argent. Dès demain matin, nous irons au marché.

— C'est vrai ?

— Absolument.

Monise soupira et se recoucha. Gabriella berça Real jusqu'à ce qu'il se rendorme, le déposa par terre auprès de sa sœur et ressortit dans la nuit.

Elle connaissait les douloureuses contractions d'un estomac vide. Depuis qu'elle avait été expulsée de la République dominicaine avec ses enfants et avait échoué ici, dans les montagnes à la frontière de l'Artibonite, elle avait souvent souffert de la faim. Ce qu'elle réussissait à trouver allait à Jo'no, Monise et Real. Le peu qu'elle osait garder pour elle-même avait toujours un amer goût de culpabilité.

Tout en fouillant les ténèbres des alentours pour la centième fois, Gabriella se dit que, pour le moment, le pire serait évité. Providentiellement, car hier elle avait résolu de troquer les dernières pièces de monnaie durement gagnées par Jo'no pour ces terribles galettes de boue que l'on vendait sur le marché. Voilà où elle était rendue.

Elle sortit la lettre pour la palper et se convaincre qu'elle était bien réelle. La missive était arrivée ce soir même. Tard. Livrée par un travailleur postal qui, semblait-il, l'avait en sa possession depuis un bout de temps. Encore une chance qu'il ne l'ait pas ouverte ; les billets ne se seraient jamais rendus jusqu'à elle.

Normande ne l'avait donc pas laissé tomber. Et elle acceptait. Elle *acceptait* ! Oh ! Pourvu qu'il ne soit pas trop tard ! Où était-il ? Il ne rentrait jamais si tardivement. Mon Dieu, faites qu'il ne lui soit rien arrivé ! Son Jo'no ! Si sensible, si intelligent. Qui se croyait déjà un homme. Qui insistait pour prendre la responsabilité de la famille. Dans quel nid de vipères était-il tombé ? Ses faux amis, ces misérables voyous, abusaient de lui, jouaient sur sa fierté de jeune garçon. Afin de mieux le manipuler, ce bandit d'Orel l'avait baptisé Jo'bé.

C'est alors que celui-ci se pointa et Gabriella se sentit chanceler. Sous la lumière blafarde du clair de lune, elle aperçut son fils couvert de sang, ses vêtements déchirés et pire... Le cœur lui manqua. Une horrible balafre béait sur son crâne, au-dessus de l'oreille gauche. Jo'no lui tendit à deux mains une volaille à demi déchiquetée et s'affala sur le sol à ses pieds.

7

Louise qui revenait de vacances la regardait, le souffle coupé.

— Il t'a congédiée ! Et t'as rien dit ? T'es folle ou quoi ?

— Pas *congédiée.* Laissée aller. Avec les temps qui courent, la compagnie ne peut se permettre mon salaire.

— Ton salaire ! Parlons-en ! Pendant toutes ces années, il te le remettait même pas ! Il le « réinvestissait dans l'entreprise », comme il disait.

— Dernièrement, il me le remettait.

— Ouais. Cette bonne volonté a pas duré trop longtemps, hein ? Si on peut parler de bonne volonté quand on parle de Jos Macho.

Normande ne releva pas le quolibet à l'endroit de Gilles. Elle baissa le nez dans son assiette pendant que, enflammée, son amie poursuivait.

— T'avais pas dit que tu le quitterais s'il changeait pas ?

— En fait... tu sais... j'y... pense.

Louise, toujours aussi directe, réagit avec fougue.

— Arrête d'y penser pis fais-le, sacrifice !

— C'est que, pour le moment, je n'ai pas le temps de... d'entreprendre ce genre de démarches compliquées. J'ai besoin d'argent pour les documents de Jo'no et...

— Et monsieur rechigne. Comme toujours! Normande! Ouvre les yeux! La moitié de la compagnie t'appartient!

Misérable, Normande leva le regard sur son amie. Celle-ci la dévisagea pour un instant puis, saisissant tout à coup, s'emporta.

— Non! Dis-moi pas! Ça s'peut pas!

À la vue du mutisme éloquent de sa compagne, Louise lança les deux mains en l'air.

— Tout est à son nom?

— Je... crois que... oui...

Devant cette hésitation, Louise reprit quelque peu confiance.

— Tu veux dire que c'est ce qu'il veut te laisser croire.

Normande étouffa un soupir nerveux.

— Peut-être... je ne sais pas.

Louise avait été navrée d'apprendre les péripéties du voyage de Normande en République dominicaine. Celle-ci lui avait parlé de la dernière lettre de Gabriella et Louise approuvait le projet de faire venir Jo'no au Canada. Quant à l'attitude négative de Gilles, celle-ci ne s'attendait pas à mieux. L'animosité régnait depuis toujours entre elle et le mari de son amie, chacun devinant que l'autre ne se laissait pas facilement manipuler.

— Donc, madame Chouinard a changé d'idée? Elle prend pus sa retraite?

Connaissant d'avance la réaction de Louise, Normande rassembla son courage.

— Oui, elle quitte. Gilles a déjà embauché sa remplaçante.

L'indignation ne se fit pas attendre.

— Sa remplaçante! Pourquoi pas toi? Au lieu de te *laisser aller*!

Normande expliqua les raisons données par Gilles pendant que Louise protestait haut et fort qu'elle s'était fait avoir. Encore une fois !

— Norm ! Norm ! Tu changeras jamais. Tu veux savoir à quoi tu me fais penser ?

Avant que son amie ne réponde, elle enchaîna :

— À un mauvais pli pressé au fer à vapeur sur un vêtement de coton. Impossible à corriger à moins de le soumettre à un lavage en règle. Et qui est cette merveille en tenue de livres et en comptabilité ?

— Elle s'appelle Monique Laforge.

— Tu la connais ?

— Non.

— Où l'a-t-il dénichée ?

— Semblerait qu'elle vient de déménager ici et qu'elle lui aurait été fortement recommandée.

— Ouais. Fortement recommandée par qui ?

La question resta sans réponse. Louise haussa les épaules.

— Eh bien, ce sera du nouveau dans l'immeuble.

Le bureau de Louise, où celle-ci travaillait à titre de traductrice, se trouvait dans le même immeuble que les Entreprises Viau Construction.

— Tu l'as rencontrée ?

— Oui, à la fête d'adieu de madame Chouinard.

— Et ?

— Et quoi ?

— Tu sais ce que je veux dire. Vas-y, décris-la !

Normande laissa mijoter Louise avant de répondre.

— C'est une femme assez bien mise, grande, distinguée.

— Autrement dit, le petit empereur a, disons... bien choisi ?

Normande préféra ignorer la pique que venait de lui lancer son amie, et changer de sujet. Louise lui avait refilé des sous-traitances de traduction à formater au traitement de texte à quelques reprises et elle demanda si elle était toujours prête à le faire.

La réponse ne tarda pas.

— À quoi servent les amies, hein ? Sinon à s'entraider.

8

— Y va-tu venir à l'école avec moi ?

— Non, Mich. Jo'no va demeurer chez moi, donc il fréquentera une école à Kapuskasing. Ce ne serait pas juste de lui faire parcourir vingt kilomètres par jour en autobus, n'est-ce pas ?

Son neveu avait l'air tellement déçu que Normande s'empressa de le rassurer.

— Vous pourrez passer les fins de semaine ensemble. Faire de la motoneige, de la pêche sur glace. S'il est ici pendant l'été, tu pourras l'inviter à jouer au soccer avec les amis. Imagine comme il va être content. Tu te souviens de ce qu'il t'écrivait dans ses lettres ? Qu'en dis-tu ?

Michel acquiesça sans trop d'enthousiasme.

— Ç'aurait été plus l'*fun* si y'était venu à mon école par exemple, hein m'man ?

Brigitte, la sœur de Normande, sourit à son fils.

— C'est déjà une grande chance que ton ami vienne vivre ici pour un bout de temps. Tu vas enfin pouvoir le rencontrer en personne.

Se tournant vers Normande, elle s'enquit :

— Gabriella a-t-elle répondu à ta dernière lettre ?

— Pas encore. Le courrier dans les bidonvilles, tu comprends...

Michel repoussa sa chaise et, quittant la table où sa mère et sa tante sirotaient un café, lança :

— J'vais chercher les lettres de Jo'no pour les relire.

Normande poursuivit en soupirant.

— Il y a tellement de paperasses à remplir. Je ne sais pas si Gabriella réussira à répondre à toutes les exigences. Je ne sais pas non plus combien de temps Jo'no passera au Canada. Les coûts du projet ne font qu'augmenter...

Normande confia à sa sœur qu'elle avait perdu son emploi, tout en s'efforçant d'exempter Gilles de tout blâme. Brigitte, toutefois, connaissait bien son beau-frère et elle sut lire entre les lignes. Elle se garda néanmoins de commentaires désobligeants pour ne pas blesser sa sœur, se contentant de lui offrir son aide et son appui financier au besoin. Normande en fut très touchée, d'autant plus que Brigitte et son mari, Jean-Yves, étaient toujours « au bout de la cenne », comme disait Gilles. Le couple avait six enfants et vivait des maigres revenus de sa ferme dans le petit village de Val Rita.

— Je ne veux pas te décourager, ma grande sœur, mais as-tu pensé aux frais de dentiste, de médecin et de médicaments ? Parce que j'imagine que cet enfant-là en aura besoin…

9

— Il s'en tirera, madame Vellera, mais il gardera une mauvaise cicatrice.

Le médecin compta quelques comprimés qu'il laissa tomber dans une enveloppe, qu'il lui tendit.

— Voici, ce sont des médicaments pour prévenir l'infection. Assurez-vous de garder la blessure propre en tout temps.

Son fils resterait donc marqué de cet accent circonflexe au-dessus de l'oreille gauche. Lasse, Gabriella sortit avec un Jo'no mal en point dans la chaleur déjà insoutenable du matin. Elle avait laissé la garde de Real à Monise. Il y a huit mois, une telle chose aurait été impensable. La fillette de huit ans n'aurait pu en imposer à son petit diable de frère. Mais maintenant...

Elle se dirigea au marché local. Grâce à la générosité de Normande, elle pourrait acheter assez de nourriture pour la famille pour quelques jours. Un calme inhabituel régnait dernièrement dans le square poussiéreux, couvert d'une épaisse couche de détritus. Le chahut coutumier du commérage, du marchandage et des chamailleries des vendeuses languissait. Même le boucan des poules et des chèvres ainsi que le bourdonnement agaçant des grosses mouches bleues semblaient apathiques. En revanche, les relents des produits surchauffés, de corps mal lavés et de latrines à ciel ouvert redoublaient d'ardeur. Gabriella porta discrètement la main à son nez.

La faim causée par la crise alimentaire courante sapait toute énergie. Les ouragans, les inondations et l'instabilité politique avaient fait monter les prix de façon si effarante que manger était devenu un luxe. Il n'était pas rare que les gens passent des jours sans rien se mettre sous la dent. Déjà, plusieurs enfants arboraient la triste teinte rouquine, fiable indication de malnutrition.

Quelques marchandes étaient quand même au poste. Assises par terre en face de leur humble amoncellement de vivres, elles guettaient les acheteurs potentiels d'un œil avide. Gabriella s'arrêta près de l'éventaire d'une femme maigre, dont le visage bilieux disparaissait sous un grand chapeau de paille. Devant son hésitation, la matrone lui demanda d'un ton brusque si elle avait de quoi payer, ajoutant avec malveillance que, si ce n'était pas le cas, elle ne devait pas rester à lui bloquer la vue. Vexée par un tel manque de courtoisie, Gabriella passa à une vendeuse plus avenante.

Elle revint avec des nouilles, du riz, des haricots et une miche de pain. Elle mit à cuire le coq déchiqueté qui avait de toute évidence coûté une dangereuse balafre à son fils. Elle eut beau questionner Jo'no à ce sujet, il refusa de dire dans quelles circonstances il avait été agressé, se contentant de dévisager sa mère avec une impudence à peine voilée. Gabriella en ressentit un froid intérieur. Elle avait lu la même hargne sur le visage d'Orel et de ses voyous.

Elle plongeait la main dans la poche de sa robe pour en tirer la lettre quand une faible clameur se fit entendre au bout de la ruelle. Gabriella tendit l'oreille. Le tumulte s'amplifia jusqu'à ce qu'elle puisse y déceler des plaintes et des pleurs ponctués de vociférations et de menaces. Que se passait-il ?

Une foule compacte avançait tant bien que mal dans l'allée trop étroite. Entourée de gens qui sanglotaient haut et fort et d'autres qui levaient le poing, elle aperçut Bernard, un des habitants du secteur, qui poussait une brouette d'où pendaient deux bras et deux jambes. Chaque fois que la roue de bois roulait sur un obstacle, les membres tressautaient mollement. Sous l'effet d'un soubresaut plus violent, un des pieds perdit son soulier et Gabriella vit avec effarement une longue main décharnée sortir de la masse de corps pressés et habilement délester l'autre de sa savate.

Lorsque Bernard parvint à sa hauteur, elle reconnut le moribond dans la brouette. Il s'agissait du vieux monsieur Sistay, un homme qui l'avait aidée à son arrivée. Ses vêtements étaient complètement détrempés et couverts d'une boue infecte. Son visage affichait des traces de contusions et l'une de ses jambes pendait à un angle anormal. Dès que Josselène, la fille du vieil homme, vit Gabriella, elle leva les mains au ciel et poussa un hurlement aigu.

— Ils l'ont battu, dévalisé et jeté dans la rivière !

Gabriella entendit Jo'no prendre une profonde inspiration. Elle s'avança et n'eut que le temps d'attraper la femme qui s'effondra dans ses bras. Le cortège funèbre s'arrêta. Le rassemblement se tut. Et pour un instant, seuls les gémissements de Josselène et la musique des mouches brisèrent le silence. Puis, d'un commun accord, les gens reprirent leurs lamentations et leur fureur contre les bandits qui avaient perpétré ce crime.

Gabriella somma son fils :

— Vite, Jo'no, va chercher le prêtre.

Heureux de pouvoir se soustraire à cette foule de plus en plus courroucée, le garçon partit comme une flèche en direction de l'église malgré l'estafilade qui lui labourait douloureusement le crâne.

∽

En soirée, le calme revenu, Gabriella tira Jo'no à part et lui montra la lettre de Normande. Le garçon qui avait arboré une expression gardée tout au long de la journée s'exclama :

— Tu lui as écrit ?

Gabriella acquiesça d'un lent signe de tête, craignant la question qui sûrement suivrait et viendrait ranimer le débat acrimonieux qui l'opposait à son fils depuis leur arrivée à Marmelade. Il n'en fut rien. Le visage du garçon s'éclaira d'un grand sourire et Gabriella poussa un soupir de soulagement.

— Au Canada ? Moi ? Ti-Jésus ! Chez madame Normande ? Est-ce possible ?

Il jubilait quand soudain il s'arrêta net.

— Madame Normande dit qu'il me faut un passeport. Faut-il vraiment retourner en République pour en obtenir un ? Si Luis nous rattrape ?

Le souvenir de la raclée aux mains du chef de la milice dominicaine et de ses sbires restait cuisant dans sa mémoire. Instinctivement, il porta la main à son crâne. Au contact de cette blessure fraîchement suturée, il frémit.

Gabriella ne put s'empêcher de trembler elle aussi. Encore la semaine dernière, un voisin, vendeur de légumes, avait été assassiné dans la ville frontalière de

Dajabón et son corps enterré avant que la famille ne puisse porter plainte. On rapportait fréquemment de tels incidents. Les Dominicains, en effet, voyaient d'un très mauvais œil cet influx de migrants haïtiens en quête de travail. Ils les accusaient de «venir noircir leur côté de l'île». Par conséquent, leurs va-et-vient étaient restreints aux échanges commerciaux du centre-ville.

Jo'no tira sa mère de ses pensées.

— Qu'est-ce qu'un visa ? Est-ce que je passerais beaucoup de temps au Canada ?

— Laisse-moi réfléchir. Je viens tout juste de recevoir cette lettre. Il faudra m'enquérir auprès des autori...

Enthousiaste, le garçon continuait.

— Tu pourrais écrire à madame Langevin. Elle nous aiderait, j'en suis certain.

Gabriella répondit qu'elle avait déjà écrit à la préposée de Secours aux Démunis ; cependant, n'ayant reçu aucune réponse, elle supposait que la dame n'était pas de retour à Dajabón.

— Mais quelqu'un doit sûrement la remplacer !

Gabriella tenta en vain d'expliquer qu'une suppléante ne pourrait rien pour eux. Premièrement, elle ne les connaissait pas, donc pourquoi les croirait-elle ? Tellement d'Haïtiens cherchaient à franchir la frontière. Deuxièmement, ce n'était pas son rôle. Même qu'il était plus que probable qu'une telle pratique soit interdite aux employés de l'agence.

— Alors, il *faut* écrire au père Mark, maman. Lui seul peut nous aider !

C'était l'adjuration que Gabriella craignait. Et avant qu'elle ne puisse s'opposer à nouveau, le garçon enchaîna avec véhémence.

— Je ne comprends pas pourquoi tu persistes à refuser ! Tu as demandé de l'aide à madame Normande qui vit si loin et tu ne veux pas t'adresser au père Mark qui vit près d'ici! S'il savait où nous nous trouvons, il viendrait immédiatement à notre secours!

Gabriella détourna le visage de celui de son fils. Comment lui expliquer l'amour coupable qu'elle éprouvait pour Mark? Et Mark pour elle? L'enfant avait raison. Dès qu'elle lui ferait signe, Mark accourrait. Mais alors...

Normande était la seule à qui elle avait confié son secret: «*...ses gestes à mon égard sont tendres et chaleureux... et ce que je lis dans son regard trompe rarement...*» Son amie ne l'avait pas condamnée. Même que sa réponse l'avait prise au dépourvu: «*Pourquoi serait-ce si mal de t'appuyer sur un homme fort et de t'en remettre à une tendresse qui te manque douloureusement?*» Assertion facile pour Normande. Situation plus complexe pour la mère d'un garçon qui venait d'avoir douze ans et qui tenait le prêtre en haute estime. Le père Gilman était le seul modèle mâle dans la vie de son fils depuis que Rino était décédé. Il serait impardonnable de détruire cet idéal.

Dépité par le silence de sa mère, Jo'no écarta le rideau avec colère et sortit dans la nuit.

10

Accroupi sur le sol, le dos au taudis, les mains entre les genoux, Jo'no était secoué d'une foule de sentiments amers : colère, appréhension, désespoir. De plus, tous les muscles de son corps lui faisaient mal et la blessure à sa tête élançait tel le repli récurrent d'un élastique.

Il détestait vivre ici. Dans cette sale ruelle étroite, flanquée de deux longues lignées de cabanes appuyées tant bien que mal les unes sur les autres afin de ne pas s'effondrer. Deux rangées de misère soutenues par des piquets de bois minés par les éléments. Lors de grands vents, il arrivait que des morceaux de toit leur tombent dessus.

Les amples espaces ensoleillés des champs de canne qui entouraient la maisonnette du *batey* lui manquaient terriblement. Ici, dans ce recoin, le soleil ne pénétrait jamais excepté à midi pour quelques minutes, alors qu'il était à son zénith. Pire encore, puisqu'il n'existait aucun réseau d'évacuation, l'eau de pluie stagnait en marées boueuses où flottaient ordures et excréments.

Il souffrait de l'absence de son père. De plus, le décès de son petit frère Henri avait créé un vide chez lui que rien ne venait combler. Il n'avait pas su le protéger. Lui, le parrain.

Il se dit qu'en somme, le surnom de Jo'bé était peut-être bien choisi. Le souvenir de l'enterrement de son petit frère se présenta à son esprit. Inconsciemment, il agita les mains comme pour chasser un insecte dans un effort pour l'écarter. Néanmoins, l'image du bambin recroquevillé dans une boîte de carton fit quand même surface et c'en fut trop. Un sanglot l'étrangla. Les larmes jaillirent sans qu'il puisse les empêcher. Il pencha la tête et pleura tout son soûl.

Il n'avait pas d'amis ici. Les gars de la bande n'étaient pas des copains. Il savait bien qu'ils se servaient de lui. Il n'était pas aussi naïf qu'il le laissait croire. Il savait qu'Orel et compagnie étaient impliqués dans le vol et le brigandage. Il les soupçonnait même de complicité avec certains *buscones*, des fripouilles qui contactaient des Haïtiens pour leur faire traverser illégalement la frontière et les livrer ensuite à des trafiquants de main-d'œuvre. Souvent, les véhicules qui les transportaient étaient pris pour cible par la milice dominicaine.

L'argent qu'il remettait à sa mère pour aider à nourrir la famille ne provenait pas seulement de son emploi dans les champs de bambou. Il n'en aurait pas eu suffisamment, car les enfants ne recevaient qu'une fraction du salaire déjà médiocre des adultes. C'est pourquoi il s'était acoquiné avec Orel. Ce dernier avait argumenté qu'à titre de « piquet », il ne saurait être tenu responsable si jamais les autorités venaient le harceler, puisqu'il ne participerait pas activement aux « petits larcins inoffensifs » du groupe. Jo'no revit soudain le pauvre monsieur Sistay affalé dans la brouette et un frisson d'effroi le parcourut.

Il lui *fallait* quitter Marmelade.

∾

Pourquoi sa mère refusait-elle de demander de l'aide au père Mark ? Les adultes étaient parfois incompréhensibles. Il renifla bruyamment, s'essuya le nez du revers de la main et releva la tête vers le firmament. L'immensité de la voûte étoilée ne fit qu'accroître son sentiment de petitesse et d'impuissance. Pourtant, son rêve de voir de la neige était à portée de main. Si seulement sa mère…

Il repassa en souvenir le poème qu'avait envoyé madame Normande. Il revit en pensée la photo du traîneau GT que Michel, le neveu de sa bienfaitrice, lui avait fait parvenir ; il s'imagina la motoneige que celui-ci avait la permission de conduire.

Tel un vent malicieux, un sentiment de culpabilité vint troubler ce beau mirage. Il ne pouvait laisser sa mère, Monise et Real se débrouiller seuls. Les larmes rejaillirent. Il était bel et bien captif ici. Aucune possibilité de s'en sortir. Sauf avec l'aide du père Gilman. Quoique, pour le joindre, il lui faudrait retraverser la frontière. Peut-être retomber entre les pattes de Luis. Cependant, quelle différence entre être tabassé par des bandits dominicains ou assailli par un gang de malfaiteurs haïtiens ? Misère pour misère, ne valait-il pas mieux tenter sa chance dans le pays voisin ? Au moins, de cette façon, il aurait l'occasion de réaliser son rêve. Il y songeait depuis si longtemps. Depuis que madame Normande l'avait « adopté ».

Dans une de ses lettres, Michel avait écrit qu'il travaillait pour son oncle Gilles. S'il se rendait au Canada, il pourrait voir si ce dernier accepterait de l'embaucher. Il lui serait alors possible d'envoyer régulièrement de l'argent à sa mère. Oui ! Voilà ce qu'il ferait ! Pour cela, il aurait besoin d'un passeport et d'un visa. Il ne savait toujours pas ce qu'était un visa, mais le père Mark, lui, le saurait.

11

EXEMPTÉ DU TRAVAIL À CAUSE DE SA BLESSURE, Jo'no patienta quelques jours avant de mettre son plan à exécution. Il ne fallait pas éveiller les soupçons de sa mère. Puis, prétextant qu'il se sentait mieux et que son patron requérait de la main-d'œuvre prête à passer une semaine en montagne pour couper du bambou géant, il partit.

Il croyait bien connaître le réseau routier haïtien, ayant étudié à plusieurs reprises la carte géographique, punaisée au mur de l'atelier. Il savait que la frontière dominicaine n'était pas aussi loin de Marmelade qu'il l'avait d'abord cru. Leur fuite avait duré trois longues semaines parce qu'à l'abandon au milieu de nulle part, ils avaient dû chercher leur chemin et s'arrêter souvent à cause des blessures infligées par Luis et sa milice. De surcroît, sa mère et lui, en compagnie d'Henri, de Monise et de Real, avaient dû battre la campagne et fourrager dans les champs pour trouver de l'eau et de la nourriture.

Il estimait la distance à parcourir à moins de cent cinquante kilomètres. Seul, suivant l'autoroute, il était sûr de couvrir ce trajet en peu de temps. Il avait soigneusement noté les municipalités importantes jusqu'à Ouanaminthe sur un bout de papier. De là, il traverserait à Dajabón, la ville dominicaine située juste de l'autre côté de la frontière. Il savait qu'on y exigerait un passeport; toutefois, ayant entendu parler de passeurs clandestins qui connaissaient des sentiers secrets dans la forêt, il avait décidé de résoudre ce problème sur place.

À Dajabón, il se rendrait à l'Iglesia de San Lázaro, église que visitait souvent le père Mark. Si ce dernier ne s'y trouvait pas, il demanderait au prêtre résidant comment gagner l'évêché de Saint-Domingue. Puisqu'il parlait couramment espagnol et pouvait maintenant se débrouiller en créole, il saurait se tirer d'affaire.

Il connaissait la menace des *buscones*; cependant, par mesure de précaution, il avait questionné Jean-Gadi, mine de rien, sur d'autres dangers potentiels. Il avait alors appris l'existence de kidnappeurs à l'affût d'enfants sur les grands-routes. Enfants que les bandits enlevaient pour vendre à de riches citoyens à titre de *restavèk* et de *làpourça*.

Jean-Gadi lui avait raconté sa propre expérience comme enfant esclave. Il était devenu un *restavèk* alors que ses parents, trop pauvres pour l'envoyer à l'école, l'avaient donné, à l'âge de six ans, à un couple richissime, dans l'espoir de lui fournir la chance de s'instruire. Chance qui ne s'était malheureusement jamais concrétisée.

Jean-Gadi avait dû littéralement *rester avec* ce couple pendant plusieurs années. Levé à cinq heures chaque matin, il devait travailler toute la journée à balayer la cour, à vider les pots de chambre, à nettoyer la voiture, à faire le ménage et à laver la vaisselle. Sans jamais se plaindre, autrement on sortait la rigoise, un fouet fait de lanières de cuir de bœuf, avec lequel on le battait. Sa sœur de sept ans, Brunine, *là pour ça*, avait subi le même sort. Il avait réussi à s'enfuir seulement lorsqu'un ouragan dévastateur avait détruit la maison de ses maîtres et tué sa sœur.

C'est donc avec appréhension que Jo'no gagna l'auto-route en direction nord. Il n'eut pas cependant à voyager seul, car la voie était assez achalandée. De lourdes charrettes et des camions à benne chargés de bétail, de canne à sucre ou de sacs de riz y roulaient dans les deux sens. Des *tap-taps* et des motocyclettes bondés de passagers circulaient au milieu des cris, des coups de klaxon et du va-et-vient continuel des piétons et des animaux domestiques.

Il se joignit à un homme qui se rendait à Plaisance pour y vendre une grosse truie qu'il tenait en laisse. L'homme lui confia avoir besoin d'argent pour acheter des semences et une brouette. Il espérait pouvoir aussi se procurer des sandales pour ses deux fillettes, bien qu'il admît avec tristesse qu'il n'aurait probablement pas assez de gourdes.

La route, flanquée de collines ondulantes, de petites parcelles de terre cultivées, de bouquets de palmiers et de manguiers, montait graduellement au gré de l'imposant Massif du Nord. Des odeurs de feux de bois annonçaient les villages. D'humbles agglomérations de cabanes apparaissaient alors, entourées de tables, de bassines, de fagots de branchages et de tout autre objet servant à la vie quotidienne.

À Plaisance, l'homme le quitta et Jo'no fit la connaissance d'un adolescent qui retournait chez lui accompagné d'une vieille bourrique surchargée de régimes de bananes et de deux vaches maigres dont le flanc avait été marqué de profondes initiales à l'aide d'une machette. Les deux garçons cheminèrent ensemble et, au grand bonheur de Jo'no, ce copain de fortune partagea son goûter avec lui. Puis, ils s'arrêtèrent à un puits communautaire le long de la route. L'endroit fourmillait de femmes et d'enfants venus y remplir des contenants de plastique et y faire la lessive. Ils durent patienter pour y avoir accès et se désaltérer.

Arrivé à destination, son compagnon l'invita chez lui, dans une bicoque de tôle accrochée au flanc de la montagne où Jo'no passa la nuit.

∾

Le lendemain, il reprit la route au chant du coq, frissonnant dans la fraîcheur et l'humidité du brouillard qui couvrait les hauteurs comme une toile d'araignée géante. Malgré l'heure matinale, les gens descendaient déjà vers l'autoroute, suivant les sentiers escarpés, balançant sur leur tête ou sur le dos d'un âne de lourdes charges de produits agricoles, destinés au marché.

Jo'no se faufila dans la cohue, espérant qu'une âme généreuse lui fasse don d'une croûte de pain ou d'un fruit. Puisque personne ne lui fit la charité, il suivit la foule à la foire de Limbé où il s'attarda devant les étalages, guettant les marchands et les acheteurs. Il réussit à s'emparer de quelques oranges et même d'une cuisse de poulet. Sa faim soulagée, il reprit son chemin.

Il marcha longtemps. Quand il parvint aux abords de Cap-Haïtien, la circulation se fit de plus en plus dense. À l'entrée de la ville, il dut s'arrêter à cause d'un gigantesque embouteillage. Un groupe d'écolières vêtues du costume brun et beige réglementaire attira son attention. Riant et gloussant, elles chuchotaient entre elles: «Blanc, Blanc». Intrigué, Jo'no se glissa plus près et aperçut deux jeunes Blancs debout à côté d'une fourgonnette qui fumait, capot ouvert. La mine déconfite, ceux-ci écoutaient un homme qui, tout en conversant, sortit un bidon d'eau du coffre arrière et disparut derrière le capot.

Jo'no tendit l'oreille. «*Les gens chaché ajan paské la vie est chè.*» Un des voyageurs demanda à l'autre s'il avait compris ce que disait leur guide. Ce dernier fit signe que non et grommela qu'il ne saisissait rien des propos de l'homme. Un grand sourire éclaira alors le visage de Jo'no. Il s'approcha des jeunes gens, manifestement des touristes ; qui plus est, ils s'exprimaient de la même façon que madame Normande. Il articula lentement et poliment à leur endroit :

— Bonjour messieurs. Vous avez besoin de quelqu'un pour traduire du créole au français ?

Surpris, les voyageurs le fixèrent avant de s'exclamer simultanément :

— Tu parles français, toi ?

— Oui, messieurs.

— Ben, ça parle au diable !

Ils se présentèrent : Marc Chénier et Guy Allard, deux jeunes Canadiens. Chroniqueurs de métier, ils faisaient la tournée d'Haïti à la recherche de données pour un documentaire sur la colonisation de l'île. Arrivés à Port-au-Prince, ils avaient loué cette misérable fourgonnette dont le radiateur ne cessait de réclamer de l'eau et ils avaient embauché ce guide qui avait affirmé bien parler le français, mais qui, en fin de compte, n'en connaissait que deux phrases : « Oui, je parle français, messieurs. Venez avec moi. »

Marc et Guy voulaient se rendre à Fort-Liberté, la plus ancienne ville du pays. Ils lui demandèrent s'il connaissait cet endroit. Jo'no dut admettre que non. Il réfléchit. Devrait-il raconter le but de son voyage à ces jeunes gens sympathiques ? Il décida qu'il valait mieux se taire. Lorsqu'ils exprimèrent leur étonnement quant à sa bonne connaissance du français, il répondit simplement que sa mère était enseignante.

La fourgonnette assouvie et la voie dégagée, les deux Canadiens se préparèrent à repartir. C'est alors que Jo'no

s'enhardit et demanda s'ils accepteraient de l'amener à
Fort-Liberté avec eux. Cette ville située au nord de l'île
était quelque peu hors de sa route, mais quand même
beaucoup plus près de son but. Devant l'hésitation des
touristes, il s'empressa d'ajouter qu'il traduirait pour eux
avec plaisir tout ce qu'ils souhaiteraient.

— Mais tu ne vas pas à l'école?

Jo'no répondit qu'il allait à « l'école de sa mère » et qu'il
voulait gagner la frontière dominicaine pour rencontrer
son « père ». Les Canadiens se consultèrent du regard
et Guy, le plus grand des deux, lui fit signe de la main
de monter à bord. Ravi de cette chance inespérée, Jo'no
s'installa sur la banquette arrière à côté de Marc. La
voiture n'avait parcouru que quelques kilomètres quand
Guy, tout excité, se mit à pointer devant avec insistance.

— Encore, Marc! Là, regarde! Vois-tu?

Intrigué, Jo'no se pencha à la fenêtre. Il ne vit rien
qui puisse susciter une telle réaction. La fourgonnette
roulait lentement dans un quartier résidentiel. Ici et là,
des femmes vaquaient aux soins de la maison, les enfants
s'amusaient, les hommes jouaient aux dominos. Marc
renchérit avec autant d'ébahissement.

— Ce côté-ci également! Regarde! Celui-là en a même
tout le long des joues, jusqu'au menton! On dirait une
barbe multicolore! Aïe! On lui en met une autre! Ayoye!
Pauvre gars!

En effet, un homme venait de se lever de la table où se
déroulait une partie de dominos et il avait accroché une
épingle à linge à la peau nue du ventre du joueur dont
les oreilles et les joues en étaient déjà couvertes. Cela
provoqua des cris et des rires dans le groupe de spectateurs
qui, accroupis par terre, chahutaient et se délectaient des
malheurs de la victime. Le souffre-douleur se leva alors,

enleva les épingles une par une puis, honteux, quitta la table. Immédiatement, un autre s'avança et prit sa place. Et le jeu reprit dans l'hilarité.

Jo'no pouffa à son tour pendant que le guide qui avait arrêté la fourgonnette pour permettre à ses clients d'observer la scène redémarra. Interloqués, Marc et Guy se tournèrent vers le garçon. Jo'no expliqua que, chaque fois qu'un joueur perdait une partie, on lui accrochait une épingle à linge au corps jusqu'à ce que le pauvre, n'en pouvant plus, abandonne le jeu. Devant l'expression incrédule des deux touristes, Jo'no raconta que cette conséquence n'était pas la seule. Il arrivait que, faute d'épingles, on obligeât le perdant à ingurgiter un verre d'eau par partie perdue, sans permission d'aller se soulager, jusqu'à ce que la victime doive renoncer à jouer.

La rencontre de ces jeunes hommes s'avéra des plus opportune pour Jo'no. Après qu'il eut répondu de son mieux à leurs questions tout le long du trajet, ces derniers l'invitèrent non seulement à casser la croûte avec eux, mais ils lui offrirent aussi de partager leur chambre, le soir venu. C'est ainsi que le garçon se retrouva à une trentaine de kilomètres de la frontière.

Le matin suivant, après avoir remercié plusieurs fois ses hôtes, Jo'no se remit en route avec un sac à dos rempli de victuailles, cadeau des Canadiens. La gentillesse et la générosité de Marc et de Guy confirmèrent sa résolution de se rendre au Canada. Si tous les gens de ce pays étaient comme ces jeunes hommes, comme madame Normande et le père Mark, il ne pouvait faire erreur.

Entre Fort-Liberté et Ouanaminthe, il fut surpris par un orage si violent qu'il dut trouver refuge dans une cabane qui servait à la fois d'abri et de commerce à un couple âgé qui vendait des papayes poussiéreuses ainsi que des billets de loterie. Les vieillards avaient l'air tellement affamés qu'il partagea une partie du contenu de son sac avec eux. Dès que le déluge eut cessé, il sortit dans la rivière de boue qu'était devenu le chemin.

Le paysage offrait des plaines mornes, couvertes de broussailles et de cactus. Çà et là, des vaches maigres broutaient les rares touffes d'herbe brune. Jo'no ne rencontra que quelques femmes portant de lourds paniers sur la tête, des gens attendant patiemment un *tap-tap* sur le bord de la route ainsi que des enfants sales et rachitiques qui, au moyen de bâtons et de râteaux, nettoyaient la chaussée dans l'espoir de recevoir quelques gourdes pour leurs efforts.

Quand il parvint enfin au gigantesque panneau rouge sur lequel il put lire Ouanaminthe, il était exténué, mais fier de son exploit. Il poussa jusqu'au centre-ville à la recherche de l'endroit où traverser en République dominicaine. C'est là qu'il fut témoin d'une scène horrible.

12

UNE COLONNE DE FUMÉE NOIRE et épaisse s'élevait au loin. Impossible d'en déterminer la provenance. Une foule bruyante et compacte lui bloquait la vue. Une odeur âcre, écœurante de chair brûlée imprégnait l'atmosphère. Faisait-on cuire un porc sur la place publique? Alors, pourquoi la huée, les poings en l'air, les vociférations? Des hurlements suraigus, inhumains, percèrent tout à coup le tumulte; des cris de souffrance si déchirants que Jo'no en eut la chair de poule. Et la foule, exaltée, se mit à s'époumoner de plus belle, fouettée par les râlements atroces qui s'amplifiaient.

Épouvanté, Jo'no voulut reculer pour s'enfuir. Cependant, d'autres badauds attirés par la perturbation s'étaient massés derrière lui et le pressaient vers l'avant. Pris en étau, il fut littéralement porté au centre de l'action par cette marée humaine en folie. Horrifié, il vit trois hommes, chacun chargé d'un pneu enflammé au cou, mains ligotées dans le dos, qui criaient, trépignaient et se tordaient de douleur. Dans sa terreur, le garçon n'y vit qu'une explication: les suppliciés avaient tenté de franchir la frontière sans passeport! Il se débattit alors avec toute son énergie, griffant, poussant, battant l'air de ses poings, pour s'extirper de cette meute enragée.

Lorsqu'il y parvint, il prit ses jambes à son cou et s'enfuit en zigzaguant aveuglément. Il lui sembla courir pendant des heures. Finalement, trempé de sueur, le cœur battant, les vêtements déchirés, il s'arrêta pour reprendre son souffle. Haletant, les mains sur les genoux tel un marathonien à la ligne d'arrivée, il constata qu'il se trouvait sur un pont surplombant une rivière. Il releva la tête pour s'orienter et, devant lui, sur une immense arche de pierre grise, il lut : Republica Dominicana. Il s'évanouit.

∾

Il étouffait. Chaque respiration lui emplissait le nez et la bouche d'eau. En panique, il s'ébroua, toussa, crachota et réussit à prendre une grande goulée d'air. Tremblant, il ouvrit les yeux et jeta un regard autour de lui. Il était couché dans l'eau. On l'avait précipité dans la rivière ! Heureusement qu'elle n'était pas profonde, car il s'y serait noyé.

En haut, sur le pont, c'était le chahut. Les gens avec leurs brouettes, leurs bagages et leurs paniers remplis de marchandises se bousculaient et protestaient. D'un côté, des garde-frontières les refoulaient à grands coups de matraque et de crosse de carabine ; de l'autre, des soldats au casque bleu s'activaient dans la foule déchaînée auprès des douaniers haïtiens.

Plus mort que vif, Jo'no se leva. Immédiatement, l'eau autour de lui se mit à gicler sous le sifflement des balles. Affolé, il s'élança vers la rive devant lui, s'affalant et se relevant, la boue et le courant ralentissant son avance. Quand enfin il atteignit la berge, il s'agrippa à une branche et tira de toutes ses forces pour escalader l'escarpement. Un individu, souriant à belles dents, lui tendit la main pour l'aider à grimper.

En quelques minutes, il se retrouva désorienté, trempé, contusionné, assis avec une dizaine de passagers entassés à l'arrière d'une vieille camionnette semblable à celle du père Mark. Sans explication ni avertissement, celui qui l'avait aidé monta derrière le volant et le véhicule partit en cahotant.

Où l'emmenait-on? Qui était cet homme? Qui étaient ses compagnons? Il s'essuya le visage de la main et la retira couverte de sang. Les sutures au-dessus de son oreille s'étaient rouvertes.

Maman!

Il n'avait qu'une idée: retourner à Marmelade. Jamais il ne pourrait oublier les visages suffoquant dans un tourbillon de fumée et fondant comme de la cire sous l'intensité des flammes. Jamais il ne pourrait se défaire des cris hallucinants et intolérables, des épouvantables émanations de chair grillée et de la danse macabre des trois martyrs. Il frissonna d'horreur dans la chaleur accablante qui oppressait la cargaison humaine du camion.

Une main le toucha. Il sursauta, releva la tête et vit un adolescent qui devait avoir son âge. Ce dernier s'adressa à lui en créole:

— Ça va?

Le ton bienveillant le fit déglutir. Il fit signe que oui. Qu'aurait-il pu répondre d'autre? Le garçon sembla comprendre et dit:

— Ne t'en fais pas, ça ira mieux maintenant.

Mieux? Maintenant? Que voulait-il dire? L'adolescent se présenta.

— Je suis Nelson. Et toi?

Jo'no jeta un regard circulaire autour de lui. Assis au fond de la boîte du camion, les jambes allongées devant eux, les passagers l'observaient avec circonspection. Il balbutia sur un ton à peine audible.

— Jo'no.

Et, s'enhardissant, il demanda :

— Où allons-nous ?

Surpris, Nelson fronça les sourcils.

Mais... en Dominicanie. N'est-ce pas où tu vas, toi aussi ?

Son sang se figea dans ses veines. D'une voix blanche, il s'exclama :

— Non ! Non ! Ti-Jésus ! Non ! Je n'ai pas de passeport !

— Mais... aucun de nous ne possède un passeport ! Pourquoi penses-tu que nous sommes ici ?

Devant le mutisme de Jo'no qui ne savait que répondre, Nelson raconta son histoire. Il avait douze ans. Il demeurait à Cap-Haïtien. Il voulait poursuivre ses études afin d'obtenir un bon emploi un jour. Ses parents toutefois n'avaient pas les moyens de l'envoyer à l'école. Un oncle établi en Dominicanie l'avait invité à vivre chez lui. Il lui promettait un travail comme jardinier chez des familles dominicaines. Ses parents, donc, lui avaient donné une valise avec quelques vêtements et un peu d'argent. Le garçon avoua que sa famille lui manquerait, par contre il pourrait manger plus d'une fois par jour. Et quand il aurait réussi à mettre un peu d'argent de côté, il reviendrait en Haïti pour reprendre ses études.

D'autres parlèrent aussi des circonstances qui les poussaient à fuir leur pays. Encore sous l'effet de la peur, Jo'no n'écouta que d'une oreille. Il était en route pour la République dominicaine ! Sans passeport ! Ti-Jésus ! L'angoisse le faisait claquer des dents.

Pourtant, ce Nelson ne venait-il pas de dire qu'il n'en avait pas, lui non plus ? Ni aucun des autres passagers...

— Co... comment allez-vous traverser la frontière sans... sans papiers ?

Un des hommes, un géant qui lui rappelait Raoul, ce coupeur de canne de Panfosa, leva le pouce en direction du conducteur.

— Avec l'aide du passeur. C'est pourquoi nous l'avons payé.

— Vous l'avez payé?

Surpris, Nelson voulut savoir:

— Pas toi?

Jo'no répondit que non. L'homme ne lui avait pas demandé d'argent. D'ailleurs, il n'en avait pas. Personne n'émit de commentaires. Les passagers se contentèrent de hocher la tête. Jo'no déclara avec véhémence qu'il ne désirait absolument pas franchir la frontière. C'était trop dangereux. N'avaient-ils pas vu ce qui venait de se passer sur la place publique? «Raoul» grommela.

— Tu veux dire l'épisode du *pèlebren*?

Devant sa détresse, l'homme expliqua que le père Lebrun était le nom d'un vendeur de pneus de Port-au-Prince et que l'expression faisait référence au supplice du collier, un pneu rempli de pétrole enflammé, passé au cou.

— Et... v... vous n'avez pas p... peur?

Un éclair de compréhension traversa le visage de «Raoul».

— Ces condamnés n'étaient pas des clandestins, *timoun*. C'étaient des agitateurs politiques.

Jo'no fut si soulagé que son corps tendu à l'extrême retomba sur lui-même comme un pantin désarticulé. Un autre passager cracha par terre, jura et maugréa que, craignant les émeutes, les autorités dominicaines avaient fermé la frontière. Un troisième expliqua que cette décision avait suscité la révolte et que la Minustah, ce corps d'armée des Nations Unies composé d'hommes aux casques bleus, avait été appelée à la rescousse.

Jo'no tentait de suivre ces explications, mais son esprit survolté tourbillonnait. D'autant plus que Nelson admit qu'il était vrai qu'il y avait beaucoup de danger. Plusieurs enfants étaient partis là-bas et n'avaient plus jamais donné signe de vie. Mais, misère pour misère, il fallait croire que ce serait mieux en Dominicanie.

Un homme jeta avec hargne :

— Ça ne peut être pire. Ici, *che manje che*[2].

Tous les passagers acquiescèrent sombrement.

---

2 - Les chiens se dévorent entre eux.

13

La camionnette bringuebalait et louvoyait, exacerbant les élancements douloureux de la blessure du garçon. Et l'incertitude le dévorait. Devrait-il rebrousser chemin ? «Raoul», qui en fait s'appelait Alcide, lui avait répété les ordres du passeur : ne pas courir s'il voyait des policiers dominicains et s'arrêter si le passeur s'arrêtait, sinon il risquait de se perdre ou de se faire tabasser. À la seule idée de rencontrer des miliciens, Jo'no tremblait comme une feuille.

Par-dessus les pans de la boîte du camion, le paysage filait. Impossible de sauter en bas du véhicule. Le conducteur les mènerait-il ainsi jusqu'en Dominicanie ? S'il réussissait à franchir la frontière, où se trouverait-il une fois de l'autre côté ? Loin de Dajabón ? Si oui, comment s'y rendre sans se faire arrêter ? Voyager sans papiers dans ce pays était extrêmement dangereux.

Il repensa à sa mère. À Real qui mourait de faim. À Monise qui devrait aller à l'école.

Impossible de les abandonner dans ces conditions. Il lui fallait communiquer avec le père Mark. Le souvenir du prêtre et de sa bonté lui redonna espoir. Dès qu'il le retrouverait, lui et les siens seraient sauvés. Il devait donc persévérer dans sa démarche. Même faire vite. Il ne restait que quelques jours avant que sa mère s'inquiète de son absence.

Le camion stoppa enfin dans un long grincement de freins. Couverts de sueur et de poussière, les passagers descendirent sous l'œil vigilant du passeur. Celui-ci distribua de l'eau, un peu de pain et quelques fruits, puis donna l'ordre de se mettre en marche. Les hommes devaient dorénavant garder le silence et ne pas faire de bruit.

Ils progressèrent par champs et par bois pendant environ deux heures, le passeur forçant constamment l'allure. Ils arrivèrent essoufflés et éreintés à la rivière Massacre où ils purent traverser à gué. Le courant lent et fluide soulagea les bras et les jambes écorchés de Jo'no. Tout en continuant d'avancer, le garçon plongea les mains dans l'eau tiède et se lava le visage encroûté de sang. Sur la rive opposée, le passeur les avertit qu'ils se trouvaient maintenant en Dominicanie et qu'il fallait redoubler de vigilance.

La marche reprit quand, soudain, des cris retentirent et six garde-frontières, fusil au poing, surgirent de la forêt comme autant de mauvais génies. Terrifiés, les fugitifs oublièrent les instructions données et s'élancèrent comme des lapins dans toutes les directions pour se buter à une barrière de fils barbelés. Quelques hommes tentèrent d'y grimper, cependant les pointes acérées leur déchirèrent les paumes et la poitrine. D'autres essayaient de se faufiler en dessous, en creusant la terre de leurs mains avec l'énergie du désespoir, quand les gardes les rejoignirent et se mirent à gueuler et à tirer en l'air. Les clandestins figèrent sur place.

Le passeur qui avait cherché en vain à empêcher ses passagers de prendre la fuite arriva au pas de course, mains levées en signe de paix. À bout de souffle, il attendit que les miliciens se calment pour demander la permission de fouiller dans sa poche. Le policier qui semblait le chef fit signe que oui. Avec beaucoup de prudence, l'homme sortit une liasse de billets de banque et la lui remit. Les autres s'approchèrent, l'air méchant, et une discussion acharnée s'ensuivit.

Jo'no comprit que ces derniers ne trouvaient pas la somme suffisante. Il les entendit menacer le passeur qui protesta que c'était le montant convenu. Un des miliciens leva son arme et frappa le passeur dans le dos. Celui-ci chancela, mais persista dans son entêtement. Alors, les garde-frontières le terrassèrent, le fouillèrent et vidèrent ses poches. Après avoir agi de même avec tous les clandestins, ils se fondirent dans la forêt.

C'est alors qu'un homme chétif à l'air chafouin, qui avait manifestement assisté à la scène, caché derrière un arbre, vint à leur rencontre. Les yeux agrandis par la peur, Jo'no vit leur guide se jeter à genoux et se mettre à gratter le sol. Il creusa à mains nues durant un bout de temps et finit par sortir une petite boîte de fer, après quoi les deux compères s'éloignèrent. Jo'no les observa argumenter avec force gestes. À un moment donné, le guide se retourna et le pointa du doigt. Finalement, il paya l'inconnu et ce dernier fit signe au groupe de le suivre. Plus morts que vifs, les clandestins reprirent leur marche derrière ce nouveau passeur.

Ce n'est que le lendemain midi, après qu'une charrette fut venue les chercher, qu'ils parvinrent au bord de la mer à une ville nommée Pepillo Salcedo. Chacun partit de son côté et Jo'no resta seul avec l'individu à l'allure fourbe.

Il se hasarda à dire :

— *Hablo español señor…*

L'homme fut surpris, mais ne dit rien, se contentant de lui signaler de l'index de venir avec lui. Jo'no lui emboîta le pas jusqu'à une cabane près de laquelle était stationnée une moto. L'homme l'enfourcha et toujours sans ouvrir la bouche fit comprendre au garçon qu'il devait monter derrière lui. Jo'no demanda timidement s'il pouvait le conduire à Dajabón. Ce dernier fit signe que oui et, impatient, ordonna à Jo'no de suivre sa directive. Le garçon obtempéra et faillit basculer quand le véhicule partit à toute vitesse. Malgré l'odeur repoussante du conducteur, il dut s'y accrocher à deux bras pour ne pas tomber.

Se pouvait-il que tout soit résolu aussi facilement? Que le passeur l'amène ainsi à destination sans plus de façons? Jo'no aurait aimé lui poser ces questions, mais le grondement du moteur et le vent qui lui fouettait le visage rendaient toute conversation impossible.

Le garçon se contenta de regarder filer le décor. Ils se dirigeaient vers le sud, car ils voyageaient en sens contraire de la mer. L'homme avait donc dit vrai. Ils allaient à Dajabón. Une grande bouffée de bonheur dilata la poitrine du jeune réfugié. Il approchait de son but!

Le paysage changeait. La moto roulait maintenant en pleine campagne. Jo'no se retrouva bientôt en territoire familier, traversant des champs de canne. Les longs panaches blancs à tête ébouriffée ondoyaient à perte de vue dans la chaleur accablante. Comme cela lui rappelait des souvenirs!

Perdu dans ses pensées, il ne s'aperçut pas qu'ils avaient laissé la route principale pour s'aventurer dans un sentier de terre battue, dévoré d'ornières et divisé au milieu par une bande de verdure. Ce n'est que lorsqu'il vit l'agglomération de taudis qu'il se rendit compte qu'ils avaient gagné un *batey*. Le conducteur arrêta la moto et lui ordonna de descendre. Un colosse au visage de bouledogue, fusil en bandoulière, vint à leur rencontre en se flattant la moustache. Il héla le passeur.

— ¡ *Hola, Ezio ! Qué está pasando ?*

Ezio saisit Jo'no par le bras, le poussa devant lui, et les deux compères se mirent à marchander. La mort dans l'âme, Jo'no comprit qu'il avait été berné.

14

— Attends-moi pas pour souper à soir, Normie, j'arrêterai m'acheter un sandwich au restaurant à Mattice.

— Encore! Mais j'ai fait mariner des côtes levées et préparé...

— Eh ben, ça sera pour demain.

— Gilles...

— Écoute, Normie, j'suis pressé. J'suis déjà en route pour Hearst. Je te verrai à soir. Bye!

Avant qu'elle ait le temps de demander à quelle heure il comptait être de retour, il avait fermé son portable. Songeuse, elle reposa le combiné. Il travaillait trop. Il finirait par se rendre malade. En plus du fait qu'ils ne se voyaient presque plus.

L'idée de se retrouver seule à table encore une fois la déprimait. Elle décida d'appeler Louise. Si son amie était libre, elles sortiraient souper ensemble. Somme toute, c'était mieux ainsi. Elle avait craint de partager avec son mari les nouvelles décevantes qu'elle avait reçues en matinée.

❧

— Tu dis que Gilles était en route pour Hearst quand il t'a appelée?

— Oui, pourquoi?

Louise ignora la question et demanda:

— Vers quelle heure?

Normande regarda sa montre.

— Il devait être... cinq heures moins quart... peut-être cinq heures.

— C'est bizarre.

— Pourquoi?

— Parce qu'il était encore au bureau à ce moment-là. Même que, quand je suis partie à cinq heures et demie, son camion était dans le stationnement.

— Eh bien, j'aurai mal compris.

Devant l'expression dubitative de Louise, Normande ajouta:

— Il est probablement parti avec Lionel. Ils voyagent souvent ensemble d'un chantier à l'autre.

Louise hocha la tête et changea de sujet.

— Toujours intéressée à travailler pour moi?

Normande acquiesça avec un tel enthousiasme que Louise en fut désolée. Elle n'avait que trois courts textes à lui confier. C'est alors que Normande lui dit que le conseil scolaire réclamait un peu plus de onze mille dollars de frais de scolarité annuels pour un enfant qu'on qualifiait de «résident temporaire». Louise émit un petit sifflement.

— Onze mille dollars! Pas sérieuse!

Normande expliqua que c'était les exigences de la loi relativement au financement d'élèves demeurant à l'extérieur du pays. Le conseil faisait parvenir la facture à la personne qui parrainait l'enfant et il incombait à celle-ci de demander aux parents de la rembourser, si elle voulait recouvrer ses frais.

— Tu me vois envoyer une telle facture à Gabriella?

Devant la mine découragée de son amie, Louise resta pensive. Puis, sans consulter, elle commanda deux autres verres de vin. Normande protesta, déclarant qu'elle devait conduire pour retourner chez elle.

— Tut, tut! S'il faut, nous prendrons un taxi.

Normande voulut argumenter, mais Louise lui coupa la parole.

— Tu sais où tu peux les trouver, ces onze mille dollars.

Normande s'agita sur sa chaise. Une brève expression d'agacement traversa le visage de Louise. Elle planta son regard dans celui de son amie.

— Écoute, il faut que tu t'affirmes une fois pour toutes. Exige ta part. S'il refuse, quitte-le, sacrifice! De cette façon, il sera *légalement obligé* de te céder la moitié de la compagnie.

Honteuse, Normande admit amèrement:

— Je sais tout ça, Louise. Mais tu me connais, c'est toujours difficile pour moi de... placer mes besoins avant ceux... des autres.

— Tu veux dire avant ceux de Gilles. Pourtant, ça n'a pas l'air de trop le déranger, lui, le petit empereur.

Normande afficha une mine tellement malheureuse que Louise suggéra:

— O.K., parlons d'autre chose. D'un nouvel emploi.

— Quoi? Tu quittes le bureau de traduction?

— Pas de *mon* nouvel emploi. Du tien. Faisons une liste de ce qui pourrait t'intéresser.

— Mais Gilles...

— Toujours ce même réflexe, hein? Laisse monsieur Macho de côté pour ce soir. T'as besoin d'argent?

— Oui...

— Alors...

Louise leva la main pour attirer l'attention de la serveuse. Quand celle-ci se présenta, elle fut toute surprise de la demande de cette cliente. Elle obtempéra de bonne grâce et revint avec un bottin téléphonique. Louise l'ouvrit à l'annuaire des Pages Jaunes et se mit à lire tout haut, en commentant.

— Affaires indiennes... non. Agences de voyages... non plus. Avocats... oui, tiens! Penses-y, Norm, si tu travaillais dans un bureau d'avocats, t'aurais accès à de l'information utile. Quel avantage quand t'entameras les procédures de divorce!

— Louise, je ne...

— O.K., pas d'avocat.

Elle vida son verre et en commanda un autre. Normande fit signe que non lorsque la serveuse la consulta.

— Boulangerie... non. Entrepreneurs en construction... Hum, pourquoi pas? Tu t'y connais bien; je dirais même beaucoup.

— Écoute, Lou, je n'ai pas les qualif...

— Entreposage... Ahhh! Ça serait utile! T'aurais accès à des emplacements sûrs pour entreposer Gilles.

Et elle éclata de rire. Normande renonça à lui faire cesser son petit jeu. Éméchée, son amie risquait de faire une scène si elle insistait.

— Oups! J'ai passé les écoles, collèges et universités. Voilà ce que tu devrais faire, Norm! Retourner aux études! Obtenir les certifications requises. Tu sais que les collèges communautaires accordent des crédits de nos jours? Pour ce qu'ils appellent la «reconnaissance des acquis»?

Devant l'expression perplexe de Normande, Louise précisa.

— On donne des crédits pour l'expérience au travail. À cause de ton emploi comme bonne à tout faire chez

Viau Construction, je suis certaine qu'on t'en accorderait plusieurs!

Bombant le torse, elle claironna:

— Diplôme en commerce. Tu trouves pas que ça fait important? Tu pourrais prouver à Gilles que t'es capable de t'en tirer toute seule! Ça lui montrerait. Oh! Que j'aimerais lui voir la binette lors de la remise de diplômes!

Louise continua ainsi à tourner les pages du bottin et à faire glisser son doigt sur les listes. Elle s'arrêta soudainement et, pointant un mot avec fougue, s'esclaffa.

— Prothèses auditives... En v'là une bonne. Gilles qui fait semblant d'être sourd quand ça l'arrange. Imagine si t'obtenais un emploi chez un audiologiste... Ha! Ha! Santé mentale... Il va sans dire, hein, Norm? Serruriers... toxicomanie... vétérinaires... Ouais, intéressant, ça...

Normande ne l'écoutait plus. Une idée venait de germer dans son esprit.

15

Elle commencerait le lundi suivant. Si elle acceptait...

Normande ne savait pas quoi penser. Monsieur Lamarche, propriétaire du Centre Lamarche Building Center, avait appris qu'elle n'était plus employée chez les Entreprises Viau Construction et il l'avait appelée. Pris de court par le départ inattendu d'un de ses commis, il lui avait proposé le poste.

N'ayant jamais travaillé comme vendeuse, Normande avait eu de la difficulté à répondre. Devant ses hésitations, l'homme l'avait rassurée : un collègue serait à sa disposition pour la guider jusqu'à ce qu'elle se sente à l'aise pour accomplir les tâches requises. Il lui avait confié que sa fille, Andréanne, avait suivi des cours de tutorat avec elle et n'avait eu que des louanges à son endroit. En outre, il avait consulté madame Chouinard, une amie de la famille, et la dame s'était portée garante de ses connaissances en matériaux de construction.

Que faire ?

Normande avait craint la réaction de Gilles, toutefois son mari avait été étonnamment conciliant. Sauf pour quelques remarques dédaigneuses au sujet du salaire offert, mais dont il s'était empressé de s'excuser, il ne s'y était pas opposé. Même qu'il l'avait encouragée !

Encore plus surprenant, il avait accepté qu'elle envisage un retour aux études. Sans même rechigner sur les coûts! Décidément, la menace de le quitter et de s'approprier la moitié de l'entreprise avait porté fruit. Normande ne savait toujours pas si elle avait droit à cette moitié car, en dépit de sa promesse à Louise, elle avait négligé de s'informer. Néanmoins, si elle se fiait à l'attitude beaucoup plus amène de Gilles, il était évident que ce devait être le cas.

Elle avait donc fait preuve d'audace et donné suite à la suggestion de Louise. La conseillère responsable des Services aux étudiants du collège communautaire avait été des plus gentilles et très encourageante. Comme son amie l'avait avancé, on accordait des crédits basés sur la reconnaissance des acquis. Un diplôme en commerce nécessitait deux ans de cours. La conseillère, cependant, avait indiqué qu'il était possible de remplir les exigences du programme en beaucoup moins de temps, selon les crédits accordés au préalable.

Normande avait alors compilé le dossier de ses acquis. L'exercice s'était avéré une véritable révélation. Jamais elle n'aurait cru posséder autant de compétences: réception, rédaction de lettres, classement de dossiers, comptabilité et tenue de livres (malgré les railleries de Gilles, elle pouvait très bien s'en tirer), planification d'horaires de travail pour les employés, informatique, traitement de texte, cours de tutorat, bonne connaissance des matériaux de construction, en plus de son bilinguisme et de son excellence dans les deux langues à l'écrit. Bref, elle qui se croyait sans valeur marchande se trouva grandement valorisée. Selon la conseillère, elle pourrait obtenir une certification en commerce en un an. Après quoi, il lui serait possible d'aspirer à un emploi plus rémunérateur.

Par contre, si elle acceptait le poste de vendeuse...

16

Sa tête était une balle de baseball sur laquelle on tapait à grands coups de bâton. Chaque baffe résonnait cruellement dans son crâne et se répercutait dans son corps brûlant de fièvre. Il avait mal. Horriblement mal. À demi conscient, Jo'no émit un long gémissement. Où se trouvait-il ? Il n'avait pas la force de soulever ses paupières.

Maman!

Il retomba dans sa torpeur, terrassé par la douleur et la chaleur oppressante. Puis, il sentit quelqu'un l'obliger à ouvrir la bouche. Une eau tiède coula dans sa gorge. L'étouffa. En panique, il se dressa sur son séant et se mit à tousser et à cracher. Quand il parvint à retrouver son souffle, il vit une vieille femme assise par terre près de lui. Tontine Maria! Mais le regard qu'il rencontra était vide. Ce n'était pas elle. Il se souvint alors que la tontine était décédée. La vieillarde lui mit la calebasse entre les mains, se leva péniblement et sortit de la bicoque.

Les élancements continuaient à lui marteler le crâne. Se laissant choir sur sa couche, il porta la main à la tête. Les points de suture desserrés mordaient la chair distendue de la plaie au-dessus de l'oreille. Quand il retira les doigts, ils étaient couverts d'un liquide visqueux et malodorant. Que lui était-il arrivé ?

Lentement, les souvenirs refirent surface. Il avait été trahi par l'homme qui lui avait tendu la main dans la rivière Massacre. Vendu comme *bracero* à un contremaître tout aussi cruel que Luis. Dès son arrivée, le colosse à la moustache lui avait remis une machette et l'avait immédiatement conduit dans un champ de canne. Mais comment avait-il échoué sur cette couche?

Dans son état semi-comateux, il crut entendre la voix du père Mark. Il se laissa glisser dans cette rêverie réconfortante et se plut à se remémorer les visites du prêtre lors de ses tournées dans les *bateyes*. La voix se rapprocha et il put suivre la discussion en cours.

— Alors, Demario, tu as pris connaissance de la liste de doléances des coupeurs de canne?

— Oui, mon père.

— Et?

L'homme répondit sur un ton insolent.

— Et quoi?

— Que comptes-tu en faire?

— Ce que je compte en faire? Laissez-moi vous poser une question à mon tour, père Gilman. Que connaissez-vous de l'industrie du sucre?

La voix habituellement calme du père s'échauffa.

— Assez pour savoir qu'il se passe ici des transactions illégales.

— Ah? Comme...?

— J'entends des rumeurs que faute de main-d'œuvre en prévision de la *zafra*, tu en achètes. C'est un jeu dangereux, mon ami.

Il y eut une longue pause. Jo'no crut que son rêve avait pris fin. L'interlocuteur répondit enfin, sur un ton menaçant.

— *Ma* responsabilité est de fournir les quotas demandés par les patrons. Pourquoi ne pas vous occuper des âmes selon *votre* responsabilité et me laisser m'occuper de la canne ? Une suggestion *d'ami,* comme vous dites.

C'est à ce moment que Jo'no se rendit compte qu'il ne rêvait pas. Le père Gilman était bel et bien là, tout près ! Il voulut crier, toutefois seule une faible plainte jaillit de ses lèvres sèches. Il tenta de se redresser pour faire du bruit et attirer l'attention. En vain. La voix s'éloigna et devint progressivement inaudible jusqu'au moment où il ne l'entendit plus. Deux grosses larmes roulèrent sur les joues enfiévrées du garçon. Il mourrait ici sans avoir revu sa famille.

17

ON NE LUI AVAIT PAS DIT que le ciel était si blanc, quelque peu rude au toucher, comme amidonné, et comportait une odeur étrange qui piquait le nez. Néanmoins, il était bien. La touffeur insoutenable qui avait pressé son corps comme une éponge s'était estompée. Tous ses malaises et ses douleurs avaient disparu. Il flottait, léger, sans soucis, enveloppé dans les délices ouatés d'un nuage.

Des pensées malveillantes venaient frapper à la porte de sa conscience, mais il refusait de les laisser entrer. Il était trop bien dans cette atmosphère de sérénité. Il s'y cantonna donc. La mort était si douce. Il lui faudrait le dire à sa mère.

Sa mère !

Elle devait se morfondre d'inquiétude à son sujet ! Comment la joindre du paradis ? Il s'agita. Quelqu'un lui prenait le bras. Dieu ! Il l'appelait avec bienveillance.

— Jo'no. Jo'no, tu m'entends ?

La voix ressemblait étrangement à celle du père Mark. Le garçon fit un énorme effort pour soulever les paupières. Il voulait voir ce Dieu dont on lui parlait depuis sa plus tendre enfance. Et, en même temps, Lui demander de dire à sa mère qu'il était bien. Si bien !

— Jo'no. Je sais que tu es réveillé. Tu… reviens de… loin, bonhomme.

On aurait dit que Dieu avait des sanglots dans la voix.

— C'est moi, le père Mark. Est-ce que tu peux ouvrir les yeux ?

Le père Gilman ? Il n'était donc pas au ciel ? Où était-il ? Le prêtre sembla lire dans ses pensées.

— Tu es à un hôpital de Saint-Domingue. Tu as été très malade, mais tu vas beaucoup mieux maintenant. J'ai beaucoup de questions pour toi, mon garçon.

Des questions ?

— Allez, regarde-moi.

Jo'no quitta alors son cocon si confortable. Il souleva les paupières et vit le père Mark penché sur lui avec sollicitude. Il balbutia :

— Ma… mè… re ?

Mark Gilman se sentit chanceler. Sa mère ! Gabriella ! Était-elle toujours vivante ? Si oui, où était-elle ? Comment Jo'no s'était-il retrouvé au *batey* Losdarcuna, dans le nord-ouest du pays, séparé de sa famille ? Et Monise, Real et Henri ? Il brûlait de savoir. Les médecins, cependant, l'avaient averti de ne pas brusquer le garçon ; il avait subi non seulement des blessures corporelles, mais également un grave traumatisme psychologique. Mark, néanmoins, ne put s'empêcher d'articuler avec peine.

— Ta mère… Est-elle… ? Où… où est-elle ?

Jo'no fit un effort pour mettre de l'ordre dans son esprit. Sa mère était à… Où était-elle ? À Fort-Liberté ? Non. À Dajabón ? Non plus. Au *batey* ? Tout s'entremêlait dans sa tête.

Malgré son agitation grandissante, Mark se voulut rassurant.

— Prends ton temps.

— Marmelade ! Maman est à Marmelade.

Tout lui revenait en vrac.

— Dans le bidonville, au sud de la ville. Sur la rue Boucheteau. C'est horrible ! Oh ! Mon père ! Il faut aller la chercher. Elle doit être tellement inquiète et Real est... Il a trop faim. Il ne peut plus jouer ni courir et maman...

Mark appuya sur un bouton pour appeler l'infirmière en poste. Il lui fallait immédiatement se rendre en Haïti !

— Écoute, bonhomme, tu es en sécurité ici. Tu dois rester quelques semaines encore. Pour refaire tes forces. Je pars chercher ta mère et les enfants.

Une infirmière se présenta.

— Voici Carmen. C'est une amie à moi. Elle prendra soin de toi pendant mon absence. Je serai de retour dans deux jours, trois au maximum. Je te le promets. Tu crois que ça va aller ?

L'enfant ne répondit pas. Épuisé, il s'était déjà rendormi dans son nid douillet.

18

Mark Gilman vibrait. Littéralement. D'exultation. D'anticipation. D'inquiétude. Gabriella était vivante! Il savait où elle était et il la reverrait très bientôt. Après huit longs mois! Cependant, dans quel état la trouverait-il?

Il mit de côté ses spéculations. Le temps pressait. Il quitta l'hôpital à grandes enjambées pour se rendre au presbytère tout en se sermonnant de se calmer. Il lui fallait réfléchir. Bien s'organiser. Il aurait besoin de son passeport, de sa soutane, de papier gravé de l'en-tête officiel de l'évêché, de l'argent, quelques effets personnels, en plus de passer voir sœur Adela, la religieuse responsable du centre d'accueil diocésain. Il userait de tout son charme pour la convaincre. Il crut bon quand même, tout en préparant son sac de voyage, d'adresser une prière au ciel, l'implorant de l'aider à trouver les paroles nécessaires.

❧

La route à Dajabón lui était familière; il l'avait si souvent parcourue. Un trajet de quatre ou cinq heures si tout se passait bien. Par contre, celle d'Ouanaminthe à Marmelade, il ne connaissait pas, n'étant jamais allé en Haïti.

La dernière fois que le père Gilman avait vu la famille Vellera était à la fin de janvier, alors qu'il avait accompagné Normande Viau à Panfosa. C'est là que, par inadvertance, sa compatriote avait laissé entendre que Gabriella pensait souvent à lui. À partir de ce moment, il avait cherché une occasion propice à une franche conversation avec la jeune femme. Toutefois, pressentant sa réticence, il n'avait pas voulu s'imposer. Il était donc retourné à sa mission, espérant que Gabriella réussisse à surmonter le tabou que représentait pour elle son collet romain.

Puis, elle avait disparu! Elle, ses enfants, la maisonnette, tout! Ce bandit de Luis en était sûrement responsable. Les avait-il déportés? Tués? Mark avait eu beau questionner les gens, personne ne savait rien. Ou plutôt, personne ne voulait parler.

Fou de rage, il avait donné suite à ses intentions de dénoncer le misérable. Il avait rencontré les dirigeants de la plantation, mais sans résultat. Les grands propriétaires terriens avaient réagi en assignant le malfrat ailleurs. Le prêtre avait alors pris rendez-vous avec des journalistes de la presse de Saint-Domingue, les adjurant de porter des accusations publiques contre la multinationale qui exploitait et malmenait les *braceros*. On avait catégoriquement refusé, sous prétexte qu'il n'avait aucune preuve tangible de ce qu'il avançait. En dernier lieu, Mark avait rencontré monseigneur Rutinel Fernandez. Ce dernier l'avait écouté avec sollicitude, mais n'avait eu aucune solution à proposer. Le prélat restait sur ses positions, soutenant que l'action politique n'était pas du ressort de l'Église. Indigné, le père Gilman avait redoublé ses efforts dans son travail auprès des coupeurs de canne pour la mise sur pied de syndicats.

Il en avait récolté des menaces de mort à peine voilées, des lettres anonymes provocantes, des fenêtres de sa chambre cassées et des poursuites à tombeau ouvert par des jeeps de la milice. Il était constamment suivi et épié. Il s'en moquait. Sans Gabriella, il était toute bravoure, car il estimait n'avoir rien à perdre.

Mais voilà qu'il apprenait qu'elle était vivante !

Sa soutane et son passeport canadien aidant, Mark n'eut aucune difficulté à franchir la frontière. Après s'être enquis du chemin à suivre auprès des autorités d'Ouanaminthe, il s'engagea sur la route. Ici, toutefois, impossible de rouler à fond de train ; la chaussée ressemblait aux sentiers de terre battue des *bateyes* dominicains. Il dut donc prendre son mal en patience, louvoyer entre les nids de poule et bien s'accrocher au volant quand le camion patinait dans les ornières de boue.

Parti en après-midi, il arriva au carrefour menant à Fort-Liberté à la brunante. Il décida de passer la nuit dans la ville côtière, refaisant sans le savoir le même détour que Jo'no. Il aurait pu demander asile dans un presbytère, mais puisqu'il ne tenait pas à s'expliquer, il préféra une chambre d'hôtel.

Il dormit peu, tenaillé par ses inquiétudes et sa hâte de revoir celle qu'il aimait. Après un déjeuner pris sur le pouce, il se remit en route à l'aurore, espérant des conditions d'autoroute plus favorables. Ce fut le cas et il parvint enfin au petit bourg de Marmelade.

Comment trouver la rue Boucheteau ? Il questionna quelques personnes en chemin, mais lorsqu'on se rendait compte qu'il ne comprenait pas le créole, on indiquait le clocher de l'église. Il s'y rendit donc, souhaitant que le prêtre et son entourage ne se montrent pas trop curieux.

On le reçut à bras ouverts, s'offrant même de l'accompagner à destination. Il eut beaucoup de difficultés à convaincre les gens qu'il saurait se débrouiller avec les directives données. Il ne voulait pas de témoins lors de sa rencontre avec Gabriella, qu'il avait l'intention d'enfin serrer dans ses bras.

Afin de ne pas froisser ses hôtes, Mark accepta un léger repas qu'il avala en s'efforçant de manger sans trop d'empressement. Vu la longue route parcourue, il pria ensuite son collègue de lui permettre de changer de vêtements. Ce dernier le mena à sa propre chambre au presbytère. C'est avec étonnement qu'il vit ce confrère en religion en ressortir sans sa soutane, mais plutôt habillé d'un pantalon et d'une chemise.

Mark reçut la permission de stationner son camion près de l'église et, moyennant une modeste somme, un jeune homme promit de surveiller le véhicule jusqu'à son retour. Finalement, après moult salutations, accolades et poignées de main, on le laissa partir.

∾

Gabriella l'aperçut la première. Elle aurait reconnu entre mille cet homme à la haute stature carrée qui s'avançait lentement entre les taudis, tournant la tête à gauche et à droite, inspectant les alentours avec attention. Les résidants étonnés de la présence d'un Blanc dans ces lieux le zieutaient avec curiosité. Plusieurs lui avaient emboîté le pas.

Il la cherchait! Étrangement, ce fut l'absence du collet romain qui la frappa en premier. Puis, elle poussa un grand cri et s'évanouit. Ce fut au tour de Josselène de l'accueillir dans ses bras.

Attirés par la clameur, les gens accoururent et une masse compacte de badauds finit par bloquer la ruelle à la hauteur du taudis de Gabriella. L'intention de Mark de rencontrer la jeune femme en toute intimité s'évapora dans un brouhaha d'exclamations, d'appels et de questions.

Quand Gabriella revint à elle, elle sembla confuse pour un instant, puis son regard croisa celui de Mark. Il lut dans les grands yeux sombres un affolement mêlé d'une peine infinie. Elle tenta de parler, mais aucun son ne sortit de ses lèvres tremblantes. Devant ce mutisme, tous voulurent prendre la parole. La question prudente de Josselène fit taire tout le monde, chaque visage tourné vers l'étranger.

— Vous avez des nouvelles de son fils, monsieur ? Il a disparu depuis presque deux semaines...

Mark, que cet accueil avait confondu, comprit sur-le-champ.

— Oh ! Oui ! Oui ! Jo'no va bien ! Il est à l'hô... il est avec moi.

Gabriella se redressa d'un bond pour fouiller les alentours du regard. Mark s'empressa de corriger.

— Avec moi, à Saint-Domingue.

Il ne voulait pas décrire l'état du garçon devant cette foule pressante. Toutefois, il avait compté sans la curiosité et la ténacité des gens. Les questions fusèrent et Gabriella, entourée de ces personnes avec qui elle vivait maintenant depuis près d'un an, apprit dans quelles circonstances Mark avait trouvé son fils. Il dut répéter maintes fois que les médecins avaient confiance qu'il s'en tire. Rassurée, la foule se dispersa peu à peu.

Mark profita de l'accalmie pour annoncer qu'il était venu la chercher, avec ses enfants, pour les ramener en République dominicaine. Avant qu'elle ne pose d'objections ou fasse de difficultés, il ajouta qu'ils partaient à l'instant même.

— Mais je n'ai pas de passeport, les enfants non pl...

— J'ai pensé à tout. Ne t'en fais pas.

Il indiqua la cabane et enchaîna :

— Monise, Real et Henri sont là ?

Les yeux de Gabriella se remplirent de larmes. C'est ainsi que Mark apprit le décès du bébé. Il la prit dans ses bras pour la consoler et la pressa longtemps contre lui, l'assurant qu'il s'occuperait d'elle dorénavant.

— Maman ?

La petite Monise, qui craignait tout rassemblement bruyant depuis que Luis et ses bandits avaient battu son frère, écartait prudemment le rideau de la porte et, avec Real dans les bras, elle chuchota :

— Il a faim, maman.

Mark réagit immédiatement.

— Allez, Gabriella, prends les choses dont tu as besoin et viens.

Un voisin leur prêta une brouette dans laquelle on coucha Real ainsi que les quelques objets auxquels tenait la jeune femme, et le groupe se mit en route vers l'église. Le plus pressant était de trouver de la nourriture. Ce que fit le père Gilman dès qu'il eut récupéré son camion. Ensuite, ils partirent pour Cap-Haïtien, Mark jugeant qu'il serait sage d'y passer la nuit, vu l'état de fatigue et d'inanition de ses passagers.

Au cours du trajet, il raconta à Gabriella dans quelles circonstances il avait trouvé Jo'no. Il s'apprêtait à quitter le *batey* Losdarcuna pour poursuivre sa tournée quand une vieille muette était montée à grand-peine sur le marchepied de son camion. Se cramponnant d'une main arthritique au rebord de la fenêtre, elle s'était mise à le tirer par la manche, de l'autre. Il l'avait bénie d'un grand signe de croix, croyant que c'était ce qu'elle cherchait, et avait démarré le véhicule. Butée, la vieillarde avait refusé de bouger. Et, à moins de lui dégager les doigts un à un, impossible de la faire lâcher prise. Il avait donc coupé le moteur et indiqué qu'il allait ouvrir la portière. Méfiante, la femme s'était poussée, mais dès qu'il avait mis pied à terre, elle avait rattrapé le prêtre par la manche et l'avait guidé vers un enfant délirant de fièvre, la tête couverte de pus. Mark avait alors reconnu Jo'no. Il l'avait pris dans ses bras et avait filé jusqu'à l'hôpital de Saint-Domingue.

De son côté, Gabriella relata ce qui était arrivé à la famille depuis le départ de Panfosa : la traîtrise de Luis, la marche jusqu'à Marmelade, les circonstances du décès d'Henri, la condition de Real, l'emploi de Jo'no, ses mauvaises fréquentations, la lettre de Normande et finalement la disparition du garçon.

19

Gabriella transpirait à grosses gouttes. À la vue du poste douanier, elle serra plus fort le petit Real sur ses genoux et pressa Monise contre elle. Mark lui adressa un sourire qu'il voulait rassurant, mais ses mains crispées sur le volant en disaient long sur son état d'esprit.

Mine renfrognée, un garde frontalier s'approcha. Quand il vit qu'il avait affaire à un prêtre et à une religieuse, il changea d'expression et les salua cordialement. Le père Gilman présenta son passeport. L'homme le prit, le parcourut d'un coup d'œil et, satisfait, le remit à son propriétaire.

— Et vous, ma sœur ?

Le cœur de Gabriella cessa de battre. Il lui sembla attendre une éternité avant que Mark ne prenne la parole. Pourtant, il avait revu la marche à suivre avec elle à plusieurs reprises : rester calme, ne rien dire, sourire, acquiescer à ses déclarations d'un humble signe de tête. Si on lui posait directement une question, qu'elle s'en tienne au strict minimum. Bref, jouer le rôle d'une religieuse timide, soumise aux ordres du prêtre accompagnateur.

Mark se lança dans l'explication qu'il avait préparée. Monseigneur Fernandez, *le prélat de Saint-Domingue* (il appuya fermement sur le titre), organisait un colloque relativement aux œuvres de charité sur l'île d'Hispaniola. La religieuse qui devait faire le point sur le travail accompli en Haïti était tombée malade à la dernière minute. Il fallait la remplacer *subito presto*. L'évêque avait donc mandaté le père Gilman pour se rendre en Haïti et ramener sa suppléante, sœur Gabriella. Celle-ci avait accepté, tout en signalant qu'elle n'avait pas de passeport. Le prélat avait alors rédigé une lettre, *signée en bonne et due forme de sa main*, autorisant la religieuse à franchir la frontière *sans délai*. Lettre que Mark remit au garde. L'homme la lut avec soin puis hocha la tête de façon dubitative. Il renifla bruyamment, se flatta le crâne, releva ses pantalons puis tendit la main à l'intérieur du camion.

— Le passeport des enfants?

Gabriella, terrorisée, baissa la tête. L'homme ajouta sur un ton sarcastique :

— Ils donnent une partie de la conférence, ces *niños*, ou ils sont à vous, ma sœur?

Hypertendu, insulté par cette insolence, Mark Gilman joua le tout pour le tout. Il descendit du véhicule et jeta à la face du garde que sœur Gabriella avait trouvé la fillette et le bambin à demi morts sur une grève, quelqu'un ayant tenté de les noyer. Les enfants s'accrochaient à elle comme à une mère et elle n'avait pu se résigner à les laisser. D'autant plus qu'elle entendait profiter de sa visite en République dominicaine pour faire soigner les petits avec la bénédiction de l'évêque. Dans de telles circonstances, il était ridicule de s'attendre à ce que ces pauvres enfants possèdent des papiers. Glacial, il précisa que le chef de l'Église dominicaine serait, pour le moins, *très offusqué* d'un tel sans-gêne à l'égard de ses représentants et de l'irrespect flagrant de ses directives. Sur ce, Mark Gilman lui arracha la «lettre de l'évêque» avec condescendance et exigea de parler au commandant du poste frontalier. Il esquissa même quelques pas en direction du bureau de service. Le subalterne, qui avait pâli visiblement, le devança et balbutia :

— Excusez-moi, mon père.

Devant l'expression indignée du prêtre, il s'empressa d'ajouter piteusement :

— Tout est en règle. Vous n'avez pas à déranger mon supérieur. Allez, passez.

Mark poussa un soupir de soulagement. Il était temps, car la discussion commençait à attirer l'attention. Il remonta dans le camion et traversa la frontière.

∾

Même si elle s'y était préparée, la vue de Jo'no, la tête couverte de bandages, fit monter les larmes aux yeux de Gabriella. Il semblait si pâle, si petit et sans défense dans son lit d'hôpital. Il lui vint à l'idée que son fils n'avait pas couché dans un vrai lit depuis le déménagement de Monte Cristi à Panfosa, alors qu'il n'avait que cinq ans. Le garçon dormait ; elle ne voulut pas le réveiller. Elle se contenta de poser doucement un baiser sur son front et s'assit près du lit, Real toujours dans ses bras et Monise à ses côtés.

À son arrivée, le médecin l'avait rencontrée avec un air grave qui n'augurait rien d'encourageant. En effet, contrairement à son premier diagnostic, il avait déclaré que l'état du garçon avait empiré. L'infection au crâne s'avérait tenace. Heureusement que Mark était avec elle pour la soutenir, car elle s'était sentie mal. Comment son fils en était-il arrivé là ? Que lui avait-on fait ?

Ah ! Elle aurait dû deviner ses intentions. Elle savait qu'il se croyait responsable de la famille. Qui plus est, la prévision du voyage au Canada avait dû accroître sa détermination d'aller chercher de l'aide auprès du père Gilman. Elle ne put réprimer un hoquet de douleur. Si elle le perdait lui aussi ? En proie à une angoisse insupportable, elle supplia Dieu de lui laisser son fils. En retour, elle promit de ne pas Lui voler son prêtre. Dès qu'elle serait en mesure de reprendre sa vie en main, elle s'éclipserait en douce et ne tenterait jamais de le revoir.

20

Deux ! Après tout ce temps sans nouvelles, Normande trouvait deux missives de Gabriella dans sa boîte aux lettres ! Elle se dépêcha d'en ouvrir une et de la parcourir en diagonale. Les jambes flageolantes, elle dut s'asseoir. Jo'no avait disparu !

Si seulement Gilles avait été là ! Il avait dû se rendre à Ottawa pour la fin de semaine ; on y annonçait des aubaines de dernière minute pour des matériaux de construction. Quand Normande avait exprimé sa surprise à l'égard de ces rabais qui pleuvaient récemment, Gilles avait rétorqué que la récession pouvait s'avérer un coup de chance pour les petits entrepreneurs qui savaient se débrouiller.

Elle étira la main pour attraper un mouchoir et la deuxième lettre tomba à terre. Dans sa consternation, elle l'avait momentanément oubliée. Elle se pencha pour la ramasser et vit qu'elle avait été adressée de Saint-Domingue et, selon le cachet d'oblitération, un mois après la première. Elle pensa immédiatement au père Gilman et la peur l'étreignit. Si le prêtre lui écrivait, il ne pouvait s'agir que d'autres mauvaises nouvelles. Et puis non. À bien regarder, c'était l'écriture de son amie.

Elle décacheta l'enveloppe, hésitant cette fois à poser les yeux sur le contenu. Un sourire fleurit sur ses lèvres au fur et à mesure qu'elle en prit connaissance, et elle lança une prière de gratitude au ciel.

Gabriella s'excusait d'avoir expédié trop rapidement la nouvelle de la disparition de son fils. Elle racontait les mésaventures du garçon et les circonstances dans lesquelles le père Gilman l'avait trouvé. Jo'no était toujours à l'hôpital; toutefois, après une rechute alarmante, il se portait mieux. Real, qui avait dû être hospitalisé lui aussi, s'était vite rétabli et avait déjà recommencé à faire des siennes. Quant à Monise, elle allait bien, quoiqu'elle ne soit pas inscrite à l'école.

« *Sans acte de naissance, on lui refuse l'admission, car la loi stipule que les enfants nés en République dominicaine de parents étrangers non résidents n'ont pas la nationalité dominicaine. Même si j'insiste pour dire que son père était Dominicain, on ne considère que ma nationalité haïtienne et la naissance de ma fille dans un* batey. *C'est donc moi qui me charge de son éducation pour le moment.* »

À l'égard de la durée du séjour de Jo'no au Canada, Gabriella était dans l'indécision, les circonstances ayant tellement changé. « *Il faudra attendre que mon fils soit complètement remis, car un tel voyage serait trop épuisant pour lui. Aussi, à cause de tous ces bouleversements, je n'ai pas encore entrepris les démarches pour l'obtention de son passeport. Que penserais-tu d'une visite d'un mois ?* »

Gabriella la remerciait de son appui financier. Elle écrivait qu'elle était à la recherche d'un emploi et se disait prête à accepter n'importe quel travail, ajoutant avec une pointe d'humour: « *...même celui de religieuse.* » Ensuite, elle racontait comment elle avait franchi la frontière et elle confiait que sœur Adela, maintenant son amie, ignorait toujours à quoi avait servi un de ses habits.

«*Je vis actuellement au centre d'accueil de l'évêché. Tout ça, grâce à Mark.*» Elle disait que, par la force des choses, elle avait souvent côtoyé le père Gilman depuis qu'il était venu la chercher en Haïti, et que celui-ci la pressait subtilement de gestes de bonté assidus.

C'est avec désarroi que Normande prit connaissance de l'engagement de son amie avec le ciel. Gabriella avait griffonné d'une main tremblante: «*Je dois te dire, chère Normande, qu'à ma plus grande honte, je regrette déjà cette promesse. Car, chaque jour, mon être tend de plus en plus vers cet homme. Je dois donc me faire violence, nier les appels de mon cœur, ignorer les désirs de mon corps, pour étouffer ce feu qui brûle en moi. Crois-tu que je sois vraiment contrainte à respecter cet engagement? Ce Dieu que l'on dit vengeur s'en prendrait-Il à mon Jo'no si je revenais sur ma parole?*»

Normande relut la lettre plusieurs fois, tentant de visualiser toutes ces péripéties émouvantes. Puis, elle sortit un stylo et du papier. Mille pensées et sentiments tourbillonnaient dans sa tête. Vite les écrire avant de les oublier.

Elle commença par exprimer sa grande joie de les savoir sains et saufs à Saint-Domingue, réaffirmant son désir et sa hâte d'accueillir Jo'no chez elle. Un séjour d'un mois lui semblait trop court. Elle avait espéré une année complète afin de permettre à son filleul de jouir des quatre saisons de l'année canadienne. Elle avait déjà prévu convertir le bureau de Gilles en chambre à coucher.

Normande décrivit ses démarches auprès des instances scolaires et gouvernementales, heureuse de confirmer que tout allait bon train. Elle aborda ensuite sa perte d'emploi aux côtés de son mari, enjoignant à Gabriella de ne pas s'inquiéter, car elle avait trouvé un poste de vendeuse.

Quant à Gilles, il travaillait sans relâche et multipliait les absences. Il délaissait même le golf…

Normande déposa alors son stylo et, le regard dans le vide, elle réfléchit longuement avant de se remettre à la tâche. Les deux jetons de casino trouvés dans la poche de pantalon de son mari la tenaillaient toujours. Pourtant, il avait fourni une explication valable : «Une sortie avec les businessmen d'Ottawa, tabarslac! Les bonyeux ont probablement glissé ça dans ma poche pendant que je les regardais lancer les dés pour me jouer un tour. Pas nécessaire d'en faire un cas fédéral!» Il était difficile pour Normande d'imaginer son mari gaspillant de l'argent de la sorte. Néanmoins, elle ne pouvait se départir du malaise qui l'avait envahie alors qu'elle avait levé les yeux sur Gilles et que son regard avait fui le sien.

Un regard si différent de celui de Patrice… Normande tressaillit. Que venait faire son professeur de comptabilité dans ses pensées?

Elle reprit son stylo pour confier à Gabriella qu'elle s'était inscrite à un cours du soir, qu'elle avait jonglé avec l'idée de retourner aux études à temps plein, mais en avait décidé autrement; et que son professeur, un homme dans la quarantaine, posé et sympathique, la valorisait et l'encourageait beaucoup.

Quand Normande en vint à commenter la promesse de Gabriella, elle fit une autre pause. Elle ne pouvait que se remémorer les commentaires de Gilles, lors de leur retour de la République dominicaine.

— *Si le bon père n'a pas encore découvert les joies de l'amour avec cette femme extraordinaire, y'est ben temps qu'y s'grouille, le curé; tu penses pas?*

— *Voyons, Gilles. Ne parle pas comme ça.*

— *Ben, pourquoi pas? Tu trouves pas que ça serait normal?*

Normal ?

Chaque jour, mon être tend vers cet homme.

Oui, il était normal d'aspirer à l'amour… Comme il était normal de s'attendre à l'accueil, à la chaleur humaine et à la complicité d'un compagnon de vie. Normande comprenait très bien son amie.

Quant à savoir si un être humain était lié pour toujours par une promesse faite au ciel… Dieu tiendrait-Il quelqu'un en otage pour une entente négociée dans des circonstances si affligeantes ? Elle ne savait que penser quand Louise se présenta à son esprit. Louise avec son sens pratique. Normande l'entendit s'impatienter. « *Voyons, Norm, sacrifice ! Faut accorder un peu de bon sens au bon Dieu !* » Ouais… Louise avait probablement raison.

Elle termina sa lettre sans vraiment répondre aux interrogations de Gabriella. Elle répéta plutôt des paroles qu'elle lui avait déjà écrites : « *Sommes-nous responsables de nos besoins ? De nos sentiments ? Des circonstances de notre vie ?* »

21

GABRIELLA SECONDAIT SŒUR ADELA au centre d'accueil parrainé par l'évêché. Au cours des quatre derniers mois, elle y avait rencontré nombre de sans-papiers, chacun avec une histoire à faire pleurer. Un adolescent sans documents avait été sauvagement battu pour avoir volé une bouteille d'eau alors qu'il mourait de soif. Une jeune femme éplorée, épouse et mère, était menacée de rapatriement en Haïti où elle n'avait plus de famille. Un vieillard arrivé en Dominicanie à l'âge de quatorze ans qui avait œuvré sa vie entière dans les champs de canne, n'avait pas droit à la sécurité sociale, les autorités ayant saisi ses papiers.

La frustration commençait à gagner Gabriella. Puisque sa carte de résidente de même que ses extraits de naissance et de mariage avaient été perdus lors de son expulsion de Panfosa, c'était comme si elle n'existait pas. Son Jo'no non plus, ses pièces d'identité étant disparues par la même triste occasion. Monise et Real? Des illusions, puisque leur naissance n'avait jamais été enregistrée. Et son petit Henri n'avait pas vu le jour. Il était né et était décédé sans laisser de traces sur cette terre, sauf dans le souvenir de ses proches. Ils faisaient tous maintenant partie de ce paysannat de migrants haïtiens et de leurs descendants nés en République dominicaine que personne ne voulait reconnaître.

Ainsi, elle ne pouvait inscrire ses enfants à l'école. Il lui était impossible de trouver de l'emploi. Comment nourrir ses petits ? Les habiller ? Payer un loyer ? Elle ne pouvait ni ne désirait compter sur Mark et Normande pour le reste de sa vie.

C'est alors qu'elle songea à l'hôtel *Playa Dolio* à Monte Cristi où Rino, son mari, avait travaillé pendant plusieurs années. Les dirigeants se souviendraient peut-être d'elle ? Elle s'y rendait souvent, à la rencontre de son mari. Être trilingue l'aiderait possiblement à y décrocher un emploi.

Gabriella s'emballa. Elle pourrait même obtenir l'acte de naissance de Jo'no à l'hôpital où il était né ainsi que son acte de baptême à l'église de son ancienne paroisse. D'autant plus qu'elle y comptait une amie, Carmella, la conseillère touristique qui avait conduit Normande à Panfosa avec l'aide d'Étienne, son compagnon. Celle-ci pourrait l'aider, si elle y était encore.

D'ailleurs, il était temps de tenir sa promesse : s'éloigner de Mark et ne jamais tenter de le revoir.

22

— N'oublie pas mes conseils, Jo'no. Sois responsable et poli en tout temps. Aide madame Normande et son mari dans leurs tâches et, surtout, écris-moi le plus souvent possible! Raconte-moi tout!

Gabriella contemplait ce fils qu'elle aimait tant. Il était si beau dans ses vêtements neufs, généreusement offerts par Mark. Douze ans et demi et il était presque aussi grand qu'elle. Bien remis de ses blessures, cet enfant qui avait toujours été plutôt maigrelet avait pris du muscle dans la dernière année. Déjà, Gabriella pouvait voir émerger les traits de l'homme à venir. C'est avec saisissement qu'elle aperçut l'ombre duveteuse sur sa lèvre supérieure. Sans savoir pourquoi, cette masculinité naissante fit déborder le chagrin qu'elle avait réussi à ravaler jusqu'à maintenant.

Une voix retentit dans l'aéroport. Les voyageurs étaient priés de se présenter au guichet de départ, passeport en main. Gabriella éprouva un moment de panique absolue et elle s'agrippa au bras de son fils. Elle ne pouvait le laisser partir! Mark, devinant son bouleversement, se rapprocha et posa une main discrète dans son dos.

— Tout ira bien, Gabriella. Normande l'attend avec impatience et je suis sûr qu'elle prendra bien soin de lui.

La jeune femme s'essuya les joues, serra Jo'no contre elle une dernière fois et lui murmura à l'oreille :

— Je t'aime. Sois toujours fier de qui tu es.

Et elle le laissa aller.

∾

— Ça va ? Tu n'as besoin de rien ?

Jo'no fit signe que non. L'agente de bord à qui le père Gilman l'avait confié l'avait conduit à son siège et lui avait montré comment boucler sa ceinture. Puis, s'étant assurée de son confort, elle l'avait laissé à lui-même.

Le cœur du garçon battait à tout rompre. Il n'avait jamais vu d'avion avant, sauf ceux qu'il avait observés, très hauts dans le ciel, minuscules et invariablement suivis d'une longue queue blanche. De près, ces appareils étaient gigantesques ! Et il se trouvait à l'intérieur de l'un d'eux comme Jonas dans la baleine. En partance pour le Canada !

Maintenant que son rêve devenait réalité, Jo'no ne savait plus qu'en penser. Il tremblait d'excitation en songeant à l'aventure qui l'attendait ; il était appréhensif quant à tout ce que lui avait recommandé le père Gilman et attristé à l'idée de ne pas revoir sa mère, sa sœur et son petit frère pendant toute une année.

L'avion décolla dans un puissant grondement de moteur et le garçon se sentit inconfortablement pressé contre son siège. Il savait qu'il n'avait pas à s'inquiéter des secousses ; le bon père avait expliqué que, tout comme son vieux camion sautillait sur les routes cahoteuses, ces gros transporteurs frémissaient sous l'assaut des violents courants d'air. Les mains rigidement croisées sur les genoux, il garda les yeux fixés droit devant lui jusqu'à ce qu'il sente la pression s'atténuer et s'aperçoive que l'aérobus s'était redressé. Puis il osa jeter un coup d'œil par le hublot. Ce qu'il vit lui coupa le souffle. Sous lui, la nuit brillait de mille feux comme les bougies de Noël du complexe touristique la semaine précédente. Il admira le spectacle jusqu'au moment où le clignotement féerique disparut ; et, le front appuyé contre la vitre, il resta immobile à scruter l'obscurité.

Sa vie avait été tellement chambardée dernièrement qu'il lui arrivait de ne plus savoir où donner de la tête. Dès sa sortie de l'hôpital, ils avaient déménagé à Monte Cristi où Gabriella, avec l'aide de Carmella, avait trouvé un emploi à temps partiel à l'hôtel *Playa Dolio*. Elle nettoyait des chambres quand les régulières ne pouvaient se présenter. À ce titre, on lui avait accordé un minuscule abri dans le village des employés derrière l'immense agglomération de bâtiments. Presque la totalité de son salaire servait à en défrayer les coûts de location.

Jo'no avait donc insisté pour travailler lui aussi afin de contribuer au mieux-être de la famille. Sa mère avait catégoriquement refusé. Elle avait besoin de lui pour garder son frère et sa sœur. Sa fierté de mâle en avait pris un coup ; toutefois il s'était incliné devant cette volonté.

Gabriella avait également exigé qu'il continue ses études. C'était impératif s'il voulait être inscrit avec les jeunes de son âge au Canada. C'est elle qui lui faisait la classe avec des livres fournis par le père Gilman. Et, puisque celle-ci insistait pour mettre de côté une grande partie des dons de Normande pour l'inscription éventuelle de Monise et de Real à l'école, Jo'no avait passé son temps libre à fureter clandestinement derrière les cuisines pour récupérer des reliefs de table. Il avait dû être extrêmement vigilant, car l'accès à l'hôtel, à ses plages et aux environs était interdit aux enfants des employés sous peine de sévères représailles, pouvant aller jusqu'au congédiement des travailleurs.

Avec l'aide de Mark, Gabriella avait réussi à obtenir les papiers d'identité de son fils. En attendant son passeport et l'aboutissement de formalités qu'il ne comprenait pas, Jo'no, à son grand dam, avait été tenu de continuer à jouer ce qu'il percevait comme le rôle d'une bonne d'enfants.

— Quelque chose à boire, mon garçon?

Tiré de ses pensées, Jo'no porta nerveusement la main à sa poche. Le père Gilman lui avait donné de l'argent, expliquant qu'il aurait à acheter son repas sur l'avion. L'agente de bord lui sourit gentiment.

— Les boissons sont gratuites. Je repasserai plus tard pour la nourriture. Un jus? Une boisson gazeuse?

Devant l'hésitation, l'agente lui versa du jus d'orange qu'il accepta d'une main fébrile. Imitant le passager assis à ses côtés, il rabattit la tablette devant lui et posa précautionneusement le verre dans le petit creux pratiqué de toute évidence à cet effet. Puis, fasciné par l'agir de son voisin, il oublia de boire le jus.

L'homme sortit de sa poche une corde noire en forme d'«Y», en introduisit deux bouts dans chacune de ses oreilles et le troisième dans un trou, sur le bras de son fauteuil. Il se mit ensuite à toucher du doigt le panneau d'affiches devant lui. Comme par magie, les lettres et les images s'animèrent. L'homme refit le geste jusqu'à ce qu'il semble satisfait de la réclame. Puis, il prit une longue gorgée de son verre, claqua bruyamment de la langue et se cala dans son siège.

Un téléviseur! Comme ceux qu'il avait aperçus dans les chambres du complexe avant que sa mère ne le chasse, inquiète de cette infraction au règlement. Un tremblement d'excitation parcourut le garçon. Le père Gilman lui avait dit de s'attendre à un monde totalement nouveau. Il avait parlé du climat, bien sûr, expliquant qu'au début, il aurait un peu de difficulté à s'habituer au froid qu'il qualifiait de «mordant». Jo'no, qui avait déjà été mordu par un rat, avait demandé avec appréhension si la sensation serait la même que la cuisante morsure des petites dents pointues qui avaient percé la peau de sa jambe. Surpris, le père avait réfléchi et fini par répondre qu'il croyait que oui.

Le prêtre lui avait aussi parlé du différent mode de vie des Canadiens, énumérant une liste de choses que Jo'no ne pouvait s'imaginer. Et voilà qu'il venait d'en voir un premier exemple. Il reporta les yeux sur l'écran de son voisin. Le couple qui s'étreignait lui rappela la journée où le père Gilman s'était présenté chez eux, un sourire triomphant aux lèvres, en clamant: «Ton passeport, Jo'no! J'ai enfin ton passeport!» Sa mère s'était précipitée sur le prêtre et l'avait embrassé sur les deux joues. Après quoi, le père Gilman l'avait entourée de ses bras et l'avait longuement serrée contre lui. C'est-à-dire jusqu'à ce qu'il rencontre le regard de Jo'no et, rougissant, qu'il écarte doucement la jeune femme.

Le garçon avait graduellement saisi que sa mère et le père Gilman s'aimaient. Il avait conscience que sa mère refusait cet amour à cause de lui, Jo'no. Dans son for intérieur, il pressentait que c'était parce qu'elle le croyait trop jeune pour comprendre. Cependant, il jugeait qu'elle se trompait. Il était au courant de ce qu'était l'amour entre adultes. Certes, le père Gilman était prêtre et les prêtres ne devaient ni aimer les femmes, ni se marier. Toutefois, il avait entendu Orel et Jean-Gadi affirmer que les membres du clergé étaient des hommes comme les autres et que sous leur soutane... Il évita de pousser plus loin le souvenir de ces paroles grossières.

En fait, Jo'no était plutôt heureux de la tournure des événements. Cela lui permettait de se rendre au Canada la conscience en paix. Il n'aurait pas à s'inquiéter de sa famille. Inopinément, l'épisode du *pèlebren* lui revint et il frissonna. Du moins, sous l'œil vigilant du bon père, ce genre de choses n'arriverait pas aux siens. Finalement, épuisé par les émotions et les nombreuses activités qui avaient précédé son départ, il s'adossa au siège capitonné, si confortable, et s'endormit profondément.

23

— C'EST LUI, GILLES! Il est là! Viens! Viens! Viens-tu?
Gilles haussa les épaules et fit la moue.

— Arrête de t'énerver! Faut attendre de ce côté-ci. Y
doit passer aux douanes comme tout l'monde.

Jo'no, vêtu d'un pantalon beige et d'un tee-shirt
vert, une vieille malle abîmée à la main, contemplait les
alentours, ébloui par l'immensité des lieux. Comme il
avait grandi! Son protégé. Son fils! Fils emprunté, mais
son enfant quand même, pour un an. Normande se
souvint de la première fois qu'elle avait vu sa photo : une
tête frisée au port noble, reposant sur un cou gracile et des
épaules frêles, un visage de bistre, les joues rondelettes, un
nez droit un peu épaté, et une bouche crispée en un trait
court et rectiligne. Il lui avait semblé si sérieux pour un
jeune garçon.

L'adolescent qu'il était devenu fouillait maintenant la
foule avec anxiété. Il cherchait sa marraine! Normande
sentit sa gorge se nouer. Elle agita la main, mais il ne la
vit pas, car au même moment l'agente lui faisait signe de
la suivre. Normande le perdit de vue derrière la longue
file de passagers. Ah! Elle ne pouvait attendre de le serrer
dans ses bras!

Elle se faufila parmi les gens pour aller se poster tout près de la grande porte vitrée, ignorant Gilles qui avait bougonné tout au long du trajet à cause d'une réunion supposément importante, à Ottawa, qu'il avait dû annuler. Il s'était même permis quelques remarques désobligeantes au sujet du prix de l'essence et de la facture de motel. Exaspérée, Normande avait rétorqué qu'un voyage dans l'Outaouais lui aurait probablement coûté plus cher si elle s'en tenait à ses rencontres précédentes. Commentaire lancé au hasard qui, néanmoins, avait porté, puisque Gilles avait commencé par relever le menton puis, mal à l'aise, avait détourné la tête. À partir de ce moment, il avait cessé ses récriminations. Par contre, il avait persisté dans son refus de montrer de l'entrain afin de bien lui faire sentir que l'arrivée de son protégé ne l'enchantait pas.

Finalement, les portes s'ouvrirent et Jo'no les franchit. La mine grave, il s'avança vers elle avec toute la dignité d'un homme d'affaires en fonction officielle et lui tendit la main. Décontenancée, Normande refréna son élan et se contenta d'offrir la sienne. Le garçon fit de même avec Gilles puis resta debout devant eux, indécis. Amusé par ce décorum, Gilles, mains dans les poches, demanda :

— *Hey, dude!* Bon voyage?

La confusion fit s'agrandir les grands yeux bruns de Jo'no et Normande fut saisie d'une colère froide. Son mari agissait comme un adolescent en mal d'attention. «*Hey, dude?*» S'attendait-il à ce que Jo'no comprenne déjà le jargon des jeunes Canadiens? Elle lui jeta un regard noir, se tourna vers Jo'no et traduisit sur un ton délibérément conciliatoire :

— Il veut savoir si tu as fait un bon voyage.

L'expression d'effarement qui avait momentanément plissé le visage de l'adolescent disparut et il hocha affirmativement la tête. Cependant, au regard inquisiteur qui resta accroché au sien, Normande pressentit que le garçon avait capté le courant de désagrément. Cette première rencontre ne se passait pas du tout comme elle se l'était imaginée. Jo'no lui avait habilement fait comprendre qu'il n'était plus un enfant et Gilles, qu'il était en voie d'en redevenir un.

S'efforçant de sourire, elle demanda à son mari d'aller chercher l'auto dans le stationnement. Plus à l'aise en son absence, elle souhaita la bienvenue à son protégé avec effusion. Elle s'informa de son voyage et de sa famille. Puis, elle sortit le manteau et les pantalons d'hiver molletonnés, la tuque et les mitaines de laine ainsi qu'une paire de bottes du grand sac qu'elle avait apporté, et les lui tendit.

— Il fait quinze degrés sous zéro à l'extérieur.

— Ah?

— Ça veut dire qu'il fait un froid de canard.

Avant qu'il ne plisse à nouveau le front, elle pouffa d'un rire affectueux.

— Une expression pour dire qu'il fait très froid. Tu t'habitueras. Viens.

Emmitouflé, Jo'no la suivit, avançant comme un robot, bras et jambes écartés. Lorsqu'il vit sa réflexion dans une baie vitrée, il sourit enfin.

— Je ressemble à Michel sur certaines de ses photos, n'est-ce pas?

Et Normande, soulagée de retrouver l'enfant qu'elle avait rencontré en République dominicaine, acquiesça.

∾

Assis sur le siège arrière, Jo'no transpirait à grosses gouttes. Cette «tuque» (ainsi nommée par sa marraine) lui comprimait la tête et lui causait un malaise lancinant. Il aurait aimé se défaire de ces vêtements étouffants et du bonnet de laine inconfortable, mais il craignait le « canard de froid » contre lequel on l'avait mis en garde. Pourtant, le couple habillé plus légèrement que lui ne semblait pas souffrir. Le garçon se dit que ses hôtes devaient en avoir l'habitude. Ne voulant pas déplaire, il résolut de prendre son mal en patience, convaincu qu'à son arrivée, après dix heures de route, on le retrouverait fluidifié au fond du véhicule comme les petits chocolats fondants que le père Mark distribuait parfois.

Jo'no n'avait pas eu assez d'yeux pour tout voir alors qu'ils avaient traversé la grande région métropolitaine torontoise : des gratte-ciel grandioses, alignés les uns près des autres, si hauts qu'il avait dû pencher la tête pour en apercevoir le sommet ; de gigantesques panneaux publicitaires enluminés ; de multiples hôtels, restaurants et magasins, le tout longeant des routes superposées, enchevêtrées comme les tentacules d'une pieuvre et fourmillant de milliers de véhicules brillants et neufs. Il avait même vu des montagnes cendrées aux pics acérés, s'élevant de façon assez étonnante au milieu d'un terrain plat, entourées d'une confusion d'échelles de fer courbées et tordues. Normande lui avait expliqué qu'il s'agissait d'un parc d'attractions qu'elle avait nommé, mais il n'avait pu en retenir le nom.

Fasciné par l'intense fébrilité et la richesse éblouissante, Jo'no avait momentanément oublié son vœu le plus cher. Lors de l'atterrissage matinal, il faisait encore noir. Le débarquement s'était fait à l'intérieur d'un tunnel sans fenêtres. Au départ de l'aérogare, où la porte s'était ouverte toute seule, il avait fait trois pas sur un sol de ciment gris et était monté dans la voiture des Viau.

Où était la neige?

Le garçon en vit enfin lorsque Gilles annonça qu'ils avaient presque atteint la route 11. Des nappes timides, informes, dispersées ici et là. Puis, ces nappes étendirent les bras pour se donner la main et graduellement former une mince couverture qui finit par envelopper le paysage. Plus ils roulaient vers le nord, plus cette couverture s'épaississait. De gros replis bordaient maintenant les accotements. Jo'no se souvint des bribes du poème qui l'avait inspiré: «*Neige. Neige. Neige. S'amoncelle sur les flancs* [...] *Se couche en forêt* [...] *Enchanteresse* [...]» Il ne pouvait attendre de la toucher, de la sentir et de la goûter.

Gilles trancha dans ses pensées.

— As-tu assez chaud, toi, là, en arrière? Parce qu'y fait chaud en tabarslac en avant!

Jo'no avait de la difficulté à comprendre l'homme. Il parlait vite et mordait dans les mots comme dans une mangue trop mûre. Et plusieurs de ses expressions lui étaient inconnues, sauf quelques-unes qui, bizarrement, ressemblaient au créole. Devant sa lenteur à répondre, Normande se tourna vers lui pour traduire et, voyant la sueur inonder son visage, elle s'exclama:

— Mais pauvre toi! Enlève ta tuque et tes mitaines! Ouvre ton manteau! Gilles, baisse la chaleur! Jo'no est en train de fondre.

Gilles protesta:

— T'aurais dû le dire que t'étais après crever, mon homme.

Normande lui tendit une boîte de mouchoirs et le prévint:

— Jo'no, si quelque chose ne va pas, sois bien à l'aise de le dire. Il ne faut pas te gêner.

— C'est que... je ne comprends pas. Le père Mark avait dit que dès que je poserais le pied sur la terre canadienne au mois de janvier, je sentirais le froid... Mais il fait tellement chaud que j'ai l'impression d'être encore chez moi.

Gilles éclata de rire.

— Mais y fait froid! Même que je dirais qu'y fait frette en bonyeu; le thermomètre est rendu à moins vingt-cinq! Avec le facteur vent, il doit faire moins trente degrés. Attends de sortir, tu verras ben!

Mystifié, Jo'no resta bouche bée. Puis il croisa le regard de Gilles dans le rétroviseur. Ce dernier l'observait avec curiosité quand soudain son visage s'éclaira.

— Ah! Ouais! Ha! Ha! Ben ça, c'en est une bonne, Normande! Y sait pas que les voitures ont des chaufferettes!

Penaud, le garçon comprit que l'auto dégageait sa propre chaleur. Il se dit qu'il devait s'agir d'un de ces systèmes de chauffage qui gardaient les maisons chaudes en hiver. Le père Mark lui en avait parlé. Le prêtre cependant avait omis d'ajouter que le principe s'appliquait aussi aux véhicules.

Normande annonça qu'ils arrêteraient bientôt pour manger et faire le plein.

— Tu as faim, Jo'no?

Il acquiesça sans savoir si c'était vraiment le cas. Son estomac, comme son esprit, faisait des pirouettes. Gilles commanda:

— Rhabille-toi, mon homme, parce que là, tu vas y goûter.

Eh bien! Faim ou pas, il lui faudrait manger...

— C'est une expression, Jo'no. Ça veut dire que tu vas enfin ressentir le froid canadien.

L'expérience fut brutale. Dès qu'il ouvrit la portière et mit pied à terre, les grosses bottes encombrantes ne trouvèrent pas de prise sur le sol glissant. D'autant plus qu'un vent hostile, armé de cruelles petites dents, se jeta sur lui pour lui mordre douloureusement le visage. Il tituba devant cette force glaciale, inattendue, et ferma instinctivement les yeux, de sorte qu'il ne vit plus rien. Lorsqu'il voulut respirer, ses narines se collèrent. Il ouvrit alors la bouche pour aspirer une goulée d'air, et l'inhalation lui brûla les voies respiratoires. En panique, il se mit à tousser à s'en arracher les poumons. Normande le prit par le bras et le guida à l'intérieur de l'établissement, où il parvint à reprendre son souffle, tout en se demandant comment il survivrait à cette température durant toute une année.

En dépit de ses craintes, les odeurs alléchantes de pain frais réveillèrent son appétit et Jo'no se rendit compte qu'il était affamé. La préposée, debout derrière un comptoir de verre, lui demanda ce qu'il voulait. Béat devant l'incroyable étalage de tomates, de piments, d'oignons, de laitues, de fromages, de viandes assorties et de multiples aliments inconnus, il hésitait, ne sachant pas quoi choisir ni comment indiquer son choix. Devait-il pointer du doigt? Pouvait-il tout sélectionner? Gilles s'avança, impatient.

— Aimes-tu le poulet?

— Oui...

— *Sub* au poulet pour lui, jambon pour moi pis ma femme. *To go.* Pis ça presse! Envoye, mon homme, dis ce que tu veux dans ta sandwich.

Pendant que la dame, les lèvres pincées, coupait trois morceaux de pain et les bourrait d'aliments, Gilles maugréait.

— On va en avoir une bonne! Maudite *snowbelt*! J'espère qu'on sera pas obligés de coucher en chemin.

À l'extérieur, la puissance du vent décuplait, rappelant le grondement sourd des vagues se jetant, rageuses, contre le littoral rocheux de la mer. Jo'no fut surpris de voir la dame envelopper chaque pain individuellement dans un morceau de papier propre et le glisser dans un sac qu'elle remit à Normande. Ils ne mangeraient donc pas ici?

Pendant qu'il se posait la question, Gilles lui fit signe de le suivre aux toilettes où, à son ahurissement, il vit celui-ci ouvrir sa braguette et uriner contre le mur dans un récipient blanc. Il avait remarqué ce genre de bac à l'aéroport; toutefois, puisque l'agente l'attendait dans le corridor, il ne s'y était pas attardé. Il s'était plutôt dépêché de se soulager dans une toilette comme celles du complexe où travaillait sa mère. Et il avait eu la frousse de sa vie, croyant que la cuvette lui siphonnerait le pénis et les testicules avec son brusque tourbillon vorace. Quelle erreur avait-il commise? Il aurait aimé en discuter avec Gilles, mais la gêne l'en empêcha, d'autant plus que ce dernier ne lui semblait guère amène.

Le vent finit par se calmer et un soleil éclatant sortit de derrière les nuages. Jo'no en fut réconforté, même si ce soleil lui parut différent du sien. Dans les tropiques, l'astre ondoyait flou, accablant, lourd de chaleur. Ici, il était mieux défini, plus précisément rond et, surtout, presque froid dans son rayonnement.

Le garçon se sentait bien maintenant dans l'auto; la douce température ambiante le protégeait de cette froidure pire que tout ce qu'il s'était imaginé. En revanche, le paysage était encore plus ravissant que dans ses rêves. La neige! Oui, il s'agissait véritablement d'un *glorieux phénomène*. Tout était si blanc. Si propre! Aucun débris, ni boue, déchets ou excréments. Uniquement cette blancheur illuminée d'une clarté crue, éblouissante, chatoyant de milliers d'étincelles, et qui s'étendait à perte de vue. La seule ombre à cette invraisemblable palette était ces arbres dénudés qui tendaient tristement leurs longs bras minces vers le ciel. En revanche, les grands conifères dont les palmes croulaient sous le poids de la neige étaient magnifiques! C'était ses préférés.

L'humeur de Gilles s'améliora et il se mit à commenter tout ce qu'il voyait le long de la route. C'est ainsi que le jeune Dominicain apprit une foule de choses intéressantes. Les amas de neige sur les accotements étaient causés par des grues qui, après chaque tempête, déblayaient les chemins. «Autrement, comment veux-tu que les autos circulent?» avait dit Gilles. Le garçon apprit aussi qu'il fallait faire attention aux bêtes sur la chaussée, aux originaux surtout. «Des gros animaux qui ressemblent à des chevaux, excepté que les mâles ont des panaches... hum... des cornes larges comme ça!» Gilles avait lâché le volant pour en indiquer la taille avec ses mains, en ajoutant que ces orignaux venaient se promener sur les chemins pour lécher le sel. Jo'no s'était exclamé: «Le sel! On sale les routes ici?» Sur quoi, Gilles avait pouffé et expliqué qu'il s'agissait de gros sel et non de sel de table. «C'est pour faire fondre la glace pis empêcher les accidents.»

La glace était un concept qui mystifiait le jeune Dominicain. De l'eau durcie. Causée par le froid. Son unique expérience consistait en ces petits cubes qui flottaient encore dans les consommations laissées sur les tables par les touristes.

— Regarde le chanceux!

Gilles pointait sur sa gauche. Jo'no étira le cou et ne put croire la scène qui s'offrait à lui. Les photos de sa marraine, les descriptions du père Mark, la réputation du Canada, rien ne l'avait préparé à ce pauvre homme esseulé, assis sur une bûche devant une minuscule cabane de bois, sise au milieu d'un vaste champ. Il y avait donc des démunis ici aussi!

— J'espère que le poisson mord!

Le poisson? Le garçon n'y comprenait rien. Gilles s'esclaffait dans le rétroviseur.

— C'est une cabane à pêche, Jo'no.

Et Normande expliqua que le «champ» était en fait un lac gelé.

— Un lac gelé! Comment se fait-il que les poissons ne meurent pas? Comment font-ils pour nager?

Sa marraine répondit que les nappes d'eau n'étaient pas solidifiées jusqu'au fond, la glace ne formant qu'une croûte épaisse et dure à la surface. Pour pêcher, il fallait y percer un trou, y descendre une ligne et être patient.

Alors qu'ils traversaient un village, Jo'no fut témoin d'une autre scène qui le confondit: une dame emmitouflée dans un ensemble rouge et gris, tirant au bout d'une laisse un petit chien... vêtu d'un manteau et d'un chapeau de même couleur que ceux de sa maîtresse! Un chien habillé comme un humain! Avant qu'il ne réagisse devant ce phénomène inconcevable, Gilles se tourna vers lui et, railleur, jeta:

— Fais-toi pas d'idées, mon homme. C'est pas tous les pauvres chiens qui sont attriqués d'même. Franchement! Ça prend-tu du bonyeu d'monde pour faire ça à un animal!

Ce qui souleva la question de la survie des animaux, tant sauvages que domestiques, dans un tel environnement. Jo'no apprit, entre autres, que les fermiers devaient couper, ramasser et entreposer de l'herbe pour nourrir le bétail pendant la saison où il leur était impossible de brouter. *Ti-Jésus! Quel pays!*

Il faisait nuit quand ils parvinrent enfin à destination. Gilles, obsédé par la température, déclara que le temps s'était passablement adouci. Fourbu, courbaturé, Jo'no descendit de l'auto. Immédiatement, toutes les appréhensions, les questions et les hésitations qui l'avaient taraudé pendant le long périple s'envolèrent devant la neige molle, compacte et silencieuse qui tombait du ciel en gros flocons paresseux. Les images du poème prirent littéralement vie devant lui. «*Duvet pelucheux qui chatouille le nez* [...] *Fond agréablement sur la langue* [...] *Délicate sensation de fraîcheur* [...] *de pureté* [...] »

Il restait là, debout, totalement envoûté par cette splendeur. Par le silence surtout. Jamais il n'avait expérimenté une telle quiétude. Chez lui, même la nuit était remplie de sons, soit le chant des grillons, le jappement des chiens ou les criailleries des voisins. Cette paix absolue lui procura un sentiment de bien-être si profond qu'il en fut remué jusqu'à l'âme. La voix douce de Normande brisa l'enchantement.

— Viens, Jo'no. Il est tard. Tu auras tout le temps demain.

24

LA DOUCEUR ET L'ODEUR DES DRAPS lui rappelèrent qu'il était chez sa marraine. Frémissant d'anticipation, Jo'no n'ouvrit pas immédiatement les yeux. Il désirait prolonger ce suspense électrisant, ce moment béni.

Que lui apporterait cette première journée? Et les trois cent soixante-quatre à venir? Il avait tellement de choses à voir, à apprendre, à expérimenter. Ses pensées couraient si vite qu'elles culbutaient les unes sur les autres: explorer sa nouvelle demeure, rencontrer Michel, aller à l'école, avoir un professeur autre que sa mère, se promener en motoneige, connaître de nouveaux amis, peut-être même jouer avec les gadgets électroniques qu'il avait pu zieuter dans les vitrines de Dajabón et de Monte Cristi!

Il tenta de visualiser ce qu'il n'avait qu'entrevu la veille quand, mort de fatigue, il avait suivi Normande jusqu'à ce qui serait désormais «sa chambre». Impossible! Il était trop excité. Ses paupières ne purent résister, il ouvrit tout grands les yeux. Il constata que la pièce rectangulaire était plus spacieuse que les bicoques qu'il avait habitées à ce jour. Sauf, pensa-t-il, la petite maison de béton rose où il était né et avait vécu avant le déménagement à Panfosa.

En plus du lit, la chambre était meublée de deux bureaux, d'un énorme fauteuil rembourré, d'une table sur laquelle reposait un objet recouvert d'un morceau de tissu beige et, dans un coin, accroché au mur... Se pouvait-il ? Un aiguillon de plaisir lui darda l'abdomen. *Ti-Jésus! Un téléviseur!*

∾

— Bonjour Jo'no. Tu as bien dormi ?
— Oui ! Merci. Et vous ?
— Pour être honnête... non. J'étais trop heureuse que tu sois enfin arrivé. Nous allons passer du bon temps ensemble ! Cet après-midi, nous irons chez ma sœur, Brigitte. Tu vas rencontrer Michel. Il a tellement hâte de te voir. Vous pourrez peut-être vous promener en motoneige ! Qu'est-ce que tu en dis ? Mais commençons par le déjeuner. Qu'aimerais-tu manger ? Des œufs et du bacon ? Des céréales ? Des crêpes avec du sirop d'érable ?

Sourire aux lèvres, Normande attendait. Le garçon fit le tour de la cuisine du regard et tendit l'oreille.

— Tu cherches Gilles ? Il n'est pas ici. Il est déjà parti travailler. Même si c'est dimanche. Il veut reprendre le temps perdu. C'est juste nous deux !

Inconsciemment, Jo'no se détendit et sourit à son tour. Invité par sa marraine, il prit place à table.

— Alors ? Qu'est-ce que ce sera ?

Il haussa les épaules et dit poliment :

— C'est à vous de décider. Je ne sais pas ce qu'est du... ba... con ou du sirop d'...

— Mon Dieu ! Où ai-je la tête ? O. K. Je te prépare des œufs et du bacon. Tu vas voir comme c'est délicieux !

25

Kapuskasing, le 14 janvier 2007

Maman,

Je suis arrivé au Canada et je vais bien. Madame Normande est très gentille avec moi. Tu ne croirais pas les repas qu'elle prépare. Il y a de tout ! À tous les jours ! De plus, je n'ai même pas à demander la permission pour prendre ce que je veux dans le « le fridje » (un grand placard blanc qui garde la nourriture froide) : des fruits, du lait, du jus, même du chocolat ! Si seulement je pouvais partager avec vous tous !

Monsieur Gilles et madame Normande sont très riches. Ils ont une grande maison, une auto, un camion et trois téléviseurs, dont un dans ma chambre ! Il y a même un ordinateur dans ma chambre ! C'est un truc comme ceux de la réception du Playa Dolio. On enseigne à s'en servir à l'école. Ma marraine a promis de me donner des cours personnels en plus de ceux des professeurs.

Madame Normande nettoie tout, tout le temps. Même si tout reluit et que les planchers brillent comme la surface de la mer, elle époussette et passe l'aspirateur. La maison entière est imprégnée de l'odeur forte et désagréable de ce qu'elle appelle « des nettoyants ». Ça me démange le nez. Aussi, je dois me laver de la tête aux pieds sous un jet d'eau tous les jours !

Le froid est terrible! Mais je m'y habituerai. Madame Normande m'a acheté des vêtements chauds. J'enfile tout avant d'ouvrir la porte, parce que chaque fois, c'est un choc. L'air me brûle l'intérieur. C'est pour cela que toute la vie, ici, se passe à l'intérieur. Le va-et-vient des gens, les visites, les bavardages avec les amis et les voisins me manquent beaucoup. Monsieur Gilles dit que je vais probablement souffrir de «ca-bi-ne-fi-veu[3]». Ça veut dire que je me fatiguerai de rester à l'intérieur. Ici, avant de se présenter chez quelqu'un, il faut demander aux gens s'ils veulent bien nous recevoir.

Chez Michel, c'est différent. Pas nécessaire d'être invité d'avance et il y a toujours beaucoup de vie. Des enfants, des chiens, des chats. J'adore! Son père, monsieur Jean-Yves, est très gentil. Il m'a dit: «Si t'as besoin d'parler d'homme à homme, gêne-toi pas.» Autrement dit, si j'ai besoin de me confier, je peux le faire sans hésiter. Je m'habitue peu à peu au français d'ici, mais ce n'est pas facile.

Et je me suis promené en motoneige! Maman, c'est fantastique! Michel m'a même laissé conduire! J'ai filé sur la neige comme un oiseau sur un courant d'air! Oh! J'espère pouvoir un jour promener Monise et Real sur un traîneau GT derrière le ski-doo (motoneige) comme je l'ai fait pour Pierre, Laurence, Mireille et Daniel. La petite Madeleine est encore trop jeune.

Je commence l'école demain. Madame Normande voulait que je «m'acclimate» avant de m'y inscrire; aussi je devais rencontrer une dame pour une évaluation. Celle-ci a décidé que je serais en 8e année à cause de mon âge. Elle a dit qu'en français je suis supérieur aux élèves d'ici, mais que j'aurai besoin d'aide pour me rattraper dans l'apprentissage de l'anglais et des sciences.

---

3 - De l'anglais *cabin fever* (traumatisme, choc ou malaise de réclusion).

J'ai bien hâte et en même temps je m'inquiète. Je me demande comment les élèves et les professeurs m'accueilleront. Je n'ai encore vu aucun enfant noir ici. Les seules personnes différentes sont des Autochtones. Ce sont les gens originaires du pays dont nous a parlé le père Mark. On les nomme aussi « Amérindiens » ou membres des « Premières Nations ». Monsieur Gilles, lui, les appelle « les maudits Indiens ». Il dit que le gouvernement devrait sortir le fouet et les mettre au travail. Il me fait peur quand il dit de telles choses parce qu'il me rappelle Luis. Madame Normande dit qu'il n'y aura pas de problèmes à l'école et que je me ferai vite beaucoup d'amis. J'espère qu'elle a raison.

Comment vas-tu, chère maman ? Et Monise et Real ? Écris-moi vite à ton tour ! Vous me manquez tous beaucoup !

Je t'aime.

Jo'no

26

TOUS FIXAIENT JO'NO, avides de connaître ce nouvel élève annoncé par monsieur Bray. L'enseignant invita le garçon à prendre place à son pupitre. Gêné, Jo'no se dirigea à l'endroit indiqué, puis il s'installa sur le banc rattaché à une mini-table le long d'un mur vitré. Le professeur lui souhaita alors la bienvenue et il demanda à chaque élève de se présenter et de nommer un passe-temps favori, une matière scolaire ou un sport préféré. Tous s'exécutèrent de bonne grâce ; toutefois, Jo'no constata avec anxiété que les jeunes s'exprimaient de la même façon que Gilles. Ils employaient des mots incompréhensibles pour lui, tels que « tchiller avec des amis[4], aimèssène[5], exboxce[6], djim[7], texter[8], hoqué[9] et snôborde[10] ». Lorsque vint son tour, il ne sut que dire, ses « passe-temps » ayant consisté à prendre soin de Monise et de Real, à fourrager pour de la nourriture et à couper de la canne. Il fouilla désespérément sa mémoire et, avec stupeur, il s'entendit lâcher :

4 - Être « cool », se tenir avec des amis, flâner.
5 - Aller sur MSN : donc, clavarder.
6 - Xbox : console de jeux vidéo de Microsoft.
7 - Pratiquer un sport au gymnase.
8 - Communiquer par textos.
9 - Hockey.
10 - *Snowboard* : planche à neige.

— Combats de coqs.

Des murmures d'étonnement éclatèrent en chœur dans la pièce. Même monsieur Bray sembla momentanément pris au dépourvu. Néanmoins, il se ressaisit et poursuivit :

— Et toi, Billy ?

C'est à ce moment que Jo'no aperçut derrière lui un garçon dont on avait relégué le bureau au fond de la classe. À son teint basané et à ses yeux légèrement bridés, il reconnut un Amérindien. Il fut saisi de peur. Serait-il lui aussi mis ainsi à l'écart ? Car aux dires du directeur, il était le seul Noir à l'école. L'autochtone fixa longuement l'enseignant puis, sans répondre, détourna la tête. Jo'no tressaillit. L'élève avait une cicatrice en forme d'accent circonflexe au-dessus de l'oreille droite pareille à la sienne, au-dessus de l'oreille gauche. Des ricanements fusèrent. Un rappel à l'ordre les interrompit.

Monsieur Bray commença la leçon. Il s'agissait d'un cours de mathématiques. À plusieurs reprises, il dut sommer les élèves de regarder en avant afin de suivre ses explications. Malgré sa consigne, dès qu'il avait le dos tourné, les « amis » comme il les appelait persistaient à couler des coups d'œil furtifs au nouvel arrivant.

Jo'no, encore sous l'émerveillement de la tournée de l'école, avait de la difficulté à se concentrer. Le directeur lui avait fait visiter un gymnase, une immense pièce dont le seul but, s'il avait bien compris, était la pratique des sports. Il avait également vu un laboratoire de science rempli d'ordinateurs, une bibliothèque et une salle à manger. Tout lui paraissait incroyable et il ne cessait de s'extasier devant la chance inouïe des écoliers canadiens. La leçon se termina sans qu'il en absorbe la moindre notion.

À la récré, plusieurs élèves le pressèrent de mille et une questions. Le jeune Dominicain répondit de son mieux mais, de part et d'autre, la prononciation et le vocabulaire n'étant pas familiers, on dut se reprendre et souvent s'expliquer.

Les «amis» s'intéressaient surtout aux combats de coqs: Qu'en était-il? Comment amenait-on les oiseaux à se battre? Les coqs mouraient-ils? Y gagnait-on vraiment de l'argent? Beaucoup? À un moment donné, Jo'no rencontra le regard de l'autochtone. Ce dernier, appuyé avec nonchalance au mur de briques de l'édifice, les bras croisés, l'observait. Maxime, un garçon crâneur, lâcha:

— Laisse-lé faire. Yé *weird* lui. C'est Billy, un crotté d'Indien. Y parle pas à personne.

Tous pouffèrent et les questions reprirent.

— Penses-tu que tu vas aimer ça, venir à l'école ici?

Lorsqu'il répondit qu'il ne savait pas, étant donné qu'il n'était jamais allé à l'école, des «han!», des «pas sérieux!» et des «voyons don', y'en a pas chez vous?» éclatèrent de toute part. Les jeunes voulurent en connaître la raison. Jo'no n'eut que le temps de dire que ça coûtait trop cher avant qu'on le coupe de nouveau:

— Faut payer chez vous? Pas ici!

Le garçon aurait aimé préciser que ce n'était pas uniquement à cause des coûts que plusieurs enfants dominicains ne pouvaient pas aller à l'école, mais la cloche sonna et il dut retourner en classe sous les regards curieux.

27

Encore une fois, le repas de Gilles refroidissait dans son assiette. Les dents serrées, Normande avait marmonné que cette fois son mari dépassait les bornes et qu'il ne perdait rien pour attendre. Jo'no avait vu ses yeux se mouiller. C'est pourquoi il s'était retiré en douce dans sa chambre à l'arrivée de l'homme.

Assis à sa table de travail, il tendait l'oreille, mais n'entendait aucun éclat de voix. Il soupira. Ses parents aussi avaient souvent été en désaccord; néanmoins, il savait qu'ils s'étaient aimés profondément. Ce ne semblait pas le cas entre sa marraine et son mari. Le garçon n'affectionnait pas beaucoup ce dernier. Il le considérait plutôt froid, enclin à la moquerie et à la mauvaise humeur. Par conséquent, il appréciait ses absences répétées.

Afin de se changer les idées, il décida de répondre à la lettre de sa mère. Elle avait écrit que tout allait pour le mieux à Monte Cristi. Elle travaillait toujours à l'hôtel. Elle avait renoué son amitié avec Carmella qui l'avait aidée à trouver une gardienne pour Monise et Real. Comme toujours, son frère faisait des siennes et s'esquivait dès que celle-ci avait le dos tourné.

Après avoir jeté un coup d'œil circonspect à l'ordinateur, il sortit papier et stylo. Il n'était pas encore habilité à se servir d'un traitement de texte et d'une imprimante. Il était cependant optimiste d'y parvenir avec les cours à l'école et l'aide de sa marraine.

Mâchouillant son stylo, il réfléchit. Que dire ? Surtout, quoi taire ? Sa mère avait assez de soucis sans qu'il lui en rajoute. Il ne mentionnerait pas les disputes de plus en plus fréquentes de ses hôtes. Ni que ces derniers n'étaient pas aussi riches qu'il l'avait d'abord cru. C'est Gilles qui lui avait mis la puce à l'oreille en clamant haut et bas que s'ils ne faisaient pas attention aux dépenses journalières, ils n'arriveraient jamais à « joindre les deux bouts ». En fait, Jo'no avait été horrifié d'apprendre que ses amis avaient tort et qu'il *fallait* payer pour aller à l'école. Du moins dans son cas à lui. Le prix d'une année scolaire était exorbitant ! Un fait que Gilles avait laissé tomber soi-disant par inadvertance et qui avait grandement contrarié sa marraine.

Il ne raconterait certainement pas à sa mère l'épisode de l'horrible humiliation. Juste à y penser, il en ressentait encore des sueurs froides. L'incident avait eu lieu à l'heure du dîner. Puisqu'il se rendait à l'école en autobus, il y prenait le repas du midi. Normande lui préparait un *lonche* qu'il apportait dans son sac à dos.

Au début, tout était si nouveau et si excitant qu'il n'avait rien remarqué d'anormal dans la salle à manger. Quand la cloche sonnait, les dîneurs s'y précipitaient en rangs serrés sous la surveillance des professeurs. Chacun s'installait à une table assignée et sortait son goûter. L'atmosphère était à la joie. On s'interpellait, on bavardait, on se taquinait. Tous les jeunes le zieutaient, voulaient lui parler, être son ami. Ce n'est que lorsque les ardeurs se furent calmées qu'il devint plus conscient de son entourage. C'est avec consternation qu'il avait constaté le terrible gaspillage.

Un midi, alors qu'il se rendait à la poubelle pour jeter un petit sac d'emballage que madame Normande lui avait répété de ne pas rapporter, il avait aperçu sur l'empilement scandaleux de crudités, de fruits et de tranches de pain à demi grignotés, un sandwich entier! Il n'avait pu s'en empêcher et avait récupéré la précieuse nourriture. Il la mettait dans son sac quand des exclamations de dégoût, des protestations et des rires narquois avaient éclaté derrière lui. Honteux, il était resté figé sur place pendant que les railleries faisaient écho autour de lui. Une seule voix s'était portée à sa défense. Une voix qu'il n'avait pas encore entendue.

— Les osties! Laisse-les faire. Y comprennent pas pis y comprendront jamais. *Come on.*

Et il avait suivi Billy à l'extérieur jusqu'au petit boisé derrière l'école.

Kapuskasing, le 24 février 2007

Maman,

Tout va bien. J'obtiens de bons résultats à l'école. Une gentille dame, madame Rivet, m'aide tous les jours et mon professeur dit que j'aurai vite rattrapé mes compagnons de classe. J'ai un peu de difficulté à apprendre l'anglais, mais ça viendra.

Il n'y a pas de costume d'école ici. Chacun porte ce qu'il veut, sauf aux cours d'éducation physique (jeux et sports), alors qu'il faut porter un chandail et des pantalons courts. Maman, j'adore! J'apprends à jouer au volley-ball. Un jeu d'équipe où il faut frapper une balle par-dessus un filet.

C'est « mental » (extraordinaire) ! Je joue si bien que je suis presque le meilleur de l'équipe ! Seul mon nouvel ami, Billy Pians, un Amérindien, m'est supérieur. Nous jouerons peut-être contre d'autres équipes de la région en fin de saison.

J'ai vu un médecin et un dentiste avec madame Normande. Tout va bien à part quelques caries à réparer. Je vais chez Michel chaque dimanche. Je l'aide aux travaux de la ferme : nourrir les animaux, pelleter de la neige, nettoyer les stalles, etc. ; ensuite nous nous promenons en motoneige. La semaine dernière, madame Normande m'a permis d'y passer le week-end. Après avoir regardé une partie de « hockey » (un sport sur glace) à la télé, Michel a décidé de me montrer à « patiner ».

Maman, tu ne le croirais pas ! On doit chausser un genre de soulier sous lequel est fixée une machette à bout recourbé. Il faut se tenir debout sur cette lame tranchante et se propulser à grands coups de jambes sur une surface glacée. C'est impossible ! Je ne comprends pas comment les joueurs que j'ai vus à la télé peuvent garder l'équilibre. Ils glissent littéralement sur le plancher d'un aréna. Et la lame n'en coupe pas la surface !

Aussi, parce que ce hockey est excessivement violent, il faut se déguiser en monstre. Vraiment ! Chaque joueur doit porter un énorme casque muni d'un masque, d'un protège-dents, d'épaulettes et de coudières recouvertes d'un grand chandail, de jambières et de pantalons courts, rigides et très encombrants, en plus d'une grosse paire de gants. Je t'enverrai une photo de moi, déguisé en joueur de hockey. N'aie pas peur, maman. Ha ! Ha !

Armé d'un long bâton à bout courbé, le jeu consiste à frapper la puck, un disque de la grosseur des vilaines galettes de boue qu'on vendait à Marmelade, et le faire glisser dans un filet de la taille des grosses bennes derrière les cuisines du Playa Dolio. Ce filet est gardé par un joueur vêtu d'une véritable armure. Et attention! Il faut garder l'œil ouvert pour éviter les cinq joueurs de l'équipe opposée qui tentent de voler cette rondelle rigide, de plaquer (s'élancer à vive allure contre un adversaire pour l'écraser contre un mur), de faire trébucher, même d'accrocher les gars avec leur bâton! Un joueur fatigué, et c'est très essoufflant parce que le jeu se déroule vite, doit se dépêcher de glisser jusqu'à un banc pour s'y asseoir et reprendre haleine. Tout au long de la partie, les arbitres sifflent et les spectateurs crient et se démènent comme chez nous aux combats de coqs. Je commence à comprendre le sens du mot « mental », qui sert ici à tout expliquer.

Je t'aime.

Jo'no

28

— Jo'no, j'aimerais te voir à la récré pour quelques minutes, s'il te plaît.

Des «oui, monsieur Bray» moqueurs et des rires étouffés se firent entendre derrière lui. Outré, Jo'no ne se retourna pas; il s'agissait sûrement de Maxime et sa bande de suiveux. Il se promit de jouer encore plus durement lors du prochain match de volley-ball. Il dirigerait ses services directement sur Maxime, usant de toute la vigueur de ses bras habitués au travail ardu. Le gars serait incapable de recevoir le ballon-projectile et perdrait la face devant ses amis et ses admiratrices.

Ce dernier l'avait pris en grippe pour plusieurs raisons. Parce qu'il le surpassait aux sports. Parce qu'il excellait en classe. Parce que le professeur louait ses efforts et le citait souvent en exemple. Et, surtout, parce qu'il avait osé prendre la défense de Billy. Une faute impardonnable.

Jo'no n'avait pu permettre l'acte dégradant que s'apprêtaient à commettre Maxime et ses complices. Une fois de plus, les tourmenteurs avaient recueilli de la suie d'allumettes pour en marquer le visage de son ami. Quand il était arrivé sur la scène, Billy se débattait comme un forcené, retenu par plusieurs paires de bras. Jo'no s'était immédiatement lancé sur Maxime et l'avait terrassé. Ses copains, habitués à semer la terreur dans la cour d'école sans opposition, avaient été tellement ahuris qu'ils avaient lâché leur victime qui avait distribué quelques coups bien placés avant de s'enfuir. Depuis, Maxime profitait de toutes les occasions pour humilier le jeune Dominicain. Et, à cause de sa cicatrice au-dessus de l'oreille, pareille à celle de Billy, le tyran les avait baptisés «les deux maudits accents sales».

Au son de la cloche, Billy lui fit discrètement signe qu'il l'attendrait à l'extérieur. Jo'no referma son livre et déposa son stylo, attendant que tous soient sortis avant de s'approcher du pupitre de l'enseignant. Celui-ci avait entre les mains le devoir remis deux jours plus tôt, un texte de trois paragraphes tel que demandé. Soucieux, le garçon patienta pendant que monsieur Bray relisait silencieusement son travail. Avait-il blessé l'enseignant par ses propos? Était-il offusqué parce que les coins de sa feuille roulaient sur eux-mêmes? Son texte était-il inapproprié? Finalement, ce dernier se décida à parler.

— J'ai eu de la difficulté à lire ton travail.

Puisqu'il ne s'agissait pas d'une question, Jo'no resta coi.

— Tu as effacé ce qui était écrit au préalable sur cette feuille avant de t'en servir?

— Oui, monsieur.

— Et c'est pour épargner du papier que tu l'as remplie ainsi jusqu'en bas? Et que tu as laissé si peu d'espace entre chaque mot?

— Oui...

Monsieur Bray toussota.

— Les gens qui t'hébergent ne peuvent pas t'en fournir?

— Oui... Je crois qu'ils le peuvent...

— Alors?

— C'est que je ne suis pas habitué au... gaspillage...

— C'est bien ce que je pensais. Écoute, Jo'no, il y a beaucoup de papier pour écrire, ici. Ne te gêne pas pour en demander. Je te fournirai tout ce dont tu as besoin. Tiens, voilà pour commencer.

L'homme lui remit un paquet de feuilles lignées en lui recommandant de mieux espacer ses écrits dorénavant. Jo'no le remercia et il s'apprêtait à partir lorsque celui-ci le pria de s'asseoir. Il obtempéra.

— Malgré ton écriture serrée, j'ai trouvé ton texte très intéressant. Et je dois dire qu'à plusieurs reprises, il m'a fait sourire.

— Ah...?

— Ta façon de nous voir est très... révélatrice. J'aime tes comparaisons. Ton histoire de grille-pain, par exemple.

Devant l'incertitude du garçon, l'homme lut à haute voix : « Je ne connaissais pas le grille-pain, un appareil qui fait brunir et durcir des morceaux de pain qu'on appelle ensuite des *taustes*. Elles sont délicieuses, surtout recouvertes de l'épaisse pâte brune que les copains appellent *pinotte boteur*. »

Monsieur Bray releva la tête, un sourire amusé aux lèvres. Il lut quelques autres exemples qu'il commenta favorablement, puis la cloche sonna. Ce n'est donc qu'après le repas de midi que Jo'no put rencontrer Billy. Les deux garçons se dirigèrent dans le boisé derrière l'école, sous les invectives de Maxime et de sa bande.

— Allez vous cacher, maudits accents sales !

— C'est ben là, dans l'bois, que t'aurais dû rester, toi le crotté d'Indien ! T'as pas d'affaire icitte !

— Pis toi, le Noiraud, même chose ! Maudit *liche*-cul de prof !

Lorsqu'ils furent à l'abri des yeux du surveillant, Billy alluma une cigarette et demanda :

— Qu'est-ce qu'y voulait, le prof?

— Me parler d'un devoir.

Jo'no lui répéta les paroles de monsieur Bray, sur quoi Billy jura.

— C'est toute une gang d'osties de Blancs! J'peux pas t'dire comment j'ai hâte de r'tourner chez nous! Nous autres non plus, on croit pas au gaspillage.

Jo'no savait que son ami demeurait en foyer d'accueil comme lui, mais celui-ci n'avait pas donné d'explications. Où était-ce, «chez nous»?

Billy interrompit ses pensées:

— Où tu l'as pris, toi, ton accent?

Croyant que son ami faisait référence à sa prononciation, Jo'no se préparait à répondre «chez moi» quand il comprit.

— C'est une histoire de coq.

— Une histoire de coq?

— On a voulu me tricher. Et toi?

— Une affaire d'alcool. Mon père aimait un peu trop son gin.

— Et?

— Y m'a battu une fois de trop... pis l'ostie de Children's Aid est venue s'fourrer le nez dans nos affaires.

Devant l'incompréhension évidente de Jo'no, Billy aspira une longue bouffée de sa cigarette; il exhala lentement puis il raconta son histoire. Il était né et avait vécu sur une réserve indienne, à la frontière du Nord de l'Ontario et du Québec. Son père était trappeur et sa mère, femme de maison. Ils vivaient bien et ils étaient heureux. Un hiver, alors que son père tendait ses pièges à castors, un couguar l'avait sournoisement attaqué. Il avait réussi à se défendre avec son couteau de chasse, blessant l'animal au cou et le faisant fuir, mais l'attaque avait porté. Malgré quelques côtes fêlées et la cuisse gauche sérieusement endommagée, il s'était traîné tant bien que mal jusqu'à l'un de ses petits campements, où il avait passé plus d'une semaine avant que sa femme, inquiète de son absence prolongée, ne se lance à sa recherche. Sans nourriture et, plus grave encore, sans bois de chauffage, il s'était gelé les extrémités. On avait dû lui amputer presque tous les orteils et plusieurs doigts. D'un rire sarcastique, Billy ajouta qu'on lui avait laissé juste assez de doigts de pied pour se déplacer de quelques mètres et de doigts de la main pour tenir une planche de bois, une tapette à mouche ou une bouteille de gin.

Sa mère avait dû prendre la relève sur la ligne de trappe pendant que Billy, qui avait quatre ans à l'époque, restait avec son père. Humilié et aigri, celui-ci s'était mis à boire et à se défouler sur son fils. Craignant pour sa vie, sa mère s'était résolue à le confier à son grand-père à elle, ses parents étant décédés. L'aïeul vivait dans une petite agglomération aux confins de la réserve. Billy avoua que cela avait été une bonne décision, sinon il ne serait plus de ce monde. Il aurait péri avec ses parents dans le feu qui avait détruit leur maison par une nuit d'hiver.

— J'vis avec mon arrière-grand-père depuis l'âge de six ans. Dans l'village, tout l'monde l'appelle Loup gris.

Billy hésita puis, embarrassé, ajouta :

— Moi, c'est Ti-Loup.

Regrettant déjà cette confidence, il avertit :

— Si jamais j'apprends que tu l'as dit à quequ'un, tu vas m'le payer cher !

Jo'no jura de garder le secret et son ami poursuivit sur un ton plus conciliant.

— Y m'amenait toujours avec lui à la chasse pis à la pêche. Maudit que j'étais ben avec lui ! J'avais pas besoin d'aller à l'école la moitié du temps.

Billy jeta son mégot par terre et l'écrasa avec rage.

— Crisse que je m'ennuie de lui. De mes amis là-bas. De mon chien. Même la senteur du village me manque! J'suis tanné de faire rire de moi pis de me faire traiter de maudit crotté d'Indien! J'ai hâte de pouvoir me coucher à l'heure que j'veux, de manger un bon steak d'ours pis d'la viande de castor bouillie sur le feu dans l'grand chaudron de mon grand-père. C'est le meilleur *cook* qu'y a pas sur la terre!

Jo'no l'écoutait avec stupeur. Les dernières paroles de Billy avaient éveillé une résonance au plus profond de son être et il fut saisi d'un puissant sentiment de nostalgie. Il ressentit le besoin urgent de respirer lui aussi les odeurs familières de son pays, les exhalaisons étouffantes de la terre, l'âcre fumée des feux de cuisson, les émanations douceâtres et persistantes des sucreries. Il aurait voulu presser son petit frère contre lui, entendre la voix de sa mère lui demander d'aller chercher de l'eau ou voir Monise sautiller à la corde avec ses amies. Il comprenait le mal du pays de Billy et son désir de retrouver son monde. Cependant il s'expliquait mal que, même ici au Canada, les gens puissent être malheureux.

— Tu ne peux retourner chez toi? C'est trop loin?

— Pas si loin. Que'ques centaines de kilomètres. C'est pas ça l'problème. J'suis souvent r'tourné. Mais l'ostie de Children's Aid vient toujours m'chercher pis y m'ramène ici.

— Pourquoi?

— Y disent qu'y faut que j'aille à l'école. Pis mon grand-père, lui, y m'force pas à y aller. Maudits Blancs! Y nous ont fourrés sur une réserve pis encore là, y sont pas capables de nous laisser vivre en paix. Tout l'temps à nous dire quoi faire pis comment. J'peux pas attendre la fin de juin! J'pourrai aller passer l'été avec Loup gris pis y vont enfin m'crisser la paix.

— Tu n'aimes pas les gens qui t'hébergent?

Billy ne répondit pas immédiatement. Puis il concéda:

— Y sont corrects.

Il se sourit à lui-même.

— Ouais, y sont ben corrects. Surtout la femme. J'leur donne de la misère, mais y m'en veulent pas. C'est juste que... c'est pas comme chez nous... pis ça l'sera jamais. Les Blancs sont pas comme nous autres. Y comprennent rien.

Billy s'arrêta, zieuta Jo'no pour s'assurer que lui saisissait. Et il lança :

— Pis toi ? C'est quoi, ton histoire ? Aimes-tu ça où tu restes ?

— Oui, j'ai une belle grande chambre. Les repas sont incroyables ! Madame Normande est très gentille.

— Y'a d'autres enfants ? Un mari ?

— Pas d'enfants. Un mari, oui...

— Pis ? Y'est-tu fin, lui ?

Jo'no ne savait que dire. Michel lui avait confié que son oncle Gilles n'aimait pas les enfants. Le jeune Dominicain le ressentait de plus en plus. Il allait répondre quand la cloche sonna. Il demanda :

— Veux-tu venir chez moi après l'école ? Nous serons seuls. Madame Normande travaille jusqu'à cinq heures et demie et monsieur Gilles est toujours absent. Nous pourrons regarder la télé... Ou, si tu veux, je pourrais te raconter mon histoire, te parler de chez moi...

— Peut-être... Faut que j'demande la permission. Es-tu certain que j'peux y aller ? C'est pas tous les Blancs qui aiment ça recevoir des maudits Indiens chez eux...

Jo'no ressentit un spasme au niveau de la poitrine. Avait-il parlé trop vite ? Que dirait monsieur Gilles s'il trouvait Billy chez lui ?

29

LA MAISON ÉTAIT SILENCIEUSE, à l'exception du murmure de la télévision dans le salon. Normande était partie à son cours de comptabilité. Jo'no avait été surpris d'apprendre que les adultes pouvaient retourner aux études. Gilles zappait d'un poste à l'autre en buvant une bière. Sa troisième.

Était-ce le bon moment ? se demandait Jo'no. Pendant qu'ils étaient seuls tous les deux ? Le garçon voulait absolument travailler. Gagner de l'argent pour aider sa mère. Il se doutait que sa marraine ne serait pas nécessairement d'accord. Elle souhaitait qu'il profite au maximum de son séjour au Canada et qu'il « prenne le temps d'être jeune ». Jo'no prit son courage à deux mains et entra s'asseoir au salon. Gilles déposa la manette et, sans lever les yeux de l'écran, il demanda :

— Finis, tes devoirs ?

— Oui.

— Comment ça va à l'école ?

— Ça va bien merci.

— T'es-tu fait des amis ?

— Oui.

— Comment qu'y s'appellent ?

— Je... j'en ai plusieurs...

L'homme tourna enfin la tête vers lui.

— Ah! Tant mieux. J'espère que c'est du bon monde. Pas des p'tits maudits bandits qui vont te mettre des mauvaises idées dans tête.

Il lui tendit sa cannette vide.

— Irais-tu m'en chercher une autre?

Le garçon s'exécuta et revint s'asseoir.

— Toi, t'as l'air d'un gars qui veut quequ'chose. Je me trompe?

— N... non.

— Tu veux de l'argent? Pour sortir avec tes *chums*?

— Oui... Non!

— C'est oui ou c'est non? Décide-toi, mon homme.

— C'est à dire que... je voudrais travailler. Pour vous. Comme Michel. Je vous assure que je suis un bon travailleur.

L'homme eut un sourire narquois.

— En as-tu parlé à Normande?

Jo'no baissa la tête et murmura que non. Affichant une expression triomphante, Gilles leva sa cannette de bière et hoqueta:

— Qu'est-ce qu'y connaissent, les femmes, hein? Tabarslac! Écoute, mon homme, tu veux travailler? Ben t'as une *job*. Tu commences en fin de semaine. En construction. Pis là...

Titubant, il se leva.

— Moi, je vais prendre une bonne douche, me mette beau, pis je sors. Pour fêter l'occasion. Quand Normande reviendra, dis-y qu'y fallait que j'aille prendre l'air. O. K.? Je sais pas à quelle heure je vais rentrer.

30

LYSA ATTENDAIT À L'ARRÊT D'AUTOBUS avec sa bonne humeur coutumière. Jo'no fut frappé encore une fois par la blondeur presque blanche de ses cheveux qui lui balayaient les épaules. Enfant, la première fois qu'il avait vu l'image d'une jeune fille avec une telle chevelure dans un livre, il avait cru qu'il s'agissait d'un ange.

De taille moyenne, Lysa avait le nez retroussé, le visage couvert de taches de rousseur. Ses grands yeux gris, expressifs, reflétaient sa vivacité. Elle était vêtue d'un jeans et d'un manteau court dont la fermeture éclair à demi remontée exposait son cou délicat au vent matinal. Jo'no se dit que le froid devait non seulement lui geler le cou, mais aussi lui grignoter les doigts, car elle portait des gants sans extrémités.

Dès qu'elle l'aperçut, Lysa le héla et, selon une habitude qu'ils avaient prise depuis leurs premières rencontres, elle demanda :

— *Hey*! Qu'est-ce que tu penses de notre hiver, à matin ?

Absorbé par son succès auprès de monsieur Gilles la veille, le garçon avait oublié la routine. Il jeta un regard circulaire aux alentours. Il avait neigé abondamment pendant la nuit. Il prit une profonde inspiration, puis il sourit. Elle sourit à son tour et le pressa.

— Alors?

— Une image en particulier.

— Quelle?

Il déclama sur un ton solennel:

— *Neige. Neige. Neige. Accroche partout en tombant ses p'tits parachutes blancs.* Toi?

— Même chose! Mais j'ajouterais le reste de la strophe.

Tournant sur elle-même, les bras levés vers le ciel, elle articula sur un ton qu'elle voulait dramatique:

— *Vient ensuite tout imprégner de fragrantes odeurs de blancheur et de pureté.*

— Wow! Pas pire!

Devant ce langage inhabituel dans la bouche de Jo'no, Lysa se réjouit. Son ami s'habituait graduellement à son nouveau milieu. Pour sa part, elle l'apprivoisait lentement mais sûrement. Au cours de leurs rencontres journalières, ce garçon taciturne aux manières singulières lui avait parlé de son pays, de sa famille, et lui avait confié pourquoi et comment il était venu à Kapuskasing. Lors de ses confidences, Jo'no l'avait impressionnée en récitant avec passion un long poème sur cette neige qu'il aimait tant. Étonnée de cet engouement pour une chose aussi banale, elle lui en avait demandé une copie et l'avait mémorisé à son tour. Depuis, ils avaient pris l'habitude d'analyser le décor chaque matin en se servant de ses expressions poétiques.

Dans l'autobus, Lysa sortit son iPod et le lui tendit. Elle savait que Jo'no était friand de gadgets électroniques, mais n'en possédait aucun. Même pas un téléphone cellulaire dont disposait la majorité des jeunes. Jo'no accepta le baladeur et plaça les écouteurs sur ses oreilles.

Lysa était intriguée par ce garçon si différent des autres adolescents. Sa naïveté mêlée d'une maturité au-delà des jeunes de son âge piquait sa curiosité. Et sa détermination à maintenir un lien d'amitié avec un autochtone envers et contre tous suscitait son admiration. Le fait qu'il ait défendu Billy contre Maxime lui avait même donné l'audace d'affronter elle aussi le tyran de la classe. Lorsque ce dernier avait traité Jo'no de « crotté de Noir », elle l'avait envoyé promener et presque tous les élèves l'avaient applaudie. Elle avait dit à Jo'no qu'il existait des règlements contre le taxage à l'école et qu'en cas de situation extrême, on pouvait avoir recours à la police. L'expression de panique qu'avait affichée son ami l'avait dissuadée de poursuivre ce genre de conversation. En outre, alors qu'elle avait parfois douté de la véracité des récits de Jo'no, cet épisode lui avait fait comprendre qu'il n'avait pas menti. Elle pressentait qu'il devait avoir connu des épreuves dont il était incapable de parler.

Jo'no ferma l'iPod, retira les écouteurs et déclara :

— J'aime les chansons de Michael Jackson.

— Moi aussi.

— C'est incroyable, n'est-ce pas, qu'on puisse garder la voix des morts ? Le corps se décompose dans un cercueil mais on peut en conserver la voix. Une chose qu'on ne peut ni voir ni toucher.

Lysa ne sut que répondre. Jo'no tenait des propos qui la surprenaient continuellement.

31

Kapuskasing, le 6 avril 2007

Maman,

COMME TU PEUX LE CONSTATER, je me sers maintenant d'un ordinateur. Qui corrige même mes textes. Avec l'aide de madame Normande, des cours à l'école et de Lysa, j'ai fait beaucoup de progrès. Lysa est une fille de mon âge que j'aime bien. J'ai inclus sa photo. N'est-ce pas qu'elle est très jolie ? Elle est aussi musicienne. Elle joue du piano.

C'est le printemps ici. Toute cette belle neige si blanche que j'aimais tant est maintenant noire. Lysa dit que c'est ce qui arrive lorsqu'elle fond, surtout le long des routes, parce qu'elle se mêle à la terre, au sable et à la boue. Le paysage est triste. Les arbres semblent morts mais, selon Lysa, ils reprendront vie, puis ce sera l'été. Les couleurs de la nature reviendront. J'ai hâte de sentir la chaleur du soleil.

En plus des photos, je t'envoie cinquante dollars. Je t'en ferai parvenir d'autres régulièrement, car je travaille maintenant pour monsieur Gilles et je n'ai pas besoin de cet argent. Je mange toujours à ma faim ici. Ne t'inquiète pas, maman. Je ne travaille que les fins de semaine, le samedi de neuf heures à quatre heures et le dimanche après-midi. Ce qui me laisse assez de temps pour assister à la messe avec madame Normande. L'église est immense, mais presque toujours vide. Très peu de gens s'y rendent pour prier. Monsieur Gilles n'assiste jamais *à la messe. Selon lui, c'est une perte de temps. Je sais que ces paroles blessent ma marraine.*

La saison de volley-ball tire à sa fin et, pour conclure, nous irons jouer à Cochrane, une ville située à une centaine de kilomètres de Kapuskasing (ou plutôt Kap, comme disent les gens ici). Puisqu'il s'agit d'un tournoi de deux jours, nous serons hébergés chez des familles locales.

Billy est toujours mon meilleur ami (sans compter Lysa maintenant, bien sûr) et le meilleur joueur de l'équipe. Il m'a invité à aller passer deux semaines chez lui lors des vacances d'été. Madame Normande est d'accord, mais seulement si tu accordes ta permission. Elle a consulté la famille d'accueil de Billy et on l'a assurée qu'il n'y avait pas d'inquiétude à avoir. J'aimerais beaucoup y aller, maman! Dis oui, s'il te plaît!

Je reviens aux ordinateurs. Ces machins sont incroyables! Tu ne devineras jamais ce que j'y ai trouvé! Car il faut comprendre qu'il est possible d'en retirer BEAUCOUP d'informations! De toutes sortes! Et de partout à travers le monde! J'ai donc « googlé » (fait des recherches) le mot batey. *J'ai trouvé le site d'une dame, Céline Anaya Gautier, qui a vécu dans un* batey *comme celui de Panfosa et qui y a pris des photos. Elle en a fait une grande exposition qu'elle a intitulée* Esclaves au Paradis. *Maman, je jurerais que c'est nous lorsque nous vivions à Panfosa! C'est toi, c'est papa, Monise, Real; ce sont mes amis, Jean-Paul, Olivier, Tito, Jorge; ce sont messieurs Tutoit, Sebalou, Soriet et Azcona! Je ne peux te dire la peine que j'ai ressentie!*

À cause de l'école, du sport et de mon travail, je n'ai pas beaucoup de temps pour faire de la recherche, mais j'ai l'intention de tout apprendre à ce sujet. Plus tard, j'aimerais faire comme le père Mark et aider les gens qui vivent dans les bateyes.

Je t'aime.

Jo'no

32

La fenêtre du côté du passager du camion vola en miettes. Les attaques sournoises s'intensifiaient. On tirait maintenant à bout portant sur son véhicule. Bientôt, c'est sa personne qu'on viserait.

Tremblant, le père Mark Gilman ralentit, scruta les alentours, mais ne vit personne. Les forbans s'étaient fondus dans le décor. Il se passa la main sur le front et la retira couverte de sang. Un éclat de verre lui avait entaillé l'arcade sourcilière.

Le pire était de ne jamais être sûr des auteurs de ces crimes. Simples détrousseurs de route? Briseurs de syndicats? Cerbères à la solde de propriétaires de champs de canne? Ou le gouvernement dominicain lui-même par le biais de sa milice parce qu'il avait osé décrier l'apathie de l'État devant la honteuse situation des sans-papiers et des *braceros*? Jusqu'à présent, le prêtre était convaincu que sa soutane avait empêché son assassinat. Qu'en serait-il quand il s'en serait départi?

Après des mois de lutte et d'introspection, le père Gilman était arrivé à une décision. Il ne pouvait renoncer à sa vocation; il y tenait trop. Il ne pouvait non plus cesser d'aider les défavorisés en défendant leurs droits; c'était un but qu'il poursuivait depuis trop longtemps. Il n'y avait donc qu'une solution. Restait à savoir si Gabriella accepterait…

Chère, douce, brave Gabriella. Depuis son départ pour Monte Cristi, il ne l'avait revue qu'à de rares occasions et, à chaque fois, elle lui avait semblé plutôt réservée à son égard. Se pouvait-il qu'il se soit trompé sur toute la ligne ? Qu'il ait pris de l'amitié et de la gratitude pour de l'amour ? Il n'était certes pas expérimenté dans les affaires de cœur. Il était justement en route pour sonder les sentiments de la jeune femme quand l'attaque avait eu lieu.

∾

Lorsqu'elle le vit, Gabriella eut un sursaut de frayeur. Médusé, Mark se demandait si elle avait deviné ses intentions avant même qu'il ait pu s'expliquer, quand il comprit que sa blessure au visage, momentanément oubliée, avait suscité cette réaction.

— Ce n'est rien, Gabriella.

Elle l'obligea à s'asseoir et se mit à nettoyer l'estafilade. Mark grimaça, cependant aucune plainte ne s'échappa de ses lèvres.

— Il te faudra des points de suture. Et des médicaments pour combattre l'infection.

— J'irai voir le médecin du complexe.

Incapable de se retenir plus longtemps, la jeune femme s'exclama :

— Que s'est-il passé ?

Il aurait aimé lui cacher les circonstances de l'agression, toutefois c'était impossible. La jeune femme était trop intuitive et le devinait trop bien. Déjà, avant qu'il ne réponde, elle enchaînait :

— Un attentat de ces bandits qui te persécutent pour les causes que tu défends ? Mark, j'ai peur.

— Il ne faut pas. C'est ce qu'ils cherchent. Ce n'est qu'une tactique pour me faire taire.

— Mais s'il t'arrivait quelque chose... de grave ?

Le cœur du père Gilman se mit à galoper dans sa poitrine. Il ne s'était donc pas fait d'illusions. Gabriella lui rendait son amour. Il le voyait dans ses grands yeux veloutés. Il s'apprêtait à lui faire part de sa décision quand elle reprit la parole :

— Il y a tellement de conséquences à tes actions, Mark. Plusieurs même que tu ne soupçonnes pas.

Il ne saisissait pas. Des conséquences insoupçonnées ? Elle posa un bandage sur la plaie et lui tendit une lettre. Elle était de Jo'no.

Gabriella attendit patiemment qu'il eut fini d'en prendre connaissance. Quand il releva la tête, elle déclara :

— Je ne peux te dire à quel point je suis heureuse que mon fils soit loin d'ici. Même s'il me manque terriblement.

Elle hésita puis, un tremblement dans la voix, ajouta :

— Je souhaite qu'il reste au Canada aussi longtemps que possible.

Mark savait ce qui l'alarmait. « *Plus tard, j'aimerais faire comme le père Mark.* » Il en éprouvait une grande fierté de même qu'une sourde inquiétude. Si, à long terme, il arrivait malheur à Jo'no, il ne se le pardonnerait jamais. Et, à coup sûr, sa mère ne lui pardonnerait pas non plus.

Il remit la lettre à Gabriella.

— Il s'agit d'une intention passagère. Les adolescents sont comme ça, tu le sais bien. Ils vont d'une cause à une autre dans leur quête d'identité. Il lui reste encore plus de sept mois au Canada. Beaucoup de temps pour changer d'idée, trouver de nouveaux intérêts.

Il releva un sourcil taquin et suggéra :

— Comme cette Lysa, par exemple…

Gabriella refusa d'être dissuadée.

— Je connais mon fils. Il n'est pas du genre à renoncer facilement. C'est pourquoi j'ai peur. Très peur.

Le père Gilman aussi connaissait bien Jo'no et il ne pouvait qu'acquiescer à ces propos. Cependant, que pouvaient-ils faire, lui et elle ? Ils n'avaient pas envisagé une telle conséquence. Et puisque Mark n'avait rien à ajouter, il changea de sujet et demanda si elle accorderait la permission à son fils d'aller passer du temps avec son ami, Billy. Gabriella répondit par l'affirmative.

Désolé, le prêtre remonta dans son camion. Le moment qu'il avait cru propice au dévoilement de ses intentions lui avait échappé. Ce n'est qu'au moment de franchir le portail de fer grillagé du complexe touristique qu'une idée terrifiante lui traversa l'esprit. Si on se mettait à s'en prendre à Gabriella, à Monise ou à Real pour se venger de lui ?

33

JO'NO OUVRIT LE SAC DE VOYAGE que Normande lui avait acheté et se mit à y ranger des vêtements. Il jeta un coup d'œil sur l'horloge du mur de sa chambre. Presque quatre heures. Il fallait faire vite. L'autobus quittait l'école à cinq heures et il voulait prendre une bouchée avant de partir.

Il roulait en boule un deuxième chandail quand il entendit le cliquetis de la clef dans la serrure. Il sourit en lui-même, se disant que sa marraine avait écourté sa journée de travail. Sans doute pour lui faire quelques dernières recommandations. Il enjamba son sac afin d'aller à sa rencontre quand la voix de Gilles au téléphone l'arrêta sur le pas de la porte.

— *Hey babe*!

De toute évidence, l'homme ignorait sa présence. Jo'no se préparait à lui lancer un bonjour retentissant quand ses prochaines paroles lui clouèrent le bec.

— Écoute, la belle Monique, es-tu encore seule à soir?

— ...

L'homme poussa un long gloussement suggestif.

— *Good*!

À qui parlait-il ainsi? Jo'no étira le cou. Portable à l'oreille, Gilles souriait béatement.

— On peut se rencontrer? Normande a un cours pis le jeune s'en va à Cochrane pour un tournoi de volley-ball.

— ...

— *Yesssiree babe*! Comme hier, *my sexy* Môniiique!

— ...

— Ouais, quatre cents!

— ...

— Ben non, voyons! Elle s'doute de rien. Non! Non!

Effaré, Jo'no ne pouvait bouger. Il tremblait de la tête aux pieds. Monsieur Gilles et... Il se laissa tomber sans bruit sur son lit, tous préparatifs de voyage oubliés.

Mille pensées tourbillonnaient dans sa tête. Il ne pouvait y avoir qu'une explication à ces propos. Devrait-il en parler à sa marraine? Jamais! À sa mère? Non plus. Elle s'imaginerait toutes sortes de malheurs pour lui et pour madame Normande. Il n'avait qu'un désir: sortir de cette chambre au plus vite. Mais comment faire sans que l'homme s'en aperçoive? Impossible. Il valait mieux se terrer sans bouger et prendre son mal en patience jusqu'à ce que son hôte s'en aille.

Son regard tomba sur son sac. Il manquerait son tournoi! Comment justifier son absence à son entraîneur? À Billy! Tous les joueurs lui en voudraient. Surtout, comment s'expliquer à madame Normande? L'autobus prendrait évidemment du retard à l'attendre. On appellerait sûrement à la maison! Monsieur Gilles viendrait jeter un coup d'œil dans la chambre!

Jo'no paniquait pendant que l'homme continuait à roucouler au téléphone.

— *O. K., babe*. Y faut que je parte, Lionel m'attend. Oui! Oui! *Love you too*!

La porte claqua et le camion démarra dans un crissement de pneus. Jo'no se sentit dégonfler comme un ballon. Tremblant, il attrapa son sac, en tira la fermeture éclair d'un coup sec, sortit à son tour et, les jambes vacillantes, se dirigea à grands pas vers l'école.

34

— OÙ C'QUE T'ÉTAIS ? On est quasiment partis sans toi !

Hors d'haleine, Jo'no marmotta :

— J'ai été... retardé.

Billy qui, sous son habituelle façade hermétique, trépidait à l'idée de pratiquer un sport auquel il excellait, n'insista pas, au grand soulagement de Jo'no. L'autobus démarra. L'entraîneur prit le microphone et demanda l'attention des joueurs. Il revit les consignes de sécurité lors d'excursions scolaires, les règles de politesse envers les hôtes qui avaient l'amabilité de les héberger ainsi que l'horaire des parties.

Billy poussa son ami du coude.

— *Hey* ! Notre dernière partie est à trois heures ! Ça veut dire qu'on va pouvoir sortir un peu à soir.

Jo'no ne réagit pas.

— Qu'est-ce que t'as ? As-tu...

L'entraîneur toutefois n'avait pas fini.

— J'ai une bonne nouvelle, les gars.

Un frisson d'anticipation parcourut l'équipe.

— Après le souper, nous irons visiter l'Habitat de l'ours polaire et le village d'antan !

Des cris de joie et des applaudissements éclatèrent. Billy, qui y était déjà allé avec son grand-père, émit un grognement de dépit, ronchonnant qu'il aurait aimé le savoir d'avance. Il lorgna Jo'no qui avait la mine basse. Il se dit que sa famille devait lui manquer. Il comprenait ces accès de tristesse qui vous sautaient dessus sans crier gare. Il se dit que la meilleure chose à faire était de lui changer les idées. Il le poussa de nouveau.

— *Hey*! Jo'! As-tu entendu?

Le garçon fit signe que oui.

— Sais-tu c'que c'est, des ours polaires?

Jo'no confia que le père Gilman lui en avait montré des photos; il ne savait pas cependant ce qu'était un «habitat». Billy se renfrogna et grommela qu'il s'agissait d'un centre de réhabilitation pour ces animaux. On y accueillait des ours blessés, prétendument trouvés dans la nature, mais plus probablement rescapés de zoos négligents ou de cirques qui, après les avoir maltraités, n'en voulaient plus. Imitant la voix d'un guide touristique, il poursuivit sur un ton railleur que les visiteurs pouvaient admirer ces magnifiques mammifères dans un vaste enclos qui comprenait une piscine gigantesque. Et qu'ils pouvaient nager avec les bêtes dans ladite piscine! Propos qui firent plisser le visage de Jo'no en une expression d'incrédulité. Billy enchaîna qu'il s'agissait bien du même bassin, quoique cloisonné d'une vitre épaisse, spécialement construite. Ce qui, selon lui, était dommage, car tout ce que méritaient les visiteurs et les gardiens était de se faire dévorer par ces nobles animaux sauvages, destinés non pas à tourner en rond dans une cage, mais à chasser le phoque sur les banquises de l'Arctique.

Mystifié, Jo'no voulut savoir:

— Tu n'es pas d'avis que l'on doive s'occuper de ces animaux?

— Non!

— Je ne comprends pas...

— Attends, tu verras ben.

Et Billy refusa d'en dire plus.

∾

Après la dernière partie, le chauffeur d'autobus conduisit les joueurs chez leurs hôtes respectifs. Billy et Jo'no furent accueillis chez les Dubois. La dame les accompagna à la chambre mise à leur disposition afin qu'ils y déposent leurs sacs, après quoi son mari leur fit visiter la maison. Électricien de métier, celui-ci les invita avec fierté dans son garage bien équipé d'outils de toutes sortes et il leur offrit un rafraîchissement pendant que sa femme préparait le repas du soir.

L'humeur de Billy s'améliora grandement. Affirmant vouloir un jour être électricien, il fit le tour de la place, manipulant les outils et multipliant les questions tant sur l'électricité que sur les instruments, leur mode d'emploi et leur utilité. Cela surprit Jo'no, puisqu'il croyait que son ami aspirait à retourner vivre sur la réserve pour trapper, chasser et pêcher avec son grand-père.

∾

Le guide de l'Habitat accueillit l'équipe à l'entrée du complexe et expliqua que l'endroit était également un milieu éducatif où on enseignait à protéger les ours et à les préserver de l'extinction. Il y avait actuellement en résidence deux mâles de 488 et de 423 kilos, ainsi qu'une femelle de 290 kilos, tous les trois en bonne voie de rétablissement et bientôt prêts à réintégrer le zoo de Toronto. Assertion qui fit plisser les lèvres de Billy en une expression de mépris.

Le guide invita ensuite les jeunes à entrer. Devant une immense muraille de vitre, ils purent observer les grands mammifères plonger dans le bassin artificiel et nager paresseusement sous l'eau, se propulsant de leurs puissantes pattes aussi larges que des rames. Un des employés vint lancer des carottes et des morceaux de melon dans la piscine et tous les joueurs, sauf Billy, pouffèrent à la vue de ces énormes bêtes qui enfouissaient fruits et légumes dans leurs redoutables mâchoires. Le guide termina sa présentation et plusieurs questions fusèrent quant aux habitudes de sommeil, de chasse et de reproduction des ours. Billy s'enquit de la sécurité de l'endroit.

Quand ils purent enfin circuler à leur guise, Jo'no suivit son ami le long de la double clôture métallique qui entourait l'enclos des plantigrades. Tel que l'avait expliqué le guide, celle de l'extérieur était surmontée de barbelés ; celle de l'intérieur était électrifiée. Le côté nord-est de l'Habitat était bordé d'une forêt d'épinettes et donnait sur un petit lac.

Pendant que Billy scrutait la rive opposée de la nappe d'eau, observant avec attention les quelques chalets d'été encore déserts en cette fin de printemps, la femelle s'approcha lentement de la clôture en roulant ses puissantes épaules musclées. Elle s'arrêta à la hauteur de Jo'no et resta à l'observer de ses prunelles de charbon, fouillant l'air de son museau. Hypnotisé par la proximité de l'animal et son expression presque humaine d'ennui et de désabusement, le garçon émit un gargouillis et figea sur place. Alerté, Billy se retourna. Devant la scène qui s'offrait à lui, il comprit le remuement intérieur de son ami à l'égard de cette bête majestueuse, confinée dans un endroit si différent de son environnement naturel.

De peur de mettre fin à cette communication muette, il suspendit son souffle. L'attente lui sembla interminable. Puis, l'envoûtement fut rompu. Résigné à son sort, l'animal se retourna apathiquement pour reprendre sa marche circulaire. Quand Billy rencontra le regard de Jo'no, il y lut une profonde tristesse.

— Comprends-tu asteure pourquoi c'est pas correct ?

Jo'no fit signe que oui.

— Crisse ! Ça me fait penser à moi. Parqué comme un maudit hamster dans sa cage, chez des étrangers. Comme tous nous autres parqués dans des osties de réserves. C'est pas la même chose chez vous, dans vos *bateyes* ?

Jo'no acquiesça lentement. Billy enchaîna :

— C'est pour ça que j'ai un plan. J'espère que tu vas m'aider.

∾

— Jo' ! Jo' ! Dors-tu ?

Dans l'obscurité de la chambre, étendu sur le dos, les mains croisées sous la nuque, Jo'no tourna la tête pour lire l'heure sur le réveil numérique. Minuit quarante-sept. « *Love you too* ! » Cette conversation ne cessait de le tarauder. Devant la traîtrise évidente, Jo'no se révoltait.

Il entendit Billy se lever. Son ami avait raison. Il ressentait une secousse chaque fois qu'il revoyait, dans les prunelles noires de la femelle, le désespoir qu'affichaient les habitants du *batey*.

— Jo' !

Avant que son ami ne vienne le secouer, il répondit qu'il ne dormait pas. Billy le pressa en chuchotant :

— *Let's go* !

❧

Sur la rive du lac, Billy enleva le pull molletonné qu'il avait endossé par-dessus son tee-shirt et l'enroula autour de son visage, n'y laissant qu'une fente pour les yeux ; puis il noua les manches derrière sa tête. Il fit signe à Jo'no de faire de même. Il lui remit ensuite une paire de gants de travail et il enfila les siens. Il jeta un sac dans le canot, le poussa à l'eau, y fit monter son ami et sauta dedans à son tour, en confiant à voix basse :

— J'espérais qu'y serait pas cadenassé quand je l'ai spotté plus tôt, pendant la visite.

Et, d'un coup de rame, il propulsa l'embarcation vers l'Habitat.

En proie à la plus vive inquiétude, Jo'no ne disait rien, de crainte d'offenser Billy ; autrement, jamais il n'aurait accepté si folle équipée. S'ils se faisaient prendre ? Depuis la raclée qu'il avait subie aux mains de Luis ainsi que l'incident presque mortel à la frontière dominicaine, il avait gardé une peur viscérale de toute autorité en uniforme.

Le centre de réhabilitation était éclairé par des phares de sécurité placés de façon intermittente autour du périmètre. Billy accosta à mi-chemin entre deux faisceaux. Il fit signe à son ami de le suivre. Ils rampèrent jusqu'à la ligne d'épinettes où Billy sortit de sa poche une paire de pinces industrielles. Il s'en servit pour couper deux grosses branches. Il en empoigna une par le bout, s'en couvrit le dos et intima à Jo'no de l'imiter, chuchotant qu'il s'agissait d'un truc de son grand-père. Courbés en deux, les garçons avancèrent ainsi dans la nuit.

Ils longèrent la clôture extérieure jusqu'à la hauteur de la cabane qui abritait le système de sécurité. Au moyen des pinces, Billy tailla une brèche dans le grillage et s'y engouffra. Il cassa l'unique fenêtre avec une grosse roche, étira le bras, déverrouilla la porte, l'ouvrit et entra. D'un geste vif, il trancha les fils qui alimentaient la clôture intérieure, les caméras de sécurité et les phares. L'endroit tomba dans l'obscurité totale.

Les garçons refirent le trajet en sens inverse. Il fallait maintenant pratiquer une ouverture assez grande dans les deux clôtures pour laisser passer les ours. Ce que Billy s'empressa de faire tout en sommant Jo'no d'aller chercher le sac dans le canot. Il répandit à terre les restes du souper récupérés dans les poubelles de monsieur Dubois à partir de la brèche jusqu'au lac. Puis, triomphant, il lança à voix basse dans la nuit :

— Sauvez-vous, les ours ! Crissez le camp !

S'adressant à Jo'no, il déclara :

— Mon grand-père m'a toujours dit que c'est pas correct de *fucker* la nature ; faut la laisser suivre son cours.

∾

Le lendemain matin, toutes les écoles furent fermées. On annonçait à la radio que des vandales entrés par effraction dans l'enclos des ours polaires avaient laissé s'échapper les bêtes. Les deux mâles avaient immédiatement été retrouvés, nageant dans le lac adjacent à l'Habitat, mais la femelle était encore en liberté. Pour des raisons évidentes, il fallait à tout prix garder les enfants à l'intérieur. La police enquêtait déjà sur les lieux et promettait de trouver les hooligans, qui seraient sévèrement punis. Quant aux agents de protection de la faune, ils ratissaient les environs avec détermination. Le tournoi de volley-ball fut annulé et les joueurs, jurant contre les coupables, durent retourner chez eux et réintégrer l'horaire scolaire.

35

Selon maître Lessard, quand un mariage prenait fin, la contribution de chaque personne aux biens familiaux devait être reconnue. La loi prévoyait le partage égal, entre les deux parties, de la valeur de tout bien acquis par un conjoint pendant la période du mariage, qui existait encore au moment de la séparation. Normande avait donc légalement droit à la moitié de la valeur des Entreprises Viau Construction. À moins que Gilles ne s'en soit approprié l'exclusivité, à son insu. Une improbabilité selon maître Lessard, puisque sa signature était requise.

Néanmoins, la loi étant souvent sujette à interprétation et son application parfois imprévisible, l'obtention de sa quote-part serait grandement facilitée si son nom paraissait en bonne et due forme sur les documents de droit de propriété. Il restait à savoir si c'était le cas, car au cours des années, Gilles lui avait fait signer des papiers de toutes sortes; et elle y avait apposé sa signature sans arrière-pensée, s'en remettant entièrement à lui pour les affaires.

Pour la énième fois, Normande se reprocha d'avoir été si naïve et imprévoyante. Les titres étant gardés en filière au bureau, il lui était impossible de vérifier discrètement.

Elle ne voulait pas s'en informer auprès de Gilles, de peur de se faire rabrouer, humilier, ou de se laisser berner par ses belles paroles. Elle ne souhaitait surtout pas lui mettre la puce à l'oreille quant à ses intentions. Si intentions il y avait... Pour le moment, elle ne cherchait qu'à se renseigner.

Appeler Monique était hors de question. Cette femme, pour une raison inconnue, ne lui inspirait pas confiance. Il ne restait qu'une possibilité : madame Chouinard. Et l'idée de la consulter à ce propos la rebutait. Bien que celle-ci soit trop professionnelle pour poser des questions indiscrètes, la dame n'était pas dupe. Il n'y avait cependant aucune autre solution. C'est donc à contrecœur que Normande lui téléphona. À son grand soulagement, madame Chouinard lui dit tout simplement que son nom était bel et bien sur le document attestant son titre de propriété. Du moins, en date de sa retraite.

Normande conclut que, si jamais elle optait pour une séparation, elle pourrait refaire sa vie sans trop d'inquiétudes relativement à l'aspect financier. Elle savait que ce n'était pas son emploi au Centre Lamarche Building Center qui lui permettrait de se payer un nouveau logement avec tout ce que cela comportait, en plus de continuer à suivre des cours, d'assumer les coûts de scolarité de Jo'no, d'aider pécuniairement Gabriella et quoi d'autre encore ? Au moins, une partie de son dilemme était réglée. Peut-être la plus facile...

Car, éventuellement, il lui faudrait avoir le cran d'affronter Gilles. À cette seule pensée, le sang se retirait de ses veines. Puis, tentant de se raisonner, elle se demanda pourquoi elle se tourmentait de la sorte. Elle n'était même pas sûre de ne plus aimer son mari. Certes, il était parfois difficile de supporter son tempérament macho, comme le décrivait si bien Louise, et d'endurer ses moqueries et ses sautes d'humeur, qui avaient empiré ces derniers mois. Toutefois, n'était-ce pas le lot de tous les couples de vivre des hauts et des bas ? Personne ne filait le bonheur parfait. Gilles avait raison, c'est Louise qui exerçait une mauvaise influence sur elle.

Par contre, dans le fond, elle savait que son amie n'y était pour rien. C'était une certaine attirance qu'elle ressentait pour Patrice qui la poussait à se demander ce que serait sa vie avec son professeur de comptabilité… Elle l'imaginait patient, attentionné, généreux. Elle le voyait comme un homme décontracté, confiant en lui-même, qui ne sentait pas le besoin de fanfaronner ou de dénigrer les autres pour se faire valoir. Un être calme, affectueux. Elle sourit tristement, amusée par ses réflexions. Patrice n'avait donc aucun défaut ? De fait, elle ne le connaissait que dans le contexte d'un cours. Impossible pourtant de nier l'émoi qui s'emparait d'elle à la seule pensée de se pelotonner contre lui et de poser sa bouche sur la sienne…

Ce qui lui rappela les aveux de Gabriella. Elle alla quérir la boîte dans laquelle elle conservait les lettres de son amie et elle fouilla dans le lot pour dénicher celle qui parlait de son amour pour Mark. « *Il y a des jours où il me serait tellement doux… de m'en remettre à une tendresse qui me manque douloureusement.* » Ces paroles trouvèrent une telle résonance chez elle, qu'elle en fut toute remuée.

Patrice.

Impulsivement, elle décida d'écrire une lettre à son amie et de tout lui raconter. Il serait bon de se soulager. Et puis, non. Ce serait trop cruel d'ajouter au fardeau de la pauvre Gabriella. Celle-ci lui avait confié son fils afin de lui donner la chance de mener une existence paisible, à l'abri de l'adversité et de la misère. Une séparation d'avec

Gilles était hors de question. Du moins, jusqu'en janvier. Jo'no avait déjà vécu assez de problèmes sans lui imposer une atmosphère qui, à coup sûr, deviendrait invivable.

Elle poussa un soupir de soulagement. Le moment de décision était reporté. Ce qui lui accordait un temps de réflexion, un intervalle pour faire provision de hardiesse. Savait-on jamais ? Peut-être que, telle une brève bourrasque d'un soir d'été, la tourmente passerait...

36

Normande ramassa les assiettes et les ustensiles, les déposa dans le lave-vaisselle et, un grand sourire aux lèvres, revint avec un gâteau de fête qu'elle plaça devant Jo'no.

— Bon anniversaire, cher filleul!

Après qu'il eut soufflé les quatorze chandelles, elle lui présenta un sac-cadeau que le garçon ouvrit avec fébrilité. Un appareil-photo numérique!

— Oh! Wow! Merci, madame Normande. Merci beaucoup!

La porte claqua et la voix de Gilles retentit.

— Pis moi! Pas de merci? J'suis juste un coton dans cette affaire-là?

Devant le malaise évident de Jo'no, Normande jeta sur un ton irrité:

— C'était à toi d'arriver à temps.

Gilles l'ignora et se mit à table en y laissant tomber le journal.

— Regardez. Le dernier des ours que les p'tits morveux avaient laissé sortir a été retrouvé.

Le cœur du garçon cessa de battre.

— Où est mon assiette, Normie ? J'ai faim pis pas grand temps pour manger. Je dois retourner travailler.

Se tournant vers Jo'no, il demanda :

— Pis ? Content de ton cadeau ? C'est de moi aussi, tu sais.

Depuis qu'il avait été témoin de l'appel à « Môniiique », Jo'no avait de la difficulté à envisager Gilles. Il avait passé des heures à se morfondre à savoir s'il devait en parler à quelqu'un. Et si oui, à qui ? Pas à sa mère. Ni à Billy. Ce dernier ne cesserait de le harceler de questions. À Lysa non plus. Si elle racontait ce secret à ses parents qui manqueraient de discrétion ? À Jean-Yves ? Ou même à Michel ? Il s'agissait de proches de sa marraine. Certainement pas ! La seule personne en qui il croyait pouvoir faire confiance était madame Rivet, son aide-enseignante. Jusqu'à présent, il n'avait pu s'y résoudre. Et, à bien y penser, il s'était presque convaincu qu'il avait dû mal interpréter la conversation.

Devant son mutisme, l'homme fronça les sourcils et le fixa d'un regard perçant.

— Coudon, t'es ben jongleur, toi, dernièrement.

Indiquant le journal, il déclara :

— T'étais là, toi, à Cochrane quand c'est arrivé, cette histoire-là. Tu connaîtrais pas les coupables, par hasard ?

Jo'no faillit s'étouffer avec sa bouchée de gâteau. Heureusement, il n'eut pas à répondre. Normande s'interposa, protestant qu'un souper de fête n'était pas l'occasion d'aborder un tel sujet. Gilles conclut fort et haut qu'il devait s'agir des « maudits Indiens ». Selon lui, il n'y avait qu'eux pour faire des coups pareils. Ces gens-là avaient toujours des idées pas comme les autres. Il prit l'hebdo et lut à haute voix que la femelle avait erré dans la forêt pendant une semaine avant d'aller mourir près d'un terrain d'enfouissement. On spéculait qu'elle avait dû ingérer une substance nocive.

— J'espère que la police va trouver les coupables, tabarslac! Malgré que, même s'y les trouvent, tout ce qu'y vont avoir, c'est une p'tite tape sur la main!

Le nez dans son assiette, Jo'no faisait de son mieux pour cacher le tremblement de ses mains. Finalement, impatientée, Normande prit la parole.

— Ça va faire, Gilles. C'est la fête de Jo'no.

— Bonyeu! C'est vrai. Excuse-moi, Jo'. J'enrage chaque fois que je pense à cette maudite *gang* de pas bons!

Il repoussa son assiette.

— Bon, ben, j'ai fini. Je retourne travailler. Attends-moi pas à soir, Normie. Je vais rentrer tard.

L'atmosphère se détendit. Normande expliqua à son filleul comment se servir de l'appareil-photo. Dans le but de lui montrer des exemples de diverses techniques de prise de vues, elle sortit quelques albums qu'ils se mirent à feuilleter. Captivé, Jo'no oublia les techniques pour se concentrer sur les événements de la vie de sa marraine. Jusqu'à ce qu'ils en viennent aux photos que sa mère avait prises avec l'appareil jetable que Normande lui avait fait parvenir au *batey*: des clichés de Gabriella, de Monise, de Real et d'Henri. À sa grande honte, il se mit à pleurer.

— Oh! Jo'no! Je suis désolée!

C'était la première fois qu'il se laissait aller ainsi depuis son arrivée. Il pleura longtemps, secoué de hoquets. Normande, se retenant pour ne pas faire de même, le laissa se vider de toute sa peine. Quand il se fut calmé, elle lui offrit un chocolat chaud et lui dit qu'elle avait un autre «cadeau» pour lui. Elle avait reçu une lettre de Gabriella et celle-ci permettait la visite chez Billy. Afin de lui remonter le moral, elle lui rappela que Gilles lui proposait de travailler une grande partie de l'été. Il pourrait donc amasser beaucoup d'argent pour sa famille. En outre, il lui fallait préparer son entrée au secondaire. Un été chargé en perspective. Ce qui ferait passer le temps rapidement. Une demi-année s'était déjà écoulée et, dans six mois, il retournerait chez lui.

37

Il faisait un temps superbe en cette dernière journée d'école. Le soleil d'hiver, pâle et frileux, avait repris de la vigueur et brillait maintenant avec diligence. Sous cette chaleur bienfaisante qui lui caressait la peau, Jo'no avait l'impression de retrouver une parcelle de son pays.

Le printemps avait été une révélation pour lui. C'est avec fascination qu'il avait observé le réveil de la nature, une véritable explosion de vitalité après l'apathie de la saison froide. Chaque renaissance l'avait ravi, que ce soit le bourgeonnement des arbres, le reverdissement des pelouses ou le fait de sortir sans manteau ni grosses bottes. Tout changeait ici. Jusqu'à l'heure !

Le garçon était allé de surprise en surprise. Devant l'arrivée d'un bruyant voilier d'oies sauvages, il avait appris qu'au Canada, même les oiseaux allaient en voyage ! Les grands champs blancs, dispersés çà et là autour de la ville, fondirent en nappes d'eau. Tel qu'affirmé par Normande, les poissons avaient survécu. Jo'no trouvait invraisemblable que toute vie n'ait pas été oblitérée par le froid si intense parce que lui-même avait cru y succomber à quelques reprises.

Les premières pluies l'avaient enchanté. Il avait presque oublié la glorieuse sensation des gouttes d'eau lui aspergeant le visage. Normande lui avait acheté un vélo d'occasion qu'il avait appris à conduire. Quelle griserie à filer dans le vent, respirant à pleins poumons la fraîcheur du renouveau ! Quand sa marraine lui avait dit que l'automne apporterait son lot de transformations tout aussi enchanteresses, il avait été envahi d'un immense sentiment de gratitude envers cette femme qui lui avait donné la chance de connaître un tel bonheur.

Son amitié avec Lysa avait fleuri tout comme les tulipes et les crocus. Et le fait que la jeune fille ait accepté Billy dans son cercle d'amis avait mis fin aux incidents fâcheux à son endroit. Max et sa bande continuaient de le traiter de noms, quoiqu'ils le fissent de façon plus circonspecte.

Jo'no avait réussi, petit à petit, à s'adapter au rythme de la vie canadienne. Dans son monde à Panfosa et Marmelade, il n'y avait pas d'horloges, de montres ou de cloches. C'est le soleil qui réglait ses journées. Ici, tous ces instruments à mesurer le temps pressaient les gens, et il lui semblait que tous vivaient dans un perpétuel état d'essoufflement.

Le garçon avait obtenu d'excellentes notes sur son bulletin, même en anglais. Il attribuait sa réussite à la télévision, qu'il écoutait dans cette langue afin d'habituer son oreille aux sons étrangers. Son opinion sur les programmes passait de la délectation (le baseball, les documentaires sur la nature, la série *Gags* qui le faisait tant rire) à l'incroyable (les films d'horreur et les jeux télévisés à cause des fabuleux montants d'argent en cause), et allait jusqu'à l'absurde (les émissions de télé-vérité ainsi que plusieurs comédies qu'il considérait comme ridicules).

Il aimait toujours la lecture. Sa marraine lui avait procuré une carte de membre de la bibliothèque municipale et il s'y rendait aussi souvent que possible. Lors de recherches pour un projet sur la protection de l'environnement, il avait été sidéré d'apprendre que la Terre était en fait « petite » et « en danger ». Et que l'environnement se dégradait à un rythme si effarant qu'il devenait impératif de prendre des mesures pour protéger les forêts, les animaux, l'air, l'eau et le sol. On affirmait que c'était primordial pour la vie d'aujourd'hui et de demain. La pollution, notamment la concentration de gaz à effet de serre, entraînait divers phénomènes, dont les changements climatiques. Des concepts nouveaux pour lui. Il ne saisissait pas tout ce qu'il lisait mais, de façon intuitive, il en comprenait assez pour faire des liens avec les activités néfastes pratiquées dans les champs de canne et les *bateyes*.

Monsieur Bray organisa une soirée spéciale pour célébrer la fin des études à l'élémentaire. Lors de cette soirée, chaque élève devait présenter une courte allocution sur son rêve d'avenir. Jo'no partagea avec l'auditoire son désir de poursuivre une carrière dans les sciences de l'environnement, afin de pouvoir un jour améliorer le sort des gens de Panfosa.

38

C'est avec ébahissement que le jeune Dominicain découvrit le village où vivait Billy avec son arrière-grand-père. L'odeur de feux de bois mêlée à un arrière-goût de viande pourrissante créa chez lui une forte impression de déjà-vu. D'autant plus qu'en ce début de juillet, une canicule quasi tropicale s'était abattue sur la région, et la touffeur accablante pressait les corps à la manière d'une main géante essorant des éponges gorgées d'eau.

Jo'no suivit Billy sur la route de gravier au centre de l'agglomération de maisons, toutes plus au moins en état de délabrement. Ici et là, quelques camions vétustes attendaient devant les bicoques tandis que, derrière certaines, une motoneige avait été remisée pour l'été. Des poteaux de bois gris retenaient avec peine des fils électriques qui pendaient lâchement au-dessus du village. Des jouets éparpillés un peu partout détonnaient par leurs couleurs vives dans le décor morne. Quelques personnes les saluèrent au passage, surprises de voir un Noir pour la première fois. Des enfants, la binette sale, la morve au nez, pourchassés par des essaims de mouches, leur emboîtèrent le pas en riant aux éclats.

Entre deux maisons, Jo'no aperçut un groupe de jeunes de son âge, assis à même le sol, l'air hébété, qui portaient rituellement un sac de papier à leur visage. Il s'apprêtait à questionner Billy quand un molosse, crocs sortis, se jeta sur son ami, en frétillant de la queue. Billy tomba à genoux devant l'animal et, pressant le nez dans sa fourrure, se mit à le flatter en répétant : « Eh ! Bucky ! Bon chien ! Bon chien ! »

Les garçons eurent à peine le temps de saluer le grand-père que deux policiers, un Blanc et un autochtone, firent irruption derrière eux. Jo'no fut pris de tremblements nerveux. Billy, au contraire très calme, lui fit discrètement signe de ne rien dire. L'agent autochtone, pointant Billy, s'adressa au vieillard.

— C'est vous qui êtes responsable de cet adolescent ?

Le vieil homme opina de la tête. Le policier expliqua que les forces de l'ordre étaient à la recherche de malfaiteurs qui avaient laissé s'échapper les bêtes de l'Habitat de l'ours polaire à Cochrane. Affichant un visage de granit, le grand-père se contenta de dire que les garçons venaient tout juste d'arriver et qu'il n'était au courant de rien. L'agent se tourna alors vers les jeunes.

— Vous faites partie d'une équipe de volley-ball ?

Billy répondit fièrement que oui. Jo'no acquiesça timidement.

— Vous étiez à Cochrane le 3 juin dernier ?

Agressif, Billy lâcha :

— Pourquoi ?

— Nous avons raison de croire que ça pourrait être vous deux, les responsables…

Curieux, les résidents s'étaient approchés, entourant les interlocuteurs. Un individu costaud au torse nu et aux biceps de fer toisa les deux agents avec mépris.

— Vous avez des preuves ?

Le policier admit qu'ils n'avaient pas de preuves tangibles, mais que leurs soupçons les avaient menés à cet endroit. L'homme rétorqua :

— Dans ce cas-là, sacrez l'camp pis r'venez quand vous aurez des preuves concrètes. Arrêtez de nous écœurer chaque fois que vous avez des soupçons. Pis toé, le NAPS[11], maudit traître, tu devrais savoir que c'est pas parce qu'on est des Indiens que c'est toujours nous autres, les coupables !

Les policiers lui jetèrent un regard noir et tournèrent les talons. Jo'no, la gorge sèche et les mains moites, se remit à respirer.

∾

Le grand-père tendit un bol fumant et une cuillère à Jo'no.

— C'est de la perdrix apprêtée avec de l'ail des bois et des cœurs de quenouilles. Mange.

Cet homme que Billy appelait *Moosum*[12] fascinait le garçon. Ses longs cheveux gris, retenus à la nuque par une lanière de cuir, découvraient un visage qui ressemblait étrangement à une moitié de *zapote* laissée trop longtemps au soleil : desséché, crevassé, noirci. Excepté pour le nez qui, comme le noyau de ce fruit tropical, était niché au centre de la figure, lisse et allongé. Y avait-il seulement des yeux derrière ces fentes bridées, incroyablement étroites ? Pourtant, l'homme chétif au corps osseux semblait tout voir. Il émanait de lui une force de caractère et une sagesse qui lui rappelaient tontine Maria. Et son français, étonnamment juste, ne contenait aucune de ces expressions

---

11 - Nishnawbe-Aski Police Service.
12 - Grand-père. Se prononce *Môshum*.

incompréhensibles ou de ces prononciations à l'anglaise auxquelles Jo'no avait de la difficulté à s'habituer.

Après le repas, l'aïeul alluma un cigare et Billy, une cigarette. Assis à côté du feu, ils restèrent à écouter en silence l'œuvre symphonique de la nature, une création composée du ramage des oiseaux mêlé aux voix basses des grenouilles et au murmure incessant des moustiques, le tout accompagné du crépitement rythmique des flammes. Le soleil couchant rougeoyait à l'horizon. De temps à autre, un vent qui avait traînassé sur la fraîcheur de la rivière adjacente leur apportait un peu de répit. Jo'no jouissait intensément du moment. En fermant les yeux, il éprouvait la douce sensation d'être de retour auprès des siens. C'est le grand-père qui brisa la quiétude. Avec une expression de vieux renard rusé, il s'enquit.

— Alors, les gars, comment vous y êtes-vous pris ?

Il sembla à Jo'no que son cœur devenait subitement trop gros pour sa poitrine. Billy regarda son aïeul et sourit, narquois. D'une habile chiquenaude, il lança son mégot dans le feu, puis sortit une autre cigarette de son paquet, l'alluma et en tira une bouffée. Le vieillard ne dit pas un mot. Il ne le pressa pas. Billy fuma presque la moitié de la cigarette avant de répondre, tout en caressant son chien couché près de lui. Quand il prit la parole, ce fut avec satisfaction et amusement.

— Exactement comme on avait eu du *fun* à se l'imaginer, Moosum.

Le vieil homme eut un mouvement imperceptible de la tête. Déconcerté, Jo'no n'en revenait pas. L'aïeul et son ami avaient envisagé ce coup de théâtre ? Et, de surcroît, ils semblaient heureux de la tournure des événements ? Pourtant, une ourse était morte ! Et les policiers les soupçonnaient !

Le vieillard laissa échapper une longue volute de fumée et répondit comme s'il avait entendu les réflexions du garçon.

— Cet animal était mieux mort qu'enterré vivant dans ce milieu artificiel. Si ce n'avait été des hommes, il l'aurait été depuis longtemps. C'était son destin.

Pourtant, Jo'no avait entendu à la télé et lu, lors de ses recherches, que ces grands mammifères étaient en voie de disparition et qu'on prônait leur protection. Néanmoins, il était trop poli pour argumenter. Moosum déclara :

— C'est là l'opinion des Blancs, mon garçon. Les Inuits, eux, croient le contraire. Et ils sont certainement mieux placés pour le savoir.

Devant l'expression de stupeur de son ami, Billy dit :

— Moosum lit les pensées.

Jo'no fut saisi d'un malaise indéfinissable. Ce pouvoir mystérieux lui rappelait certains rituels de vaudou auxquels il avait assisté à Marmelade, entraîné par Orel et Jean-Gadi. En fait, ici, tout lui remémorait sa vie sur l'île d'Hispaniola : les gens, les odeurs, les bruits, la pauvreté.

Il eut beaucoup de difficulté à s'endormir ce premier soir sur la réserve. Le geste si chaleureux du grand-père qui, se croyant sans témoin, avait longuement pressé Billy dans ses bras, avait suscité chez lui un besoin intense de la présence de son père. Il se sentait seul, démuni, sans défense. Que lui arriverait-il si les policiers revenaient avec des preuves concrètes ? Le retournerait-on derechef dans son pays ? Que dirait alors sa marraine ? Monsieur Gilles ? Le père Mark ! Sa mère ! Il aurait trahi les attentes de toutes ces bonnes gens qui avaient fait tellement d'efforts pour lui offrir cette chance de venir au Canada. Le jetterait-on en prison ? À cette idée, il ne put réprimer un long frisson. Pourquoi n'avait-il pas écouté sa conscience ? Il savait que ce que proposait Billy était mal. Il s'était laissé influencer ; il n'avait pas réfléchi aux conséquences.

39

Le lendemain, les deux adolescents accompagnèrent le grand-père à la pêche à la truite mouchetée. Bucky, comme toujours, voulut les suivre, mais Billy le chassa. Moosum refusait de laisser l'animal monter dans le canot, clamant que le chien pouvait faire chavirer l'embarcation.

Pour Jo'no, qui n'avait jamais pris de poissons, l'expérience s'avérait très intéressante et il s'amusait ferme lorsque Moosum déclara qu'ils avaient suffisamment de truites pour les prochains jours. Cela étonna le garçon, car avant son départ, Gilles lui avait fait tout un discours sur les Indiens et leurs mœurs. «Tu vas voir, y respectent rien. Y sont toujours à bloquer les chemins supposément pour défendre l'environnement, pis y sont les pires à en abuser. Parce qu'y ont pas besoin de permis pis qu'y se policent eux-mêmes, y sont après vider tous les lacs, les rivières pis les forêts. Maudits hypocrites!»

Sans perdre de temps, le grand-père expliqua le droit des Amérindiens à la pêche de subsistance, et en quoi celle-ci consistait. Il parla ensuite de la mise sur pied d'un service de maintien de l'ordre adapté à la culture autochtone. Le gouvernement offrait de la formation dans le domaine de la patrouille, de l'enquête et de la gendarmerie aux membres de la bande désireux de travailler à titre de policiers. L'aïeul avoua avec consternation que, malgré ces efforts, il arrivait que certains enfreignent les lois et abusent des ressources; cependant, déclara-t-il, n'y avait-il pas des transgresseurs dans toute société?

∾

À cause de la canicule qui persistait, les feux à l'extérieur furent bannis. Le vieillard se servit donc de la cuisinière pour faire bouillir de l'eau, pratique qu'il clama obligatoire, car l'eau des robinets était nocive. Plusieurs habitants de la réserve souffraient de diarrhée et d'affections cutanées après en avoir bu. Il fit ensuite frire les truites dans une poêle de fonte. Jo'no s'en gava avec délices. Billy avait raison, Moosum était bien le meilleur *cook* au monde.

Ils finissaient de manger quand des cris perçants déchirèrent la tranquillité du soir. Une femme hurlait à s'époumoner. Un homme jurait à tue-tête et vociférait des menaces de mort. La clameur s'enfla de plusieurs voix. Terrifié, se remémorant les agressions de la milice dominicaine, Jo'no se leva sur-le-champ, s'apprêtant à prendre ses jambes à son cou, lorsque Billy lui fit signe de se rasseoir.

— C'est juste Gerry pis sa femme. On est habitués. Ça arrive trois, quatre fois par semaine. Lui, y sniffe. Elle boit. La chicane pogne. Tout l'monde s'en mêle. Une fois, c'est elle qui mange la volée. La prochaine fois, c'est lui. Un vrai *joke*.

Tremblant, Jo'no se rassit en interrogeant le grand-père du regard. Ce dernier n'avait pas bougé, mais son visage s'était renfrogné. Il examinait son arrière-petit-fils.

— Le pire dans tout ça, Ti-Loup, c'est ton attitude.

Billy baissa la tête et ne dit rien pour un long moment puis, repentant, il murmura :

— J'vas aller prendre l'air.

Il sortit, laissant Jo'no seul avec l'aïeul. Celui-ci resta silencieux, fumant son éternel cigare. Mal à l'aise, le garçon ne savait s'il devait demeurer auprès du vieillard ou aller retrouver son ami. Il venait de choisir la deuxième option quand le grand-père demanda :

— Quelle est ton histoire, toi, mon garçon ? Billy ne m'en a pas touché plus de quelques mots, se contentant de préciser que tu es originaire de la République dominicaine et qu'un couple de Kapuskasing te parraine.

Jo'no commença timidement par parler du *batey* et de sa famille. Néanmoins, devant l'intérêt et le visage sympathique de Moosum, il oublia sa gêne et raconta tout : la mort de son père, le dénuement, les privations, le père Gilman, l'organisme Secours aux Démunis, Normande, Luis, le bannissement à Marmelade, la mort d'Henri, son retour en Dominicanie pour solliciter de l'aide, l'épisode du *pèlebren*, sa séquestration par Ezio, son séjour à l'hôpital et finalement son voyage au Canada. L'aïeul écouta sans l'interrompre. Ce n'est que lorsqu'il se tut que Jo'no se rendit compte qu'il était très tard et que Billy était rentré sans bruit.

∾

La première semaine sur la réserve passa rapidement. Le grand-père amena les adolescents à la chasse, une autre première expérience pour Jo'no. Moosum lui enseigna plusieurs trucs pour traquer les animaux sauvages. Chaque soir, après qu'il eut cuisiné la prise du jour, le vieil homme allumait un cigare et, selon sa propre expression, palabrait.

Un soir, il raconta la légende de Pinesis. Depuis longtemps, deux jeunes frères, Maskwa et Oskayis, observaient avec fascination les aigles majestueux voler haut dans le ciel et fondre sur leurs proies avec une remarquable précision. Il leur vint à l'idée que, s'ils attachaient une corde à la patte d'un de ces êtres volants, il leur serait possible de s'en servir pour chasser. Toutefois, comment mettre la main sur un tel oiseau ?

Ils prièrent le Grand Esprit pendant plusieurs semaines, mais n'obtinrent aucun résultat. Ils décidèrent alors de façonner un de ces volatiles à partir d'un autre être vivant. Ils attrapèrent facilement un jeune castor, qu'ils enfermèrent dans une cage de ramures d'épinettes et nommèrent Pinesis.

Les enfants expliquèrent au rongeur leur désir de le voir se transformer en aigle. Afin de hâter la métamorphose, ils n'offrirent à la malheureuse bête que du poisson, des oiseaux aquatiques et de petits mammifères. Le pauvre Pinesis, habitué à vivre librement et à s'alimenter de graminées, de feuilles et de plantes, se mit à dépérir. Si bien que ses os commencèrent à pointer sous sa fourrure qui pâlissait et qui perdait de son éclat à vue d'œil. Les garçons s'en réjouirent, car ils y voyaient la preuve que le rongeur se transformait à coup sûr en volatile. Bientôt, ses poils se changeraient en plumes ! Le castor, cependant, angoissé d'être privé de son mode de vie naturel, devint de plus en plus agressif, mordant les mains qui s'avançaient pour le nourrir et le caresser. Jusqu'au jour où le père des enfants découvrit l'animal étendu, amorphe, dans sa cage.

Il appela les garçons et leur ordonna de s'expliquer. Après les avoir écoutés, il leur fit examiner la bête de près : les petits yeux ronds permettant de voir aussi bien sur la terre que sous l'eau grâce à une membrane transparente ; les oreilles et les narines qui se fermaient lors d'immersions ; les incisives longues et pointues, tranchantes comme un couteau pour couper les arbres ; les pattes palmées ; la fourrure épaisse et huilée, donc imperméable ; la queue plate, flexible et musclée qui servait de gouvernail sous l'eau et d'appui sur la terre ferme. Il précisa que le Grand Esprit avait ainsi modelé le castor pour construire des digues, des huttes et des chenaux. Conséquemment, jamais Pinesis ne pourrait répondre à leurs attentes. Son âme était un esprit terrestre, au contraire de celui de l'aigle, qui avait été créé pour planer dans les hautes sphères. Le père ajouta qu'il était très mal de vouloir modifier ce que le Grand Esprit avait conçu dans sa sagesse.

C'est de cette façon que Moosum expliqua qu'il avait été arraché à sa famille à un très jeune âge pour être enfermé dans un pensionnat par les Blancs qui, dès lors, s'étaient efforcés d'extirper le « sauvage » en lui afin de le « civiliser ». À son arrivée, on l'avait donc lavé à l'eau de Javel. On lui avait ensuite rasé la tête et on l'avait frappé chaque fois qu'il s'était exprimé dans sa langue. D'une voix triste, le grand-père déclara que c'était ainsi qu'il avait appris le « bon français ».

Le vieil homme ajouta qu'il n'avait jamais revu ses parents, ceux-ci étant décédés pendant son absence. Il en avait éprouvé beaucoup de chagrin, bien qu'il affirmât que le pire avait été la perte de son sens d'appartenance. Chez les Blancs, on ne voyait que ses traits autochtones. Chez les siens, on ne considérait que son langage soigné et ses habitudes particulières. Le croisement des cultures l'avait transformé en un être étrange, un hybride inapte à faire partie intégrante de la société blanche ou autochtone.

Jo'no écoutait religieusement le vieillard, s'inquiétant de ce que la même chose lui arrive s'il demeurait trop longtemps loin de chez lui. Et, pour la première fois, il se demanda quel était son milieu à lui. Le *batey*? La Dominicanie, pays de son père? Haïti, pays de sa mère? Ou peut-être le Canada, éventuellement? Il fut soudainement saisi d'une pénible sensation d'écartèlement entre des mondes dissemblables.

Ses pensées bourdonnaient comme les guêpes de l'énorme nid gris que Billy avait délogées avec un bâton du toit de la cabane de Moosum. Irrités, les insectes avaient piqué droit sur eux. Par chance, Billy avait prévu l'attaque et les deux garçons s'étaient cachés sous une grande toile goudronnée. Malheureusement, il n'existait pas de bâche pour le protéger de la piqûre des tiraillements identitaires.

— Il faut trouver sa propre place, mon garçon. Quant à moi, la forêt est devenue mon pays. On ne peut jamais retourner en arrière ni effacer ce qu'on a vécu. Nous sommes la somme de nos expériences. Elles font partie de soi.

Maintenant habitué au talent inusité du vieillard, Jo'no ne dit rien. Moosum rigola avec bienveillance.

— Je ne lis pas les pensées, Jo'no. Ti-Loup t'en a raconté une bonne. Il s'agit d'une ruse dont je me servais quand il était petit. Comme les mères qui laissent croire à leurs enfants qu'elles ont des yeux derrière la tête.

— Mais... vous répondez toujours à mes questions avant que je les pose.

— Je connais les gens. Je connais les mentalités. C'est mon sens d'observation qui me permet d'interpréter les regards, les expressions et les gestes. En d'autres mots, je comprends le langage du corps.

Avec un petit sourire en coin, il ajouta :

— Il ne s'agit pas de vaudou.

Jo'no sourcilla, puis il sourit à son tour.

40

UNE TRENTAINE DE FEUX DE FORÊT brûlaient hors de contrôle au nord et à l'est de la réserve. Plus de mille pompiers forestiers s'acharnaient sur les brasiers pendant que des vents violents soufflant de l'ouest propageaient les flammes et en allumaient d'autres. La fumée abondante et compacte rendait le travail difficile pour les hommes sur le terrain, de même que pour les interventions aériennes.

Dès que Normande prit connaissance de la situation, elle téléphona au bureau administratif de la réserve (Moosum n'avait pas le téléphone) pour avertir Jo'no qu'elle venait le chercher. Consterné, celui-ci la supplia de lui accorder quelques jours encore, car une excursion de camping et de pêche au grand brochet était prévue le lendemain. En proie à une vive inquiétude, Normande insista. Jo'no protesta que le séjour en question devait avoir lieu à l'ouest de l'agglomération, loin des feux, en bordure d'une large rivière. D'ailleurs, pour le moment, les vents semblaient se calmer, et on annonçait de la pluie. Il promit de l'appeler sur-le-champ si la situation empirait. La marraine se laissa convaincre tout comme Moosum avait fléchi devant les supplications de Billy.

La réserve était sur le qui-vive. On parlait d'évacuation dans l'éventualité où l'embrasement se rapprocherait. Les gens maugréaient et plusieurs affirmaient en jurant qu'ils ne quitteraient pas leur domicile encore une fois. Au besoin, ils combattraient le feu eux-mêmes. Le souvenir de l'exil du printemps précédent pour cause d'inondation était encore frais dans leur mémoire.

Aux questions de Jo'no à ce sujet, Moosum répondit que la collectivité avait été divisée en trois groupes, puis transportée par avion à Cochrane, à Timmins et à Kapuskasing. Les résidents avaient été hébergés dans des motels et nourris dans des centres communautaires pendant plusieurs semaines. Pour le jeune Dominicain, ces dispositions semblaient idéales ; il ne comprenait donc pas les raisons du mécontentement et il le verbalisa.

Assis sur une bûche en face de Jo'no accroupi dans l'herbe, le grand-père tira plusieurs bouffées de son cigare. Il réfléchissait quand, baissant la tête, il aperçut une fourmi qui escaladait vaillamment la montagne que présentait son pied chaussé d'une grosse botte. Il leva les yeux sur le garçon.

— Tu la vois ?

Jo'no fit signe que oui. Moosum demanda :

— Que penses-tu qui se passe dans sa petite cervelle ? Crois-tu qu'elle sait que c'est un pied humain qu'elle gravit ? Penses-tu qu'elle est consciente du fait que ce pied est rattaché à un être entier qui possède une intelligence ? Une âme ? Des sentiments ? Des aspirations ?

Fasciné, Jo'no observait l'insecte qui avançait résolument sur ses trois paires de pattes, fouillant l'air de ses antennes, et il se taisait. L'aïeul poursuivit :

— Non, n'est-ce pas ? Pour cette fourmi, mon pied fait tout simplement partie du décor. Elle continue son petit bonhomme de chemin sans saisir le sens profond de ce qu'elle vient de toucher, sans percevoir la dimension incommensurable de l'esprit humain. Elle en est incapable.

Où voulait en venir le grand-père ? Jo'no avait le vague sentiment de comprendre ; cependant il attendit que l'homme s'explique.

— Pour le Blanc, l'Amérindien n'est souvent qu'une minable colline anonyme qu'il contourne avec indifférence ou presse sous son pied, si ce dernier se dresse sur sa route. Il ne perçoit pas la grandeur de l'esprit autochtone, la valeur de ses traditions ni le mérite de ses croyances spirituelles. Pourtant, le Blanc n'est pas un insecte...

Le vieillard semblait avoir oublié la présence de Jo'no et il continuait en citant avec ironie, mot pour mot, les affirmations de Gilles. « Ça veut pas travailler, ce monde-là. Ça veut tout sans payer. Le gouvernement leur a fourni des bateaux, des motoneiges, des quatre-roues, mais y chialent encore et en veulent toujours plus ! Ce sont mes taxes qui paient tout ça ! Pis en plus, y se servent de mon argent pour boire pis sniffer. Maudite gang de pas bons ! »

Moosum poursuivit en soutenant que dans les communautés d'accueil, lors de l'évacuation, les résidents avaient été zieutés comme des parias qui, encore une fois, ambitionnaient sur le pain béni des Blancs. On avait levé le nez sur eux, sur leurs vêtements, sur leurs habitudes. On n'avait pu attendre de les voir partir. La voix du vieillard se teinta d'amertume.

— On ne nous connaît pas sauf pour nos danses, nos mocassins et nos coiffes de plumes. Qui plus est, on ne veut pas nous connaître. On se contente de nous exhiber lors d'occasions officielles pour mettre de l'avant ce qu'on qualifie de tradition canadienne. Pourtant, notre culture est immensément plus vaste et plus riche. La culture, c'est l'âme d'un peuple. Les francophones, eux, l'ont compris. C'est pourquoi ils se sont battus et la raison pour laquelle ils poursuivent leur lutte.

Le vieillard secoua la tête et se passa la main sur le front.

— Je m'inquiète pour Billy. Il devient blasé, insensible aux malheurs des autres, indifférent à la décadence et à l'avilissement des siens. Que lui arrivera-t-il? Quel genre d'adulte deviendra-t-il? Je sais qu'il a déjà essayé la maudite colle.

Jo'no était subjugué. Il ne saisissait pas tous les propos du vieillard; cependant il avait conscience, sans pouvoir placer les mots sur les faits, de plonger dans le conflit universel entre dominants et dominés. Il lui semblait que les morceaux du puzzle tombaient en place. Blancs *versus* Autochtones; Dominicains *versus* Haïtiens.

Il revit le visage craint et haï de Luis et de ses sales miliciens. La douleur du mépris abject de ces bandits à son égard lui revint et le frappa de plein fouet. Il fut saisi d'une violente colère. Les infâmes avaient foulé sous leurs pieds la petite colline qu'il était. Il se promit de ne plus jamais être traité ainsi. Cette constatation raffermit sa résolution de retourner chez lui et de lutter pour les siens. Il en ressentit une grande excitation en même temps qu'une angoisse oppressante.

Puis, un article du Web au sujet d'une certaine Sonia Pierre lui revint à l'esprit. Née, comme lui, de mère haïtienne en Dominicanie, elle avait vécu et souffert dans les *bateyes*. À treize ans, elle avait organisé une manifestation de cinq jours avec les *braceros* pour faire connaître leurs conditions de vie. Il ne serait donc pas seul. D'autres poursuivaient le même objectif. Il se promit d'approfondir ses recherches sur cette femme à son retour chez les Viau. Il se demandait si le père Mark avait entendu parler d'elle quand Moosum lança son cigare dans les cendres froides et dit :

— Commence jamais à fumer, Jo'no! C'est une maudite habitude. Et surtout, *surtout*, ne te laisse jamais entraîner à sniffer! Ni à boire d'alcool! Fais un homme de toi! Ne deviens pas esclave de ces maudites cochonneries!

41

— Tire, Jo'! C'est un gros! Au moins dix kilos! Envoye, tire comme j't'ai montré! Approche-le du canot. J'vais l'attraper dans l'*net*!

Enthousiaste, Billy gesticulait tellement que Moosum dut lui dire de se calmer, de peur que l'embarcation chavire. Enfin, le garçon plongea le filet dans l'eau et remonta un énorme brochet qui se débattait en éclaboussant copieusement les pêcheurs.

— Aïe! R'garde-moi ça si c'est beau! Ça va être bon dans l'assiette à soir!

Fier de son exploit, Jo'no souriait à belles dents. L'excursion s'avérait un véritable succès, même si ce que Billy appelait du «camping» ressemblait drôlement à la vie dans les *bateyes*, sauf en plus confortable. Jo'no avait hâte d'écrire à sa mère pour lui raconter son expérience.

~

Au cours de la deuxième nuit, les vents s'intensifièrent et changèrent de direction. Ce fut l'odeur âcre et insidieuse de la fumée qui tira Moosum du sommeil. Il se leva d'un bond, passa la tête dans l'entrebâillement de la tente et comprit instantanément que son envie de faire plaisir à Billy l'avait incité à commettre une grave erreur. Poussée par de puissantes rafales, la conflagration franchissait la rivière.

Il réveilla les garçons en vitesse et les pressa de se vêtir et d'endosser leur gilet de sauvetage. Il courut au canot amarré sur la berge et le vida de son contenu à grands tours de bras, lançant sur la rive les agrès de pêche, les rames, les cannes, le coffre à outils, l'ancre et le filet. Il somma Billy de mouiller deux sacs de couchage et de les placer dans le bateau. Quand Jo'no voulut prêter main-forte et désassembler la tente, le vieillard commanda de tout laisser et de monter au plus vite dans l'embarcation. Il fallait filer d'urgence vers le sud.

D'une main tremblante, l'aïeul ajusta le bouton d'embrayage du moteur et tira violemment sur la corde de démarrage. L'appareil frémit, gronda et se tut. Le vieil homme répéta la manœuvre avec le même résultat. Transpirant à grosses goûtes, il s'entêtait à tirer sur la corde avec frénésie quand Billy cria : « Les *spark plugs*, Moosum ! *Check* les *spark plugs* ! » Le grand-père comprit immédiatement. Pendant qu'il soulevait le capot de l'engin, le jeune autochtone sautait hors du canot pour aller chercher des bougies de remplacement. Dans son énervement, il courut ici et là sans fixer son regard nulle part. Lorsqu'il repéra enfin le coffret métallique qu'il cherchait, il eut de la difficulté à l'ouvrir. Ses doigts fébriles ne cessaient de glisser sur le loquet mouillé et couvert de terre. Il réussit à en extirper le sac dans lequel Moosum gardait les bougies au sec. Dans sa hâte pour revenir au canot, il trébucha et s'étendit de tout son long dans la vase de la berge. Affolé à l'idée que l'eau ait trempé les bougies, il se releva, ramassa le sac qui avait revolé plus loin, l'examina et constata que non. Il le tendit à son grand-père.

Après un temps qui leur parut interminable, le moteur fut réparé et l'embarcation se rua contre les flots agités qui couraient vers le nord. Déjà, de longs doigts rougeoyants se pointaient derrière eux. Jo'no qui avait gardé une peur viscérale du feu s'agrippait à deux mains au siège étroit, figé de terreur.

Le canot, allégé de son bagage, volait sur le cours d'eau, tressautant sur la crête des vagues de plus en plus fortes, soulevées par le vent. Les animaux affolés couraient le long de la berge. Deux ours suivis d'une famille de renards émergèrent de la forêt en panique. Un lièvre, les oreilles en flammes, se jeta dans l'eau. Le feu les avait rejoints !

Des deux côtés de la rivière, les arbres craquaient sous la brûlure et geignaient en s'abattant, projetant haut dans le ciel des cascades de flammèches qui, en retombant, propageaient l'incendie à une rapidité pétrifiante. Le moteur lancé au maximum n'arrivait pas à propulser le canot assez vite pour garder les devants. Les rives n'étaient maintenant que deux gigantesques murailles de feu, changeant la nuit en jour. Le bruit était infernal. Le monstre rugissait. Le vent hurlait et secouait le faîte des arbres comme de vulgaires tignasses. Les conifères, véritables flambeaux incandescents, explosaient sous l'acuité de la chaleur, tandis que les broussailles des sous-bois éclataient en feux d'artifice.

L'air surchauffé devint irrespirable. L'haleine brûlante et enfumée de la furie faisait pleurer les yeux, suffoquer les poumons et tousser la gorge oppressée par un goût acerbe de bois calciné. La terreur faisait battre les cœurs à tout rompre. Un immense bouleau métamorphosé en torche s'effondra à côté d'eux, faisant tanguer dangereusement le canot. Une grêle de tisons rouges fondit sur les fugitifs.

Billy et Jo'no glapirent de douleur. Moosum attrapa un des sacs de couchage, le jeta sur le réservoir à essence et cria aux garçons de se couvrir avec l'autre.

Puis ce fut le choc. Brutal. Fracassant. Un billot solidement planté au milieu des flots arracha le moteur du bateau dans un craquement horrifique. L'embarcation chavira, projetant les trois hommes dans la rivière. L'appareil ainsi libéré tourna follement sur lui-même, heurtant Moosum de son hélice, lui entaillant l'abdomen et la main droite, puis il coula au fond de l'eau dans un gargouillis de bulles.

Billy et Jo'no, vêtus de leur gilet de sauvetage, remontèrent vite à la surface dans de grands moulinets de bras, crachant et toussant. Toutefois, le grand-père qui ne portait jamais de veste dut se démener pour émerger des flots où flottaient des débris de toutes sortes. Entre-temps, le canot s'était redressé ct, poussé par le courant, il s'éloignait rapidement. Moosum nagea à toute vitesse pour le rattraper. À bout de forces, saignant abondamment, il le rejoint, s'y accrocha et hurla aux garçons de venir l'aider. Sachant que Jo'no ne savait pas nager, Billy l'avait happé et le tenait avec l'énergie du désespoir. Il le tira par un bras derrière lui. De peine et de misère, les trois hommes réussirent à retourner le bateau à l'envers puis, s'agrippant aux bancs pour le maintenir au-dessus d'eux, ils purent enfin se mettre à l'abri du déluge de braises qui pleuvait sur eux.

Sous le canot, c'était l'obscurité complète. Le courant continuait d'orienter l'embarcation vers le nord et, sans appui pour contrer la force des flots, les hommes durent se laisser emporter. De temps à autre, Billy hurlait le nom de Moosum pour s'assurer que son grand-père tenait le coup. Dans l'horreur de l'accident, il avait aperçu le sang gicler et il n'avait pu déterminer si la blessure était grave.

Quand Moosum cessa de répondre et que Billy sentit l'avant du canot tressaillir soudainement et se mettre à osciller de gauche à droite, il comprit que son grand-père avait lâché prise. En panique, il plongea sous les eaux noires et tumultueuses, tâtant aveuglément devant lui, mais il ne réussit qu'à se meurtrir les mains sur les débris. Son Moosum tant aimé avait disparu, emporté par le courant. Il remonta à la surface, ses larmes se mêlant aux flots menaçants, et n'eut que le temps de rattraper l'embarcation qui, sous la seule manœuvre de Jo'no, s'était mise à tournoyer sur elle-même.

Morts de fatigue, Jo'no en état de choc et Billy inconsolable, les adolescents furent rescapés au petit jour par un hélicoptère. Ils avaient réussi tant bien que mal à immobiliser le canot en plantant leurs pieds dans la boue gluante d'une saillie au fond de la rivière. Juste à temps, car leurs bras faiblissaient sous l'effort. C'est de cette façon qu'ils avaient passé le reste de la nuit. Lorsque le rugissement cauchemardesque s'était enfin tu, ils étaient prudemment sortis de leur cachette. Attrapant Jo'no par le gilet de sauvetage, Billy l'avait traîné jusqu'au bord où les garçons s'étaient laissés tomber sur la cendre encore chaude du rivage.

Quand les sauveteurs les firent monter dans l'appareil, un Billy anéanti ne cessait de répéter avec hébétude qu'il était responsable du décès de Moosum et que jamais il ne se le pardonnerait.

42

LA RÉSERVE FUT ÉVACUÉE IN EXTRÉMIS. Par conséquent, les résidents se retrouvèrent dans la même situation que l'été précédent, hébergés dans des motels et nourris dans des centres communautaires. Cette fois, cependant, le déplacement fut de courte durée. Grâce aux efforts des pompiers forestiers, la réserve fut épargnée et les gens purent rentrer chez eux.

Sauf Billy.

Épuisés, contusionnés, marqués par les brûlures, les deux adolescents avaient été admis à l'hôpital. Jo'no était retourné chez les Viau après quelques jours, mais Billy, à cause de son profond abattement, avait dû rester sous observation. Puisqu'il n'y avait plus personne pour le recevoir à la réserve, les services de l'Aide à l'enfance décidèrent qu'à sa sortie de l'hôpital, il regagnerait son foyer d'accueil à Kapuskasing. Toutefois, cela s'avéra impossible ; le couple hôte était parti en voyage et ne reviendrait qu'en septembre pour le début des classes. Jo'no avait alors demandé à sa marraine si elle pouvait héberger temporairement son ami. Normande, qui râpait des carottes sur le plan de travail, avait dégluti puis, d'une voix incertaine, avait promis d'y penser.

Cette réaction, si contraire à celle qu'aurait eue sa mère, avait grandement surpris Jo'no. Pourquoi une requête si banale avait-elle causé un tel malaise ? C'est en soirée, alors que les Viau le croyaient endormi, qu'il avait compris.

— Amener un Indien vivre ici ! Es-tu malade ?

— Chut ! Pas si fort, Gilles. Ce serait seulement pour quelques semaines.

— Pis on le mettrait où ?

— Jo'no est prêt à partager sa chambre.

— Sa chambre ! En v'là une bonne ! En plus du fait qu'y'a juste un lit simple dans *mon ex-bureau*.

— On pourrait acheter un lit pliant ou un futon...

— Une autre dépense ! Qui va payer la nourriture de surplus ?

— Voyons ! Quelques semaines ne nous appauvriront pas !

— C'est ben comme toi, Normie. Toujours prête à payer pour les autres. Tu trouves pas que t'as déjà assez dépensé pour ton filleul ? On n'a pus d'argent à jeter par les fenêtres, jésuite !

Jo'no avait reçu ces paroles comme une gifle.

— Tu devrais savoir, tabarslac, que si t'amènes un Indien vivre ici, y'en a une douzaine d'autres qui vont suivre ! Non ! Non ! C'est déjà assez que ton Jo'no se soit acoquiné avec un de ces maudits sans-dessein sans qu'y l'amène ici. Pis si tu veux savoir, j'suis à peu près certain que ce sont ces deux-là qui ont fait le coup à Cochrane. As-tu remarqué la réaction de ton filleul à sa fête quand j'ai mentionné les ours ? Ce qui fait qu'en plus d'avoir deux jeunes dans les pattes, on aura éventuellement la police su' l'dos !

Terrifié, Jo'no n'entendit pas la réponse de Normande, seulement la conclusion glaciale de Gilles.

— La discussion est terminée. Pas d'Indien ici!

Jo'no passa le reste de l'été à travailler dans divers chantiers de construction et à visiter Billy, relogé dans un foyer provisoire en attendant le retour de ses hôtes habituels. Celui-ci ne cessait de se blâmer pour la perte de Moosum.

Puis, ce fut la rentrée au secondaire. Les garçons retrouvèrent les jeunes de leur classe de 8ᵉ et rencontrèrent les élèves des écoles primaires environnantes, dont Michel.

L'automne se pointa et Jo'no se rendit compte que l'inaltérable ronde des saisons engendrait de perpétuels changements dans la vie des Canadiens. Les journées raccourcirent. Le soleil perdit de son éclat et de sa vigueur. En revanche, les vents du nord gagnèrent en intensité, promettant de ramener l'air froid, sec et mordant qui l'avait presque suffoqué à son arrivée. Les arbres se transformèrent en flambeaux d'or, de marron et d'orangé et le jeune Dominicain qui affirmait n'avoir jamais vu rien de si beau ne cessa de s'extasier. Si bien que Lysa se mit à le taquiner en exagérant ses exclamations de ravissement.

Les outils de jardinage, les chaises de parterre et les tondeuses à gazon furent remisés et on attendit avec impatience les premières neiges pour sortir les patins, les souffleuses et les motoneiges. Comme au printemps, on dut faire l'échange de l'habillement. Puisque Jo'no avait encore grandi et pris du poids, il employa une bonne partie de l'argent durement gagné qu'il économisait pour des cadeaux de Noël à s'acheter quelques vêtements indispensables. Depuis qu'il avait entendu Gilles se plaindre des coûts de son hébergement, il faisait l'impossible pour éviter les dépenses, parfois jusqu'à laisser gronder son estomac.

Néanmoins, le premier matin où, écartant le rideau de sa chambre, il aperçut le saupoudrage opalin qui recouvrait la cour arrière, il fut saisi du même enchantement que dix mois plus tôt, alors qu'il s'était émerveillé devant l'édredon immaculé, piqué de scintillements, qui bordait la route 11.

La neige!

Ce «glorieux phénomène de la nature» l'enthousiasmait tout autant qu'un autre phénomène l'enflammait. Jo'no était amoureux. L'émoi qu'il ressentait devant un paysage enneigé n'était rien comparé à la fébrilité qui s'emparait de lui à la vue de Lysa. Au cours des mois, son amitié pour elle s'était muée en un sentiment plus profond: un grisant mélange d'admiration, d'attachement et d'attirance physique. La proximité de la jeune fille, voire la simple évocation de ses yeux rieurs ou de son port élégant, suscitait chez l'adolescent des ondes de volupté jamais éprouvées auparavant.

C'est la beauté bouleversante des aurores boréales qui avait concrétisé cet amour. Jo'no raccompagnait Lysa chez elle un soir après avoir assisté à un match de hockey, quand soudain elle s'était arrêtée. Le visage levé au firmament, elle avait attiré son attention sur les longues volutes lumineuses, chamarrées de rose, de turquoise et d'argent, qui barbouillaient la voûte céleste. Devant la grâce et la splendeur de cette explosion silencieuse aux reflets d'améthyste, Jo'no avait senti monter en lui un bonheur indicible et, dans l'immense quiétude de la nuit glaciale, il avait eu la témérité de passer son bras autour de la taille de la jeune fille. Il l'avait serrée contre lui et le monde s'était arrêté.

Lorsque la Terre s'était remise à tourner, il avait eu l'irrésistible envie de l'embrasser. Toutefois, craignant qu'il soit trop tôt pour poser un geste aussi audacieux, il avait laissé échapper l'occasion. Par la suite, il s'était demandé cent fois si elle l'avait souhaité. Selon les commentaires grivois des gars, en règle générale les filles étaient consentantes, c'était même souvent elles qui prenaient les devants. Mais Lysa? Une fille sérieuse, indépendante et responsable?

Jo'no aurait aimé pouvoir s'ouvrir à sa mère à ce sujet, cependant pas dans une lettre où il était difficile d'exprimer certaines choses. D'ailleurs, il savait bien que, même en personne, une conversation si intime l'aurait gêné. Un père était celui sur qui un fils pouvait compter dans de telles circonstances. Mais le sien était décédé. Jean-Yves était le seul à qui il aurait pu confier ses émotions et poser ses questions; toutefois, à cause de ses multiples activités, il se rendait rarement à la ferme maintenant.

Certes, Jo'no connaissait le côté physique de l'amour. Il était familier avec les réactions de son corps. Qui plus est, Orel, Jean-Gadi et les membres de la bande s'étaient souvent exhibés devant lui dans de grossières compétitions. Maxime et ses amis s'adonnaient parfois aux mêmes vulgarités dans les salles de rechange du gymnase. Donc, quand sa chair le trahissait, il ne s'en inquiétait pas.

N'empêche que les remous de son âme le taraudaient: une fille comme Lysa, belle, gentille et populaire, pouvait-elle aimer un garçon comme lui? Il se morfondait en ajoutant: un Noir! Non pas qu'il eût souvent été victime de racisme. Il lui semblait qu'ici, dans ce milieu, on se contentait de s'en prendre aux Autochtones. Néanmoins, il ne pouvait s'empêcher de redouter l'opinion des parents de la jeune fille. En plus de s'inquiéter des commentaires désobligeants de Gilles, le jour où il apprendrait qu'il s'était fait « une blonde ».

L'atmosphère chez les Viau était déjà assez tendue et Jo'no s'en rongeait les sangs: sa requête d'accueillir Billy avait-elle semé la discorde au sein du ménage ? Le couple éprouvait-il de graves problèmes d'argent ? Sa marraine avait-elle pris connaissance des agissements malhonnêtes de son mari ? Le jeune Dominicain avait l'impression que Gilles le narguait du regard dernièrement.

Il ne restait que deux mois avant son retour en République dominicaine prévu à la fin du semestre, le 31 janvier. Jo'no nageait dans un flot d'émotions contradictoires. D'une part, il lui tardait de revoir sa mère, Monise et Real ; de respirer l'air chaud aux odeurs tropicales de son pays ; de baigner dans l'atmosphère affable des rassemblements spontanés entre voisins et amis. D'autre part, il lui faudrait délaisser le confort de la vie canadienne. Abandonner l'école. Quitter Lysa.

Ne la reverrait-il jamais ? Et qu'en serait-il de Billy s'il n'était pas à ses côtés pour le défendre ? Alors qu'il avait cru que les persécutions cesseraient au secondaire, les méchancetés contre son copain s'intensifiaient. Maxime et son groupe avaient recruté de nouveaux membres parmi les arrivants et ils s'acharnaient contre lui de plus belle, l'affublant de toutes les épithètes humiliantes, relatives aux Autochtones. Et, dans son cas, les *hey man* ! entre camarades, accompagnés de grandes tapes amicales ou de feints coups de poing, se transformaient en de brutales agressions.

Michel s'était joint à Jo'no, à Lysa et à leurs amis. Cependant parce qu'il provenait d'un petit village, et qu'en sus, il ne portait pas les vêtements dernier cri, à la façon des jocks de l'école, on s'était mis à se moquer de lui également, le traitant de « colon » et de « maudit con ».

La situation de Jo'no était plus floue dans la hiérarchie estudiantine. On ne savait dans quelle catégorie le classer.

Étant le seul Noir, il était différent. Habituellement, un écart de la norme suscitait animosité et provocations. Par contre, le jeune Dominicain possédait des attributs qui suscitaient admiration et acceptation : il était grand, assez costaud et faisait preuve de remarquables habiletés sportives. En outre, il ne se laissait ni influencer ni intimider. Il restait circonspect, réservé, toujours poli et respectueux, sans jamais être obséquieux.

Le jeune Dominicain s'était acclimaté à son nouvel environnement : son foyer d'hébergement, l'école, les caprices de la météo, les vêtements encombrants, le pittoresque accent franco-ontarien, la nourriture riche et abondante, incluant le McDo ainsi que les aliments congelés ; bref à sa vie actuelle. Il avait de la difficulté à comprendre l'insouciance et l'immaturité d'un grand nombre de jeunes de son âge. Plusieurs buvaient de l'alcool, prenaient de la drogue et ne se préoccupaient guère de leurs études. Ils ne semblaient pas comprendre la chance inouïe qu'ils avaient de fréquenter l'école, dans des conditions que Jo'no jugeait idéales.

Le garçon se sentait vieux par rapport à ses camarades de classe. Il lui semblait qu'au Canada les jeunes n'avaient pas de responsabilités en comparaison avec ses amis des *bateyes*, qui n'avaient aucune possibilité de s'instruire et qui souvent, dès l'âge de dix ans, devaient couper de la canne s'ils voulaient manger. Quand il se rappelait l'épisode du *pèlebren*, il se disait que jamais les adolescents de son entourage actuel ne pourraient s'imaginer pareille horreur. Ici, tout était facile. Il n'y avait aucun remous pour les faire réfléchir, agir, grandir. Plusieurs ne se préoccupaient que de gadgets électroniques, jeux vidéo, bicyclettes, vélos motorisés ou motoneiges, voire pour certains, leur propre auto !

Pour sa part, Jo'no n'avait pas beaucoup de temps pour s'amuser sinon pour jouer au volley-ball deux fois par semaine après les classes. Les samedis et dimanches, il continuait à travailler pour Gilles. Dans son temps libre, après les devoirs, il sortait avec Lysa et ses amis ou il rencontrait Billy, qui s'enfonçait progressivement dans une morosité inquiétante. Puis, chaque soir avant de se coucher, il parcourait le Web afin d'approfondir ses connaissances au sujet des *bateyes* et des *braceros*.

C'est au cours de ses lectures et tout en songeant à Billy qu'une question lui vint. Pourquoi madame Normande avait-elle choisi de parrainer un enfant des Caraïbes alors qu'elle aurait pu opter pour quelqu'un de son propre pays ?

43

La dernière cloche de la journée avait sonné. Jo'no et Billy, sac au dos, livres et cartables sous le bras, se frayaient un chemin vers les casiers dans la cohue turbulente des élèves. Encore une fois, Jo'no tenta de convaincre son copain de se joindre à l'équipe de volley-ball.

— Monsieur Labelle t'accepterait immédiatement. Même si l'équipe est complète. Tous savent que tu es le meilleur.

Pâle, les traits tirés, Billy ne répondit pas. Une boule d'angoisse noua l'estomac de Jo'no. Son ami avait perdu sa fougue et son esprit combatif. Il ne réagissait plus à rien. Il venait à l'école, prenait place dans son banc et se cantonnait dans sa bulle. Le centre d'aide à la jeunesse lui avait fourni des services de counselling. Le garçon assistait aux rencontres comme un automate, fixant l'intervenant d'un œil absent, refusant de prononcer une seule parole. La mort de Moosum lui avait asséné un tel coup qu'il ne semblait plus pouvoir s'en sortir. La culpabilité le corrodait. L'unique personne avec qui il entretenait encore quelque conversation était Jo'no. Par conséquent, ce dernier se sentait responsable de son camarade. Toutefois, il ne savait comment le tirer de son marasme.

Comme les deux garçons arrivaient devant leurs casiers, Maxime et Donald inclinèrent le torse, plièrent les genoux et se mirent à se tapoter la bouche et à tournoyer sur eux-mêmes, mimant une danse indienne. Les élèves à proximité éclatèrent d'un rire moqueur. Billy resta imperturbable. Jo'no serra les poings.

Les garçons enfilèrent tuques, bottes, manteaux et sortirent. Jo'no songea à redire à son ami qu'il devrait porter plainte contre eux pour ce harcèlement odieux, mais il y renonça. Il savait bien que celui-ci répondrait par la négative. Il ne pouvait l'en blâmer, lui-même avait refusé de dénoncer ses tourmenteurs quand on s'en était pris à lui à l'élémentaire. Les représailles à l'endroit des délateurs existaient ici tout comme en République et, tout comme dans l'île, elles pouvaient s'avérer pires que les agressions initiales.

Le jeune Dominicain chercha un sujet à aborder pour alléger l'atmosphère. La relâche du temps des fêtes qui s'annonçait ? Assurément pas. Évoquer ce premier Noël sans Moosum aggraverait plutôt les choses. La journée de plein air à la pente de ski pour célébrer la fin du semestre ? Non plus. Qui sait ce que Max et ses complices imagineraient pour s'acharner contre son ami ? Parler de son amour pour Lysa ? Même si Billy était au courant de ses sentiments, une certaine gêne l'en empêchait. Il avait besoin d'apprivoiser ses émotions avant d'en discuter.

Billy interrompit ces réflexions et prit la parole.

— J'ai demandé à madame Martin si j'pouvais aller chercher mon chien pis l'amener vivre avec moi.

Il s'était exprimé d'une voix neutre, de sorte que Jo'no ne put déterminer si son ami avait reçu une réponse favorable. Si les Martin avaient refusé, c'était un autre coup dur pour son camarade. Il était tellement attaché à

Bucky et se faisait un sang d'encre à propos de lui, ignorant si on s'en occupait à la réserve.

— J'y ai dit que c'est juste ça que j'voulais pour Noël. Rien d'autre.

Jo'no resta coi. Billy se tourna vers lui avant de continuer. Jo'no lut une telle désolation sur son visage qu'il eut mal. Il balbutia :

— Elle a refusé ?

— Pas elle... Lui.

Les garçons montèrent dans l'autobus. Un groupe chahutait dans les bancs du fond, criaillant et riant à gorge déployée. Jo'no et Billy prirent place derrière le conducteur pendant qu'une voix éraillée réclamait une bouteille d'eau à tue-tête. Le véhicule se mit en branle.

Immobile, le visage tourné vers la fenêtre, Billy regardait le paysage d'hiver défiler sans le voir. Jo'no se creusait les méninges, se demandant comment remonter le moral de son copain. Qu'aurait dit sa mère ? À cette pensée, une lancination lui vrilla l'estomac. Comme il aurait voulu être chez lui en ce moment ! Auprès d'elle. Réconforté par sa présence.

Il eut un sourire amer. Il avait rêvé au Canada si longtemps, croyant dur comme fer qu'il s'agissait du paradis. Néanmoins, la misère et, de toute évidence, la persécution existaient ici également. De surcroît, il se rendait compte que, malgré leur confort, ses hôtes n'étaient pas nécessairement heureux. Sa marraine lui semblait de plus en plus triste et son mari était souvent d'humeur noire.

Il réalisa soudain à quel point sa mère était une femme courageuse. Elle avait perdu ses parents et son mari. Seule, elle avait mis sur pied une école pour instruire ses enfants et ceux du *batey* afin de gagner quelques pesos.

Puis, déportée, elle s'était retrouvée sans abri pour sa famille. Son bébé était décédé. En dépit de toutes ces épreuves, elle ne s'était jamais laissé abattre. Elle avait continué de travailler d'arrache-pied pour nourrir ses enfants et en prendre soin. Elle avait même consenti à se séparer de lui, son fils, sur qui elle comptait pour la seconder, dans le but de lui assurer un avenir différent des coupeurs de canne.

Il avait réfléchi à ses attentes et il n'était plus certain de désirer faire carrière comme environnementaliste. Avocat ou travailleur social lui paraissait maintenant plus souhaitable. Il en avait discuté avec Lysa et elle l'avait approuvé sans hésiter. Ce qu'il n'avait pas osé lui demander était si, éventuellement, elle accepterait de le suivre dans son pays. Il ne pouvait envisager de vivre sans elle ; ils s'aimaient tant ! Il y avait quelques semaines, elle avait déclaré son amour après s'être blottie contre lui et l'avoir embrassé alors qu'il la raccompagnait chez elle. Depuis, ils étaient inséparables.

Inopinément, le père Gilman se présenta à son esprit. Et Jo'no, troublé, se demanda si le prêtre nourrissait des sentiments tout aussi puissants pour sa mère. Il savait qu'ils s'aimaient, mais il ne lui était pas venu à l'idée qu'ils puissent... Il ne pouvait imaginer sa mère... Encore moins le père... Celui-ci l'avait-il embrassée ? Passionnément ? Et...

Le grincement agaçant des freins le tira de ses pensées. Deux élèves qui s'étaient levés avant l'arrêt complet de l'autobus dévalèrent l'allée centrale, s'agrippant tour à tour aux dossiers des bancs pour contrer la force qui les projetait en avant. Lorsqu'ils arrivèrent à la hauteur de Jo'no et de Billy, l'un d'eux lança un objet qui atterrit sur le siège entre eux deux. Le véhicule stoppa. Le conducteur tira le levier des portes et, toujours emportés par leur élan, les jeunes descendirent les marches en criant :

— Un p'tit cadeau pour toi, Bill !

Il s'agissait d'une bouteille d'eau dans laquelle flottaient des débris. Billy la souleva pour en examiner le contenu et il constata qu'on y avait glissé un morceau de papier. Regardant de plus près, il vit que c'était une photo arrachée d'une revue. Même si le papier s'enroulait sur lui-même et que ses couleurs se dissipaient peu à peu dans le liquide, il était facile de reconnaître un autochtone portant la coiffe traditionnelle de plumes d'aigle. Des petits jujubes rouges, verts et jaunes, en forme de poisson, montaient, descendaient et tournoyaient autour du noble visage. Blessé à mort, Billy émit un gémissement rauque et s'affaissa sur lui-même. La bouteille roula sous les sièges en gargouillant pendant que les passagers qui avaient suspendu toute conversation éclatèrent d'un grand rire.

Le lendemain, Billy ne se présenta pas à l'école. Selon le protocole d'usage, la secrétaire téléphona à la maison pour connaître les raisons de son absence. On lui dit que Billy avait disparu.

44

Un autre aérobus chargé de touristes en quête de soleil et de plaisirs tropicaux venait d'atterrir. La réception de l'hôtel *Playa Dolio* était bondée. Le barbu aux verres fumés, coiffé d'une casquette des Blue Jays et vêtu d'un short et d'un tee-shirt, attendait son tour avec impatience. La préposée lui paraissait exténuée, de grands cernes noirs lui entouraient les yeux et la fatigue lui creusait les joues. L'homme se dit que la pauvre était probablement en poste depuis vingt-quatre heures. Et la file de vacanciers s'allongeait loin derrière lui.

Quand il parvint au comptoir, il voulut savoir auquel des nombreux édifices du complexe on avait affecté madame Vellera pour la journée. La préposée hésita. Toutefois, devant l'insistance de l'homme et la longue lignée de touristes qui trépignaient dans leur hâte de revêtir un maillot et de commander une margarita, elle sortit le registre des employées et l'ouvrit. Elle fit glisser son index sur les assignations du jour puis, d'une voix lasse, laissa tomber :

— Édifice El Valle, section D.

— *Gracias* !

∾

Absorbée à épousseter, Gabriella ne le vit pas arriver. Mark resta dans l'embrasure de la porte à la regarder travailler pendant que son cœur battait la chamade. Il l'aimait! Non, il l'*adorait*. Son cœur, indépendamment de sa volonté, vibrait de passion pour cette femme. Il lui était devenu impossible d'ignorer les sentiments qui avaient germé en lui et qui continuaient d'y croître en s'agrippant telles des vignes tenaces.

Et il tenait à le lui dire.

Par contre, il ne fallait pas sous-estimer le danger. Il pouvait avoir été suivi malgré son déguisement et toutes ses précautions. Pire, ses ennemis, ces êtres sans scrupule, pourraient s'en prendre à Gabriella ou à ses enfants pour l'empêcher de continuer sa lutte.

Fidèle à sa conscience en proie à un perpétuel questionnement, Mark n'avait cessé de se tourmenter : avait-il le droit de placer ses besoins avant celui des enfants que personne ne voulait reconnaître? Avant celui des pauvres bougres qui s'esquintaient de l'aube au crépuscule pour une bouchée de pain? Cependant, sa volonté se rebiffait. Pourquoi ne connaîtrait-il pas l'amour d'une femme lui aussi? Pourquoi ne goûterait-il pas la douceur d'une vie à deux? *Charité bien ordonnée…*

Il était convaincu de pouvoir simultanément mener à bien une vie de couple et son action politique. Tant d'hommes ne le faisaient-ils pas? Il s'était donc résolu à un «changement de corporation». Puisque l'Église catholique s'entêtait à refuser le sacrement du mariage aux membres de son clergé, il se convertirait à la religion anglicane et deviendrait pasteur. De cette façon, il lui serait possible de vivre sans les contraintes imposées par ses supérieurs. Et il serait libre d'épouser Gabriella. Il avait beaucoup à lui offrir et elle avait besoin de lui. Il était déterminé. Cette fois, il ne raterait pas l'occasion de déclarer son amour.

Gabriella pressentit une présence et laissa échapper un cri devant ce touriste étranger qui l'observait sous la visière de sa casquette. Elle allait appeler des secours quand elle reconnut Mark. Il posa un doigt sur sa bouche pour lui faire comprendre de rester calme, il sourit et demanda :

— À quelle heure est-ce que tu finis de travailler ?

— Vers quatre heures. Pourquoi ?

— J'ai besoin de te parler.

Il vit l'alarme envahir ses prunelles et il s'empressa de la rassurer.

— Tu n'as pas à t'inquiéter, je veux simplement te parler de… nous deux. Je crois que nous avons des choses à nous dire…

Le velours de ses iris sembla fondre. Elle ferma les yeux pour juguler l'émotion qui menaçait de l'étouffer. Puis elle les rouvrit doucement. Il vit ses mains trembler. Elle acquiesça lentement de la tête et balbutia :

— Je serai à la porte de l'édifice à quatre heures trente. Le temps d'assurer les services de la gardienne pour les enfants.

— Nous irons marcher sur la plage.

Il la vit hésiter et elle murmura :

— Les employés n'ont pas le droit de se mêler aux touristes. Je risque de perdre mon emploi.

— Alors, où pouvons-nous aller pour causer sans être importunés ?

Avant que Gabriella ne puisse répondre, le bruit d'un chariot qu'on pousse accompagné du fredonnement d'un petit air allègre se fit entendre. Gabriella déposa son plumeau et s'avança pour fermer la porte. Ce faisant, elle frôla Mark toujours debout dans l'embrasure et rencontra son regard. Elle y lut un désir si intense qu'elle en eut le souffle coupé. Et la question resta sans réponse.

Attirée comme un aimant par le fer, elle se blottit dans ses bras. Mark la serra contre lui et posa ses lèvres sur son front. Gabriella poussa un long soupir de contentement. Il y avait longtemps qu'elle avait éprouvé un tel bien-être et une telle sécurité. Elle colla son corps assoiffé contre l'homme qu'elle aimait. Lorsqu'elle releva la tête, Mark y lut l'acquiescement à son désir. Il verrouilla la porte. Puis il l'embrassa avec toute la passion qu'il refoulait depuis leur première rencontre. Sur la bouche cette fois. Cette bouche pleine, sensuelle, au goût épicé de l'île. Une chaleur pressante lui irradia le ventre et se propagea dans tout son être. Il la poussa doucement vers le lit...

∾

Tournée vers le mur, Gabriella pleurait silencieusement. Des hoquets soulevaient ses épaules nues. Désemparé, Mark se faisait d'amers reproches. Dans l'euphorie de posséder cette femme qu'il adorait, il l'avait prise avec trop de fougue. Lui qui s'était pourtant promis d'être doux et patient. Il restait donc là, assis au bord du lit, à la regarder. Timidement, il avança une main pour lui caresser la nuque. Sans se tourner, Gabriella saisit les doigts tendus et les porta à ses lèvres. Et elle se remit à pleurer de plus belle. Mark murmura :

— Je suis désolé, Gabriella. Je ne voulais pas...

Elle se retourna alors et le regarda avec incompréhension.

Il balbutia :

— Je n'ai pas de... d'expérience avec les femmes...

Elle laissa tomber sa main, se redressa et s'exclama :

— Oh ! Non ! Non ! Il ne s'agit pas de... Non, Mark ! Il ne faut pas croire que... C'est Jo'no... J'avais promis... Si je le perdais, lui aussi !

Elle s'égarait dans ses propos et, mystifié, Mark ne savait comment réagir. Elle se jeta dans ses bras et poursuivit en sanglotant :

— Mark ! Je t'aime ! Je t'aime tellement, mais il ne faut pas...

Transporté, il n'entendit pas les derniers mots, trop heureux de la tenir serrée contre lui. Elle l'aimait ! C'était tout ce qui comptait. Gabriella s'accrocha longtemps à lui. Jusqu'à ce qu'elle arrête de trembler. Puis, elle se libéra des bras protecteurs et lui fit part de sa promesse. Elle termina en le fouillant de ses yeux vifs et intelligents et demanda :

— Crois-tu que Dieu va me punir en se vengeant sur mon fils ?

Ils avaient souvent parlé de religion lors de ses visites à Panfosa. Mark avait été surpris d'y rencontrer une âme si éclairée après qu'il eut été exposé à la foi enfantine des habitants du *batey*. Fille unique d'un professeur instruit chez les Jésuites, Gabriella pouvait discuter de principes moraux avec assurance. Pourtant, elle restait là, l'implorant de dissiper ses craintes.

Sachant que sa réponse était de la plus haute importance, Mark ne répondit pas immédiatement. Il avait toujours trouvé difficile de composer avec le concept d'un Dieu vengeur et le réflexe instinctif de l'être humain à recourir à la négociation. Devant son hésitation, Gabriella, qui le dévisageait avec une intensité douloureuse, laissa échapper une plainte et se cacha le visage.

Que dire pour la rassurer, la réconforter ? Mark aurait souhaité lui servir l'argument facile d'un Dieu tenant office de père aimant tandis que la malveillance humaine était source de malheurs. Cependant, il n'était plus à l'aise avec cette explication classique. La chrétienté universelle avait trop longtemps brandi l'image menaçante d'un Dieu punitif. Et un tel conditionnement était presque impossible à effacer. Malgré les multiples discours apportés sur le tard, attestant la bonté infinie de Dieu, une crainte viscérale des représailles divines restait obstinément cramponnée en son for intérieur.

Même sa mère, une femme de foi inébranlable, lui avait demandé un jour, alors qu'il venait tout juste d'accéder à la prêtrise, comment réconcilier un Dieu bon avec les peines et les catastrophes qui s'abattaient quotidiennement sur l'humanité. Frais émoulu de ses cours de théologie, il avait récité la réponse mémorisée avec conviction. Toutefois, maintenant qu'il avait vécu, expérimenté la vie, rencontré des êtres innocents, brisés par les épreuves et les souffrances, il n'était plus sûr d'y croire. Il tenait à être juste avec Gabriella. Et franc avec lui-même.

Devant son mutisme, la jeune femme releva la tête. Elle s'essuya les yeux tout en promenant son regard sur la barbe et les vêtements de Mark, puis elle s'exclama :

— Pourquoi t'es-tu déguisé ainsi ?

Il n'eut pas le temps de répondre. Elle accusa le coup en tressaillant.

— Oh ! Mon Dieu !

Et, d'une voix blanche, elle balbutia :

— On connaît ton camion ! Tu as peut-être été suivi !

Mark se rapprocha d'elle et prit ses mains dans les siennes. Il posa ses paumes chaudes sur le visage crispé d'angoisse et le caressa avec amour.

— Tu t'en fais pour rien, Gabriella. J'ai loué une auto à Saint-Domingue et je me suis assuré de ne pas être suivi.

45

À LA SORTIE DU COMPLEXE, Mark ne marchait pas, il flottait, porté par un bonheur exaltant. Il respirait à pleins poumons, humant sa chemise imprégnée de l'odeur de Gabriella ; il savourait le goût de son corps encore sur ses lèvres, et se remémorait avec délice la fine soie de sa peau chocolatée.

Ainsi, c'était là la volupté d'aimer une femme ! Comme il était doux et électrisant de caresser un corps féminin, de lui procurer le plaisir suprême. Inconsciemment, il redressa les épaules et bomba le torse, incapable de refréner un sentiment de fierté. Puis, il songea qu'il avait éprouvé plus de satisfaction à donner qu'à recevoir et il se moqua de lui-même. Lui qui avait si souvent prêché ce concept ! Sans allusion, certes, à ces circonstances...

Pris par ses pensées, le père Gilman ne prêta pas attention à la Jeep grise qui attendait dans un coin reculé de l'aire de stationnement. Il monta dans le véhicule loué tout en cherchant à justifier ses actions. Si Dieu avait fait cadeau à l'homme de cette précieuse occasion de plénitude, ce dernier n'était-il pas tenu de s'en prévaloir ? Un refus ne constituerait-il pas un affront au ciel ?

L'amour et la reconnaissance suscitèrent en lui un dynamisme nouveau qui décupla sa détermination de poursuivre sa quête de justice. Il conclut qu'aimer une femme n'entravait pas l'ardeur au service. Au contraire, il libérait autant d'énergie que la fission de l'atome. Pourquoi la hiérarchie ecclésiastique s'obstinait-elle à nier ce fait ? Il ne pouvait attendre de revoir Gabriella.

Ses interrogations et ses appréhensions s'estompaient graduellement, balayées par l'aveu de la jeune femme. Fort de cet amour, Mark se sentait prêt à surmonter tous les obstacles. Certes, Gabriella avait réagi vivement quand il lui avait dit qu'il se proposait de quitter l'Église catholique pour devenir pasteur anglican. Même qu'elle avait commencé par s'y opposer. Néanmoins, il avait réussi à la convaincre sinon de se rallier à l'idée, d'au moins prendre le temps d'y réfléchir.

Quant à sa malencontreuse promesse… Le père Gilman avait mis de côté ses propres doutes et argumenté qu'elle avait pris cet engagement dans un moment de grande détresse et que, par conséquent, il ne fallait pas y accorder trop d'importance. Il avait suggéré de tout remettre dans les mains de Dieu, de Lui faire confiance, que Celui-ci comprendrait la situation qui l'avait incitée à engager ainsi inopportunément son avenir.

D'ailleurs, il savait que ce qui troublait le plus Gabriella dans l'immédiat était sa sécurité à lui, surtout lors de ses tournées dans les *bateyes*. Il avait fait de son mieux pour la rassurer en réitérant toutes ses mesures de prudence. Il avait hésité à lui faire part de ses propres inquiétudes par rapport à sa sécurité, à elle et à celle de ses enfants. Il ne voulait pas l'effrayer inutilement. Mais elle avait deviné ses appréhensions et avait affirmé que, tant qu'elle demeurait au complexe touristique, ils ne courraient pas de danger.

Les patrouilleurs protégeaient les travailleurs au même titre que les vacanciers. Puis, Gabriella avait tressailli. Que penserait son fils quand il apprendrait que le prêtre qu'il admirait tant quittait l'Église pour l'épouser? Mark avait promis de lui téléphoner chez Normande et de tout lui expliquer.

Il jeta un coup d'œil dans le rétroviseur. Une Jeep roulait derrière lui. Le suivait-elle? Mark s'agita sur son siège. «Je deviens paranoïaque», songea-t-il. Il ignora sciemment le malaise qui avait fondu sur lui comme une pluie froide et il retourna à ses réflexions. Que dire à Jo'no? Comment s'y prendre pour lui faire comprendre la situation? Quels mots employer? Le pauvre enfant avait déjà vécu tellement d'épreuves. Avait-il le droit d'intervenir dans sa présente quiétude?

Brusquement, la Jeep bondit comme un cheval qui se cabre. La secousse arracha le volant des mains de Mark. Le véhicule fit trois violents tonneaux en soulevant des nuages de poussière puis retomba sur ses quatre roues le long de la route, dans un fracas de métal chiffonné. Un filet de sang coula de la tempe du père Gilman et vint rougir sa barbe et l'épaule de sa chemise. La casquette des Blue Jays qui avait volé sous l'impact atterrit en tourbillonnant au milieu de la chaussée.

46

— Joyeux Noël à vous tous et toutes! Comme prévu, les cours reprendront le mercredi de la deuxième semaine de janvier. D'ici là, mesdames et messieurs, portez-vous bien.

«De joyeuses fêtes à vous aussi» fusèrent de la part des apprenants qui se levèrent en fermant leurs livres et leurs cahiers de notes. Normande demeura assise pour relire, une quatrième fois, l'appréciation manuscrite du professeur à la dernière page de sa dissertation. Et pour la quatrième fois, elle rosit de plaisir.

Quand elle releva la tête, presque tous avaient quitté la pièce, pressés de rentrer. Il ne restait que deux femmes qui papotaient en riant au sujet d'un malentendu à propos d'une recette de gâteau aux fruits. Normande classa lentement ses choses dans son porte-document. Les femmes causaient toujours. Elle ressortit le cartable qu'elle venait de ranger, l'ouvrit et en retira quelques pages. Elle fit mine de s'y référer puis les replaça, alignant les trous et les anneaux avec grand soin. La bouche sèche et les mains moites, elle pesta intérieurement: «Ces *placoteuses* ne quitteront-elles jamais les lieux?»

Lors des derniers cours, elle s'était attardée après les heures de classe pour s'entretenir avec Patrice pendant que ses collègues se consultaient et discutaient en se préparant à partir. Ces conversations s'étaient graduellement prolongées et elle anticipait maintenant ces moments avec trépidation. Cette semaine, sachant qu'elle ne le verrait pas pour un long mois, Normande avait ardemment espéré rester seule avec lui. Un tête-à-tête pouvait mener à des échanges autres que la comptabilité... Quoi, au juste? Elle ne le savait pas. Cependant, elle ne pouvait oublier la flamme dans les prunelles noisette aux reflets dorés qui, lors de leur première rencontre, avait allumé chez elle un émoi qu'elle n'avait pas ressenti depuis longtemps.

Appréhendant le départ de Patrice avant les deux bavardes, Normande endossa son manteau et s'approcha d'elles. Sourire forcé aux lèvres, elle leur souhaita un agréable temps des fêtes puis se dirigea vers la sortie, priant intérieurement que celles-ci fassent de même. De fait, interrompues dans leurs papotages, les deux femmes quittèrent enfin la salle de classe. Et, remplie d'espoirs fous et de craintes déraisonnables, Normande revint sur ses pas.

Patrice s'absorbait à mettre de l'ordre sur son bureau. Elle admira les traits finement ciselés, la peau bronzée et les cheveux châtain clair de cet homme qui l'intriguait et l'attirait. Quand il releva la tête, un grand sourire illumina son visage.

— P... Patrice, je... voulais... te remercier pour...

Maintenant qu'ils étaient seuls, la nervosité la faisait bafouiller. Elle craignait de s'être leurrée. D'avoir imaginé ladite flamme. Penaude, elle restait là, bouche bée, se disant qu'il la prendrait sûrement pour une idiote quand, de sa voix chaude et tranquille, il l'incita à continuer.

— Tu voulais me remer...

— Oui !

Elle eut l'impression d'avoir crié en lui coupant grossièrement la parole. Au comble du malaise, elle débita :

— Oui, je voulais te remercier pour les bons commentaires pour... pour ma dissertation. Voilà. C'est tout. Passe de belles fêtes.

Le visage en feu, elle pivota sur les talons. Il lui fallait quitter cet endroit. Arrêter de s'empêtrer dans ses dires et ses gestes.

— Normande...

Il prononça son nom avec tellement de chaleur qu'elle crut défaillir.

— ...aurais-tu le temps de... prendre un café ?

Oui ! Absolument ! Depuis le temps qu'elle en rêvait ! Rien ne pouvait lui faire plus plaisir à ce moment précis. D'autant plus que les circonstances étaient tout à fait opportunes. Jo'no était allé étudier avec Lysa et il possédait sa propre clef. Gilles l'avait avertie qu'il ne rentrerait pas avant minuit. Que dirait-il cependant s'il venait à apprendre qu'on l'avait vue au restaurant avec son professeur ? Par contre, rater une telle occasion... qui ne se représenterait peut-être jamais ? Pire, Patrice croirait qu'elle n'était pas intéressée à...

— Écoute, Normande, si ça te pose problème, nous pourrions passer au service au volant chez Tim Hortons et revenir boire notre café ici...

« Il y tient vraiment ! » pensa-t-elle, à la fois ravie et inquiète. Elle accepta avec joie.

Sur le chemin du retour, son cœur chantait. Elle ne se souvenait pas d'avoir éprouvé un tel vertige. N'avait-elle jamais vécu de si vives émotions auprès de Gilles ?

Il lui semblait que non. Toutefois, après presque trente ans, elle se dit qu'elle avait probablement oublié.

Depuis qu'elle s'était inscrite à ce cours, Patrice accaparait son jardin secret. Elle ne pouvait s'empêcher de comparer les deux hommes. Immanquablement, son mari en sortait perdant. Pourtant, tentait-elle de se convaincre, Gilles avait de grandes qualités : travaillant, débrouillard, ambitieux, et consciencieux au travail. Elle en avait dressé plusieurs fois la liste. Néanmoins, son attraction pour Patrice prenait le dessus et balayait tout. Elle s'était tourmentée à savoir si ses sentiments étaient partagés. Mais après ce soir !

Ses pensées couraient devant elle, l'entraînant vers... quoi ? Aimait-elle encore son mari ? Elle ne le détestait pas. Peut-être parfois... Plus elle y réfléchissait, plus de vieilles rancœurs refoulées des années durant remontaient à la surface. Gilles l'avait boudée, régentée, manipulée par ses sautes d'humeur. Il s'était servi d'elle pour les besoins de la compagnie. La méprisait-il ? Chose certaine, auprès de lui, elle avait le sentiment d'étouffer.

Elle n'avait jamais trouvé le courage de le confronter, sauf lors du fameux soir en République dominicaine où elle avait cru ne pas revenir vivante des champs de canne. Devant la détermination inhabituelle dont elle avait fait preuve à ce moment, Gilles lui avait fait de belles promesses. Des promesses qu'il avait tenues quelques mois à peine avant de reprendre son comportement égoïste. Puis, ils s'étaient graduellement enlisés à nouveau dans la routine de leur vie. Était-ce ce qui avait tué leur amour ? Ou était-ce plutôt l'attitude macho de Gilles, comme le clamait Louise ?

« J'aimerais qu'on se revoie, Normande », avait dit Patrice avec ferveur. « Est-ce... possible ? » Ah ! Côtoyer cet homme matin, midi et soir... Soir ! Seulement à y penser, elle en éprouvait des palpitations. Elle se perdit consciemment dans un scénario où elle vivait avec lui. Ils s'aimaient avec passion, échangeaient sur des sujets fascinants, faisaient des voyages fabuleux. Et toujours, Patrice la traitait avec respect, soutenait ses efforts et la valorisait.

La vue de sa maison la ramena à la réalité. Elle fut déçue. Elle aurait voulu s'attarder encore dans son rêve, s'y blottir comme elle le faisait parfois sous les couvertures chaudes et duveteuses, certains matins d'hiver. Ah! Ne plus poser les pieds sur le plancher froid de la dérision ni frissonner dans l'ambiance glaciale du mépris!

Il neigeait à plein ciel. De gros flocons émergeaient de l'obscurité pour tourbillonner sous le halo des lampadaires. La lumière brillait derrière les rideaux de la chambre de Jo'no. Le garçon n'était donc pas couché. Normande savait qu'il vivait l'euphorie d'un premier amour. Elle sourit tristement. Si seulement ce sentiment pouvait durer toujours. Un amour neuf est si exaltant...

47

Assise sur les genoux de Gilles, recroquevillée contre lui, Monique lui caressait le visage.

— Tu sembles bien jongleur, *babe*. Ça ne va pas ?

Il lui entoura la taille puis fouilla sa chevelure de son nez, respirant à pleins poumons l'odeur grisante de son parfum.

— J'ai encore perdu...

Elle glissa lentement une main fureteuse le long de son cou, s'arrêta dans le «v» de sa chemise, se mit à la déboutonner.

— Tu t'en fais pour rien, mon amour. Tout le monde sait qu'un début chanceux est toujours suivi d'un creux ; tu connais la courbe graphique. Ta chance va revenir. Un coup de dés et tu vas regagner tout ce que tu as perdu en plus d'un beau petit profit.

Gilles eut peine à réprimer un mouvement d'agacement. *Un beau petit profit* ne serait certainement pas suffisant pour recouvrer l'argent perdu ! Et il était évident que la belle Monique ne lui remettrait pas les montants qu'elle lui avait «empruntés». Pressentant sa frustration, celle-ci déboucla la ceinture de son pantalon tout en l'embrassant à pleine bouche. Gilles grogna de protestation et se laissa entraîner sur le lit.

❧

Après que Monique se fut rhabillée et qu'elle eut quitté la chambre, prétextant une rencontre impossible à reporter, Gilles, dégoûté de lui-même, se maudit de trahir ainsi Normande. Comment en était-il arrivé là ? Quant à la question d'argent, lui qui s'était invariablement conduit de façon réfléchie et mesurée en affaires, n'aurait pu dire si c'était à en rire ou à en pleurer. Il s'agissait du comble de l'ironie. Lui, Gilles Viau, reconnu pour sa prudente gestion des finances, avait développé une dépendance au jeu. Et à Monique.

Il jura tout haut en se passant les mains dans les cheveux. Il lui fallait se ressaisir. « Courbe graphique, variables aléatoires, loi Martingale ! » Une soupe de mots que Monique avait probablement glanés sur des sites Web dans le but de le séduire. Et de lui soutirer de l'argent pour ses propres mises. Maintenant qu'il la connaissait davantage, il doutait qu'elle en comprenne vraiment la définition, encore moins l'utilité. Non pas qu'elle manquât d'intelligence. Au contraire, elle avait plus d'un tour dans son sac. Pour mieux dire : plus d'un *attribut*.

Il sourit avec amertume. Il s'était laissé avoir comme un imbécile. Comme tous les imbéciles depuis le début de l'humanité. Par un visage d'ange aux yeux pers, frangés de cils inconcevablement longs, des lèvres gourmandes qui avaient le pouvoir de le rendre fou, une peau de satin, des seins lourds et fermes qui répondaient avidement aux caresses, des jambes... Une véritable drogue des sens.

Gilles tantôt rageait, tantôt désespérait de se voir ainsi pris en otage par ces deux addictions toxiques, l'attrait du sexe et l'appât du gain. Deux asservissements aiguillonnés par la soif du plaisir et l'exaltation du risque.

« Bonyeu de jésuite de tabarslac ! Faut que ça arrête ! » Il s'en faisait la promesse après chacune de ses digressions.

Au début, encouragé par une Monique familière avec les aires d'un casino, il avait tenté sa chance aux machines à sous, où il avait gagné de modestes sommes. Après quelques heures, émoustillé par son succès, quelques verres d'alcool et cette superbe femme à son bras (impossible de ne pas voir les coups d'œil envieux de ses collègues d'affaires), il était passé à la roulette. La petite boule blanche qui sautillait avec entrain en martelant le bois de son toc, toc, toc hypnotisant l'avait fait *triper*; car, par un heureux hasard, elle s'était nichée dans une pochette gagnante presque à chaque fois.

Depuis, l'ambiance des établissements de jeux, le clignotement stroboscopique des néons, le ding, ding, ding des jetons métalliques et le hurlement sporadique des sirènes annonçant une cagnotte exceptionnelle le grisaient. Il aimait se pavoiser dans l'atmosphère de fébrilité et de richesse où il avait observé avec stupéfaction des Asiatiques sortir de leurs poches des liasses de billets de cent dollars aussi épaisses que le poing !

En plus des machines à sous et de la roulette, Gilles avait tenté sa chance au baccara, au black jack et au poker. La table de craps était devenue son jeu favori. Il se délectait du pouvoir enivrant des dés dans sa main et du bruit mat qu'ils faisaient en atterrissant sur le tapis feutré. Il adorait le mélange d'angoisse et d'espoir qui l'étreignait pendant que les petites bêtes taquines aux yeux multiples le narguaient en culbutant, cherchant où arrêter leur course. Cela l'exaltait. La plupart du temps, les cubes allaient se ranger avec obligeance sur les cases gagnantes. Du moins, au début. Dernièrement, ils le boudaient. C'est ainsi qu'ils lui avaient volé des dizaines de milliers de dollars. Peut-être plus... Il n'osait même plus faire de bilan.

❧

Gilles appréhendait les temps des fêtes. Normande, bien sûr, en faisait toujours beaucoup de cas. Elle lui avait laissé entendre que, cette année, elle souhaitait en faire une occasion encore plus spéciale. Pour son filleul. Elle lui avait donc demandé un peu d'argent supplémentaire. Quand il l'avait interrogée sur la dépense de ses payes, elle avait répondu qu'elle avait mis de côté la somme requise pour le coût du billet de retour de Jo'no. Elle n'avait pas mentionné Gabriella, cependant Gilles soupçonnait qu'elle avait dû lui poster un bon montant. Il jura en se disant qu'il ne serait pas étonné d'apprendre qu'elle avait également acheté «un petit quelque chose» pour le bonyeu d'Indien.

Il lui avait semblé, pour quelque temps du moins, que ce dernier avait disparu. Mais on l'avait retrouvé, au bord de l'inanition, se terrant sur la réserve avec son chien. Les services sociaux l'avaient convaincu de revenir dans son foyer d'accueil après que le couple eut accepté qu'il emmène son animal. «Ce monde-là s'organise toujours pour gagner!» pesta Gilles intérieurement.

Ce qui le ramena à son problème : l'argent. Il lui faudrait trouver une excuse pour retourner à Ottawa. Ou à Orillia. Ou au Sault-Sainte-Marie. Une *dernière* fois. «Pis, cette fois, c'est vrai! Pas une promesse d'ivrogne, câlisse!»

Il pressentait qu'il gagnerait gros. Les statistiques le prouvaient. La chance ne pouvait le fuir éternellement. Il se proposait de remettre alors l'argent dans ses comptes et d'acheter un beau manteau neuf à Normande pour Noël. Car, sans conteste, il l'aimait toujours. Monique ne lui arrivait même pas à la cheville. Il tentait de justifier son incartade en se remémorant les paroles de certains collègues qui clamaient qu'après une aventure qu'ils qualifiaient d'insignifiante, un mâle revenait au bercail plus amoureux et plus compréhensif, pourvu, bien sûr, qu'il ait été discret et qu'il ne ramène pas de syndromes gênants à la maison.

Gilles, pourtant, était grugé par la culpabilité. Sa Normande ne méritait pas un tel traitement. Il achèterait un quelconque bijou à Monique, lui dirait que c'était fini entre eux et la remercierait de ses services. Il s'excuserait auprès de sa femme pour l'avoir licenciée et la convaincrait qu'elle n'avait pas à se faire mourir à vendre des vis et de la peinture. Elle reviendrait travailler pour lui. Jo'no retournerait en République comme prévu. Et ils reprendraient le cours de leur vie. Il s'assurerait de traiter Normande aux petits soins. Il serait plus attentif à ses besoins, plus positif et surtout plus patient.

Réconforté par ses bonnes résolutions, Gilles se versa un dernier verre de whisky qu'il avala cul sec. Puis, il descendit signer la facture de motel. Il ne lui restait qu'à laisser savoir à Normande qu'il ne pourrait assister au réveillon chez Jean-Yves, puisqu'il serait sur le chemin du retour.

48

Kapuskasing, le 12 janvier 2008

Maman,

Déjà un an que je suis au Canada ! *Il me semble que le temps a passé aussi vite que la durée d'une poignée de neige dans la main. Je devais retourner en R. D. à la fin du mois, mais... j'ai de mauvaises nouvelles. Mon retour doit être remis. Du moins, c'est ce que recommandent les médecins. Je me suis cassé une jambe. Ne t'inquiète pas, chère maman ; je vais bien. Cependant, je devrai porter un plâtre pendant six semaines. Madame Normande croit que je devrais rester ici en cas de complications. En plus, selon elle, voyager dans de telles conditions serait difficile. J'espère que tu ne seras pas trop déçue. Comment cet accident s'est-il produit ?*

Jo'no retira ses mains du clavier et recula sa chaise. Il fallait choisir ses mots avec attention afin de ne pas alarmer sa mère. Car ce qu'il qualifiait d'« accident » était en fait le résultat de harcèlement malfaisant.

Puisque l'école projetait une activité de ski alpin pour célébrer la fin du semestre, Lysa l'avait encouragé à en faire l'expérience au préalable. Histoire de ne pas perdre la face. Ils avaient persuadé Billy de les accompagner.

À leur arrivée au chalet, les trois amis avaient été contrariés de constater la présence de Max et ses «suiveux», le groupe étant toujours à fomenter quelque désagrément. Présage? De fait, ces derniers les avaient accueillis avec condescendance et des sourires narquois.

Après avoir chaussé des skis de location, les deux garçons avaient suivi Lysa sur la pente pour débutants. Immédiatement, Max et sa bande s'étaient mis à importuner Billy. Skieurs accomplis, ils descendaient à toute vitesse, passaient près de lui, lui effleurant imprudemment l'épaule ou le coude; ou ils lui coupaient carrément la route en faisant gicler de grands éclaboussements de neige pour l'aveugler.

Lorsqu'ils l'eurent fait tomber, Lysa s'était fâchée, les avait traités de *losers* et avait menacé de les dénoncer aux responsables de la sécurité. Le regard dur, les tourmenteurs avaient éclaté d'un rire méchant, puis s'étaient mis à jouer le même jeu avec elle. C'est alors que Jo'no avait enlevé ses skis, s'était planté fermement en bas de la côte et avait attendu Max. Quand ce dernier avait freiné devant lui, mordant le sol glacé d'un crissement sec, le jeune Dominicain l'avait invité à faire un homme de lui et à s'en prendre à un égal, notamment lui-même. Max l'avait toisé pendant un long instant, avait craché à terre et, lui tournant le dos, il avait enfourché le monte-pente en le traitant de «crisse de *fucking Blackie*».

Lors de sa prochaine descente, Max avait slalomé jusqu'à Jo'no qui glissait tant bien que mal en position de chasse-neige et il avait asséné un coup de pôle sur l'un de ses skis. Le jeune Dominicain avait perdu l'équilibre et basculé par-devant. L'impact avait décroché ses skis, qui l'avaient suivi en sautillant dangereusement autour de lui tandis qu'il dévalait la côte en culbutant.

Une douleur fulgurante l'avait terrassé quand son fémur gauche avait cédé dans un craquement sinistre sous la pression des soubresauts.

C'est arrivé lors d'une activité de ski alpin. Je commencerai donc le deuxième semestre ici dès le 1ᵉʳ février. Ma marraine ainsi que mes professeurs et le directeur de l'école croient que, vu la situation, il serait bon que je termine ma 9ᵉ année. Je retournerais dans l'île seulement à la fin du mois de juin. Qu'en penses-tu, chère maman? J'attends ta réponse avec impatience.

As-tu bien reçu mes cadeaux de Noël? J'aurais aimé t'envoyer un peu plus d'argent...

Encore une fois, Jo'no délaissa le clavier. La question d'argent était un sujet épineux. Les Viau seraient-ils en mesure d'assumer les frais de scolarité pour cette demi-année imprévue? Il avait timidement abordé le problème avec sa marraine. Elle s'était contentée de sourire et lui avait dit de ne pas s'inquiéter. Tout de même, il comptait dorénavant ses sous encore plus rigoureusement. Il haussa les épaules et, persuadé qu'un pieux mensonge ne ferait pas de tort, il revint à l'ordinateur.

...mais je n'ai pas travaillé autant d'heures pendant les mois de novembre et décembre. Le pire est que je ne pourrai travailler pendant les deux prochains mois. J'espère que Monise et Real ont aimé les blocs Lego. C'est Lysa qui me les a donnés. Ses jeunes frères n'en voulaient plus.

Madame Normande et moi avons passé la fête de Noël chez Michel sans monsieur Gilles, qui avait dû s'absenter pour raison d'affaires. Le pauvre est « resté pris en chemin » (comme on dit ici) à cause d'une de ces tempêtes phénoménales qui soufflent souvent sur la région. À son retour, le surlendemain, il était tellement triste d'avoir manqué les festivités qu'il est resté enfermé dans sa chambre sans parler à personne du reste de la journée.

Nous avons tous assisté à la messe de minuit : monsieur Jean-Yves, madame Brigitte, Michel, Pierre, Laurence, Mireille, Daniel et même la petite Madeleine qui s'est endormie dans mes bras pendant le sermon du prêtre. C'est Lysa qui accompagnait la chorale au piano. Je ne peux te dire à quel point j'aime cette musique !

Après la messe, madame Brigitte a servi un repas incroyable. À une heure du matin. Ensuite, ce fut l'échange de présents. J'ai reçu du chocolat et des espadrilles et tu ne devineras jamais ! Madame Normande m'a fait cadeau d'un MP3 ! C'est un petit gadget qui permet d'écouter de la musique ! Ici, tous les jeunes en possèdent un.

Comment se porte le père Gilman ? Bien, j'espère.

Je t'aime.

Jo'no

Le garçon plia les feuilles de papier et les glissa dans une enveloppe, tout en songeant qu'il aurait aimé confier à sa mère ses préoccupations au sujet de Billy. Elle aurait pu le conseiller. Il hésita puis cacheta l'enveloppe et alla la placer bien en vue sur le secrétaire. Sa marraine la posterait en se rendant au travail le lendemain. Ce faisant, il pensa qu'il aurait été tellement plus facile de communiquer avec sa mère par courriel. Il sourit tristement. Le monde dans lequel elle vivait était à des années-lumière de l'informatique.

Il revint à l'ordinateur et rédigea un court message à Lysa. Il lui souhaita bonne nuit et lui redit qu'elle était une fille sensationnelle et qu'il l'aimait. Quand il appuya sur la touche d'envoi, il ressentit la bizarre impression que son amour coulait le long de son bras jusqu'à l'index et, par la magie de l'appareil, s'envolait tout droit vers celle qu'il chérissait. Il ressentit alors un grand vide, puis le besoin impérieux de serrer la jeune fille contre lui. Son être réclamait une présence chaleureuse, affective, pour combler le néant qui lui sapait l'intérieur. Sa famille lui manquait. Son pays lui manquait.

La fenêtre *pop-up* indiqua qu'il avait un message. Lysa répondait déjà !

49

À LA VUE DE LA LETTRE, Normande fut saisie d'un élan d'affection. Le garçon était si complaisant, si sympathique. Il avait accepté son sort sans se plaindre et, de toute évidence, avait déjà écrit à sa mère pour la mettre au courant de la situation. Sans exagérer les circonstances, elle en était certaine. Il devait également avoir caché qu'il avait subi une fracture ouverte, avec les dangers accrus que cela pouvait causer.

Était-il désappointé de ne pouvoir retourner chez lui comme prévu? Ou plutôt heureux de la tournure des événements? C'était difficile à savoir: l'adolescent n'extériorisait pas beaucoup ses sentiments. Normande soupçonnait que son amitié avec Lysa devait alléger sa déception.

Amitié? Normande sourit en elle-même. Le garçon n'était pas «en amitié», mais «en amour». Sa première expérience. Emballante. Sécurisante aussi. Parce qu'elle venait valoriser l'estime de soi, sanctionner le droit à l'affection, confirmer la dignité personnelle. Une étape importante dans le développement émotif au stade de l'adolescence.

Normande se ravisa. Qu'était-elle en train de débiter? Un amour nouveau, inexpérimenté, suscitait des réactions identiques à n'importe quel âge. N'était-elle pas bien placée pour le savoir? Jo'no devait éprouver les mêmes émotions qu'elle, les mêmes attirances... Pourvu qu'il respectât Lysa. Les adolescents s'adonnaient-ils déjà à...? Ils étaient si précoces à présent. Gabriella lui avait-elle parlé de... prudence? S'il fallait que...

C'était des choses auxquelles elle n'avait pas songé quand elle avait accepté d'héberger le garçon. Comment aborder un sujet si délicat? Si seulement elle pouvait compter sur Gilles pour ce genre de mise en garde. Mais ce dernier était tellement furieux quant au prolongement du séjour de son filleul qu'il s'était muré dans un mutisme rageur. Normande hésitait donc à soulever la question financière.

À titre de résident temporaire, Jo'no n'avait pas droit à la couverture de l'assurance maladie. L'ambulance, les services du médecin, les radiographies ainsi que le plâtre et la location de béquilles s'étaient chiffrés à plus de huit cents dollars. Normande avait cru pouvoir recouvrer le prix du billet d'avion, ce qui l'aurait aidée à défrayer ces coûts; cependant la compagnie aérienne avait refusé, arguant qu'il s'agissait d'un ticket non remboursable. De surcroît, elle serait obligée de débourser les frais de scolarité d'un semestre additionnel. Aussi, elle serait tenue de faire d'autres démarches auprès de Citoyenneté et Immigration Canada afin de prolonger le séjour du garçon. Il lui faudrait encore remplir des formulaires interminables. La tête lui tournait. Tant de choses à prévoir! Elle résolut d'en parler à Patrice.

Patrice! Avec ses grands yeux noisette à reflets d'or chaud, où il était si doux de lire l'appréciation de son effort au travail...

La mésaventure de son filleul l'obligeait à reporter sa décision. Juste comme elle venait de décider de quitter Gilles! Après beaucoup d'hésitation, elle s'était faite à l'idée d'accepter l'invitation de Louise à partager son appartement, un arrangement provisoire jusqu'à ce qu'elle puisse s'organiser autrement. Cependant, avant qu'elle ait pu lui faire part de son intention, on l'avait appelée pour lui dire que Jo'no avait été transporté à l'hôpital. Puisqu'elle ne voulait pas imposer son filleul à Louise qui n'avait pas assez d'espace pour les accommoder tous les deux (malgré qu'elle aurait clamé le contraire), il lui faudrait maintenant prendre son mal en patience jusqu'à la fin du mois de juin.

Normande prit la lettre et sortit dans le froid glacial de janvier. Que dirait Gabriella au sujet du prolongement du séjour de son fils? Elle éprouva un pincement en songeant qu'elle avait négligé son amie dernièrement. C'était comme si elle lui avait enlevé son fils sans plus se soucier d'elle. Toutefois, son travail à temps plein, son cours de comptabilité avec ses exigences de lectures, de recherches et de rédactions, l'entretien de la maison en plus de son devoir envers Jo'no lui laissaient peu de liberté. D'ailleurs, songea-t-elle, sachant que le garçon correspondait régulièrement avec sa mère, elle avait peut-être inconsciemment tenu pour acquis que ce ne fût pas nécessaire? Quoique des lettres entre femmes soient bien différentes de celles entre une mère et son fils. Normande décida donc d'écrire une longue missive à son amie.

50

La pluie rendait les vacanciers insupportables. Ils trouvaient souverainement injuste de perdre une heure de soleil sous les tropiques. D'humeur maussade, ils tournaient en rond, erraient dans le complexe, entraient et sortaient de leur chambre, se changeaient à tout moment, laissant vêtements, serviettes de bain et chaussures un peu partout, de sorte qu'il devenait impossible pour les femmes de chambre de faire leur travail.

Gabriella était épuisée. Real avait été particulièrement agité, agissant en véritable diable. Même Monise, habituellement calme et gentille, était bruyante et dissipée. À bout de patience, la jeune mère s'était fâchée et avait disputé ses enfants sans ménagement. Si seulement elle pouvait les envoyer à l'école!

De surcroît, elle ne savait plus quoi penser ni comment mettre de l'ordre dans le chaos de ses sentiments. Elle se laissa tomber sur l'unique chaise du cabanon et relut la lettre.

...j'ai de mauvaises nouvelles.

S'agissait-il vraiment de mauvaises nouvelles? Dans son état d'esprit, elle n'aurait su le dire. Certes, elle souffrait de l'absence de son fils et une jambe cassée n'avait rien de réjouissant ; cependant, qu'il ne revienne pas à Monte Cristi dans les circonstances présentes, n'était-ce pas une bénédiction ?

J'espère que Monise et Real ont aimé les blocs Lego.

Comment dire à son aîné que son frère et sa sœur avaient été transportés de joie à la vue de ces petites briques de construction, mais qu'à cause de ces jouets, elle avait été contrainte de leur causer un grand chagrin ?

Elle avait été accusée d'avoir brisé un téléviseur. Elle avait eu beau expliquer au responsable de l'édifice qu'à son arrivée, le téléviseur était déjà à terre, endommagé, on s'était quand même fié à la parole du touriste et on avait exigé qu'elle rembourse l'appareil. Malgré son travail maintenant à temps plein, il lui serait impossible de subvenir convenablement aux besoins de sa famille pour plusieurs mois. La révolte grondait en elle car, immanquablement, dès qu'elle croyait prendre le dessus, une catastrophe venait tout détruire. Comme les tours que Real avait si joyeusement bâties avec les blocs Lego puis démolies avec rage quand elle les lui avait enlevés.

Elle avait dû remettre l'argent du cadeau de Noël de Jo'no en plus de vendre les blocs pour faire le compte du premier versement réclamé, afin de démontrer sa bonne foi et de conserver son emploi. Quand elle revoyait la mine dévastée de ses enfants, elle ne pouvait s'empêcher de maudire le ciel. Était-ce donc si mal d'avoir fait l'amour avec Mark ?

Comment se porte le père Gilman ? Bien, j'espère.

Gabriella l'espérait ardemment, elle aussi. Elle avait vécu les affres de l'enfer depuis la dernière visite de Mark, surtout quand il ne s'était pas présenté pendant la période des festivités de Noël.

Lorsque le père Vital Piechota avait frappé à sa porte, elle avait immédiatement su qu'un malheur était arrivé. En effet, le prêtre était venu lui dire que des marchands avaient trouvé Mark inconscient au bord de la route. On l'avait transporté à l'hôpital de Saint-Domingue, où il était demeuré dans un état semi-comateux pendant plusieurs semaines. Sitôt qu'il était revenu à lui, il avait pressé son collègue d'aller la rassurer. À l'attitude peu engageante du prêtre, Gabriella avait compris qu'il avait accepté de jouer le rôle de messager avec beaucoup de réticence. Comment Mark l'avait-il convaincu ? Avait-il admis leur liaison ?

Mal à l'aise et mortellement inquiète, Gabriella était restée sans paroles, se tordant les mains et retenant son souffle pendant que le père Vital avait expliqué que l'attaque était probablement le résultat d'une missive au ministre dominicain des Affaires étrangères. Lettre à teneur provocatrice que Mark avait également fait paraître dans plusieurs journaux pour dénoncer l'irrégularité migratoire où l'on maintenait pendant des décennies des enfants nés de parents haïtiens en République dominicaine. Ceux-ci ne pouvaient obtenir ni acte de naissance, ni carte d'identité nationale.

Sur son départ, le père Piechota lui avait remis une lettre de la part de Mark et avait laissé entendre que monseigneur Fernandez avait l'intention de l'obliger à retourner au Canada avant qu'un malheur irrévocable ne se produise.

51

MARK SE REMETTAIT DE SES BLESSURES. Les éraflures qui lui couvraient les bras, les jambes et l'abdomen avaient disparu, ne laissant que des taches rosâtres. Il boitait un peu, sa hanche droite n'étant pas encore complètement guérie. Et les médecins croyaient qu'il resterait aveugle d'un œil, résultat d'éclats de verre ayant pénétré le globe oculaire. L'évêque, informé de son idylle par Vital Piechota, le pressait de mettre un terme à cette « liaison indigne ».

Pendant les interminables heures d'immobilité, Mark avait passé sa vie en revue à partir de l'instant où il avait été appelé. Il ne pouvait oublier le moment marquant, alors qu'il avait posé le regard sur l'imposante réclame publicitaire au milieu de la métropole torontoise, affichant un Christ de style hippie qui, bras levé, exhortait : *Dare to be a priest like me.*

Le jeune homme qu'il était à l'époque s'était immédiatement identifié à ce Christ. Il se reconnaissait dans les mêmes valeurs : il se sentait bien parmi les pauvres et les persécutés ; il croyait au geste gratuit ainsi qu'à l'entraide et en faisait une pratique journalière. Intransigeant par rapport à ses principes, il se considérait comme anticonformiste, ouvert à des normes et des approches nouvelles. Pareil à son Héros.

Le fait d'avoir frôlé la mort l'avait ébranlé pendant quelque temps et il avait jonglé avec l'idée d'obéir à monseigneur Fernandez qui, inquiet pour sa sécurité, préconisait son retour au Canada. Un moment de faiblesse, car il avait conclu avec un sourire secret que, le cas échéant, il ne partirait pas seul; il amènerait Gabriella, Monise et Real. Réflexion qui avait renforcé ses convictions et raffermi sa résolution de vivre sa vie tel qu'il l'entendait.

D'ailleurs, sa fierté refusait de courber l'échine devant ses assaillants politiques. Il ne pouvait se résigner à laisser tomber les hommes qui étaient devenus ses amis et qui comptaient sur sa direction. Son entreprise de mise sur pied d'un syndicat pour les travailleurs progressait lentement mais sûrement. Déjà, en face de la menace d'un regroupement légitime des *braceros*, les propriétaires des champs de canne et des *bateyes* entourant Panfosa avaient accepté de bannir certaines mesures abusives. Il n'y aurait plus de bastonnades ni de séquestrations et, douce victoire, l'embauche d'enfants serait proscrite. Il s'agissait maintenant d'établir un mécanisme de contrôle pour assurer ces acquis puisque rien n'était garanti à long terme. Une tâche monumentale.

Mark était conscient du fait que la communauté internationale n'était pas étrangère à ces concessions; néanmoins, il croyait qu'il revenait à des gens comme lui de poursuivre la lutte. Il était impératif de maintenir la pression sur les multinationales et de continuer à dénoncer publiquement les conditions de vie inhumaines des coupeurs de canne. Aussi, la prochaine étape consistait à aborder la contention la plus épineuse : les pourparlers pour l'obtention d'une rémunération plus équitable.

Raoul, son bras droit dans les négociations, avait eu vent de l'attentat et était venu le voir à ses risques et périls, convaincu qu'il abdiquerait. Il voulait le remercier pour son aide et sa bravoure et lui souhaiter bonne chance dans ses projets d'avenir. Quand le père Gilman lui avait gentiment coupé la parole pour lui faire part de ses intentions, il avait vu briller la reconnaissance dans les yeux du géant haïtien.

Résolu dans ses ambitions, Mark avait rencontré l'évêque anglican à quelques reprises. Monseigneur Brotherton s'était montré très accueillant et lui avait confié que plusieurs prêtres catholiques venaient le consulter. Ces hommes faisaient habituellement appel à lui pour les mêmes motifs que Mark. Ils voulaient se marier tout en conservant leur statut sacerdotal afin de poursuivre, à ce titre, leur ministère religieux. Pour se convertir, la modalité était simple : il suffisait d'en faire la demande formelle et, après qu'on eut étudié son cas, qu'il fut accepté et qu'il eut suivi un an de formation, le père Gilman serait admis à titre de pasteur dans la Communion anglicane. Il serait dorénavant rattaché à une paroisse. Il ne pourrait plus dire la messe pour les catholiques des *bateyes* ni leur administrer les sacrements. Cependant, il pourrait continuer auprès d'eux ses œuvres de charité et surtout poursuivre sa quête de justice sociale.

Il n'avait pas revu Gabriella depuis plus de cinq mois. Seules quelques lettres les avaient tenus au courant du déroulement de leur vie quotidienne. C'est ainsi que Mark avait appris qu'elle avait donné son accord pour que son fils termine ses quatre années de secondaire au Canada. Il se doutait bien que l'agression perpétrée contre lui n'était pas étrangère à cette décision.

Il avait ouvert chacune des missives de la jeune femme avec hésitation, craignant que, compte tenu des événements, elle ne souhaite plus le revoir. Pourtant, Gabriella avait réitéré son amour sans jamais faire allusion à ce qui s'était passé au *Playa Dolio*. Il tardait à Mark de retourner au complexe, de la serrer dans ses bras et de la convaincre de l'épouser. Dorénavant, cependant, il prendrait les mesures de sécurité appropriées et se ferait accompagner lors de ses déplacements.

Il ne lui restait donc qu'à sonder l'opinion de Jo'no. Un devoir qu'il appréhendait. Mark avait longuement réfléchi à la façon de s'y prendre. Il avait commencé par aborder le sujet avec Raoul. Non pas en ce qui concernait Jo'no, mais quant à son jugement à lui, le géant haïtien. Il voulait savoir comment les travailleurs le percevraient s'il allait de l'avant avec son projet. Le condamnerait-on? Continuerait-on à collaborer avec lui? Gabriella serait-elle ostracisée? Puis, de but en blanc, il avait posé la question qui le tiraillait par-dessus tout: la situation le choquait-il, lui?

L'homme avait écouté avec attention, ne trahissant rien de ses sentiments. Quand Mark avait conclu en disant simplement: «Je l'aime et je souhaite l'épouser», un lent sourire avait fleuri sur les lèvres du géant. Ce dernier connaissait bien Gabriella; elle avait enseigné à ses enfants à Panfosa. Il était au courant de son statut de veuve et du fait qu'elle avait une famille à nourrir. Raoul avait fait preuve d'une compréhension touchante. Même que, sans le savoir, il s'était servi d'une citation biblique comme réponse. «Il n'est pas toujours bon, mon père, que l'homme vive seul.»

∾

Un soir de juin, alors qu'il se sentait beaucoup mieux mentalement et physiquement, Mark téléphona chez

Normande. Après avoir surmonté son étonnement en entendant la voix du père Gilman au téléphone, Jo'no sentit la nervosité du prêtre. Le père voulait épouser sa mère et, sans carrément le lui demander, il cherchait son assentiment. L'adolescent ne s'arrêta pas aux explications d'un changement d'affiliation religieuse et de maintien de statut sacerdotal. Heureux de savoir que sa mère serait désormais en sécurité et à l'abri des privations, il acquiesça tout simplement. Il n'aurait plus à s'en faire autant pour elle. Par contre, pour ses sentiments à lui, quant à sa situation, il ne savait plus...

52

Jean-Yves déposa sa pelle, souleva sa casquette pour s'essuyer le front, soupira bruyamment et dit :

— Merci, les gars. Sans votre aide, ça m'aurait pris deux pleines journées pour nettoyer l'étable pis tous les autres bâtiments.

— Pas de problème, p'pa.

— Y'a pas de quoi, monsieur Jean-Yves.

Michel et Jo'no avaient trimé dur du matin jusqu'au soir à pelleter et charroyer du fumier, à arroser les planchers, à nettoyer les abreuvoirs et à étendre de la paille fraîche et des copeaux de bois dans les stalles.

— Entre boire quelque chose avant de partir, Jo'no. J'irai te conduire chez vous après.

Fatigué et courbatu, le garçon suivit Michel et son père. Il prit place à table avec son copain pendant que Jean-Yves remplissait trois grands verres de limonade. L'homme les servit, puis se laissa tomber sur une chaise et il but goulûment, tout en scrutant Jo'no avec insistance. Après avoir vidé son verre, il s'essuya lentement la moustache et dit :

— T'as été ben tranquille aujourd'hui, toi, mon garçon. Ce père Gilman, si je comprends ben, c'est une bonne personne. Y est bon pour ta mère ? Tu l'aimes ben ?

Jo'no fit signe que oui.

— Alors, y'a pas de problème. Le bon Dieu y'en voudra pas, si c'est ça qui t'achale. Y'en voudra pas à ta mère non plus. Y s'énerve pas avec ça, Lui, les étiquettes. Y'aime tout le monde, les anglicans comme les catholiques.

Tracassé par le mutisme inhabituel de Jo'no, Michel demanda :

— Ça te tente pus de rester ici un autre trois ans ?

Le garçon attendait, dévisageant son ami. Jo'no palpa inconsciemment la cicatrice au-dessus de son oreille gauche, déglutit puis haussa les épaules. Michel poursuivit :

— T'as changé d'idée ? T'aimerais mieux r'tourner chez vous ?

Mal à l'aise, Jo'no ne savait que répondre. Car ce n'était pas le mariage de sa mère avec le bon père qui le tourmentait ; c'était l'altercation envenimée dont il avait été témoin la veille, au retour de chez Billy. Le ton agressif de Gilles et les répliques cinglantes de sa marraine l'avaient bouleversé. Il était sorti sans bruit, et était allé marcher tard dans la nuit.

Effectivement, il regrettait d'avoir accepté de prolonger son séjour au Canada ; toutefois, comment s'expliquer sans trahir Normande ? Il ne pouvait confier l'angoisse qu'il éprouvait à l'égard de Gilles et de ses colères, dont la fréquence et l'intensité augmentaient, ni se renseigner sur ce qui adviendrait de lui si jamais sa marraine mettait sa menace à exécution.

Jean-Yves avança la main et lui massa doucement l'épaule.

— Tu sais, Jo'no, y'a pas de mal à chercher la sécurité. Si je comprends ben, ta mère va être à l'abri du besoin à partir d'asteure ? La meilleure chose que tu peux faire pour elle, c'est justement de rester ici pis finir tes études.

C'est ça qui va faire son plus grand bonheur. Une mère, c'est d'même. Elle souhaite le mieux pour son enfant. Arrête de t'en faire, pis profite un peu de la vie. Tu le mérites !

La gorge serrée, Jo'no faisait des efforts surhumains pour refouler sa peine.

— Ta jambe est guérie ; t'as plus de mal. L'école est presque finie. T'as l'été devant toi. As-tu des plans ?

Il finit par balbutier :

— J'aimerais trouver... un autre emp... un autre job. Au lieu de retourner travailler pour monsieur Gilles...

— Ah ?

— Ouais, je... je veux continuer à envoyer de l'argent à ma mère. J'ai déjà manqué deux mois cet hiver. Mais... je voudrais faire autre chose que de... travailler dans la construction...

— Ah ! Je comprends. Tu veux profiter de ton temps ici pour apprendre toutes sortes d'affaires, hein ?

Soulagé, Jo'no sauta sur ce prétexte providentiel et fit oui de la tête.

— Pourriez-vous m'aider ?

— Certain. Qu'est-ce que tu dirais de travailler chez Independent Grocer ? C'est un de mes amis qui est propriétaire. Je peux dire un bon mot pour toi. Si y'a besoin de quelqu'un pour l'été, pis d'ordinaire c'est le cas, je suis pas mal sûr qu'y t'engagerait.

Même après un an et demi, Jo'no ne pouvait entrer dans une épicerie sans être saisi d'un sentiment d'ébahissement et d'incrédulité. Il acquiesça sur-le-champ.

— *Sure.* J'aimerais ça !

Jean-Yves cacha son sourire derrière sa main. Le garçon utilisait de plus en plus souvent les expressions typiques de la région. Il s'efforçait même d'imiter la prononciation locale.

53

La colère l'étouffait chaque fois qu'elle repensait à la violente querelle de la veille. Normande était tellement furieuse qu'elle ne pouvait tenir en place. Tremblant de rage et de remords, elle endossa son manteau, sortit en claquant la porte avec assez de violence pour l'arracher de ses gonds, et se mit à errer sans but.

Elle avait passé la journée à se tourmenter. Son travail en avait souffert. Après qu'elle eut induit deux clients en erreur au sujet de pentures de clôture et de colle pour tuiles à plancher, monsieur Lamarche lui avait demandé ce qui n'allait pas. À son expression désemparée, il avait cru qu'elle était malade et lui avait donné congé pour le reste de la journée.

Si seulement elle avait écouté Louise! Elle s'en mordait amèrement les doigts, mais il était trop tard. Comme elle avait été naïve! En fait, *naïve* n'était pas le bon mot. «Bête, stupide, bornée» étaient des termes plus justes. Et n'eût été madame Chouinard, elle serait encore dans le noir.

L'appel de la dame ne cessait de rejouer en boucle dans sa tête.

— Bonjour Normande. C'est Marielle Chouinard.

Étonnée que le numéro de l'entreprise paraisse sur l'afficheur, elle avait salué son ancienne collègue et demandé :

— Vous m'appelez du bureau de mon mari ?

Celle-ci avait hésité.

— Oui... Tu ne savais pas que je remplaçais Monique Laforge ?

— Non. Elle est malade ?

— Elle est partie... Gilles l'a... remerciée de ses services. Tu n'étais pas au courant ?

— Non. Depuis quand ?

— La semaine dernière. Il a peut-être oublié de t'en parler.

— Savez-vous pourquoi il l'a remerciée ?

— ...

— Madame Chouinard ? Vous êtes là ?

Un mauvais pressentiment avait fondu sur elle et Normande avait senti le cœur lui manquer. L'ancienne secrétaire de Gilles avait poursuivi en balbutiant :

— Je ne sais pas comment... te dire... ni même si je le devrais, mais j'ai pensé que... Voilà : les comptes sont vides, Normande. Il... il n'y a plus... un seul sou nulle part.

Espérant avoir mal compris, elle avait demandé :

— Que voulez-vous dire ? Quels comptes ?

— Les comptes de la compagnie. Et... les comptes personnels aussi.

Normande avait dû s'asseoir pour accuser le coup.

— Je ne comprends pas. Quand Monique Laforge m'a remplacée, il n'y avait aucun problème avec les comptes....

Les questions s'étaient mises à l'assaillir de toutes parts. Se pouvait-il que cette Monique les ait escroqués à l'insu de Gilles ? Comment ? Il revoyait lui-même régulièrement la tenue de livres. Tous les préposés de la banque locale le connaissaient ; pourquoi ne l'auraient-ils pas prévenu ?

Pourquoi Gilles ne lui avait-il pas dit qu'il avait congédié sa nouvelle secrétaire?

C'est avec une fêlure dans la voix qu'elle avait demandé:
— Qu'est-il arrivé?

Et avant que la dame ne réponde, sans savoir pourquoi, elle s'était souvenue des jetons de casino. Se pouvait-il que...? Non! Gilles était trop prudent, trop chiche. Ce devait plutôt être la crise économique qui était en cause. Il avait dû être forcé d'accorder des délais de paiement à ses créditeurs; il avait dépassé son crédit à la banque et, par conséquent, avait été contraint de puiser dans les comptes de la compagnie et même dans leurs épargnes. Oui, c'était l'explication probable. Madame Chouinard n'ayant pas d'éclaircissement à offrir, elle l'avait remerciée de son obligeance et avait raccroché.

Angoissée, elle avait tenté de joindre Gilles sur son portable, mais n'avait eu accès qu'à son répondeur. Était-ce la faillite des Entreprises Viau Construction? La fin de cette compagnie dans laquelle ils avaient mis tant d'efforts? Qu'allaient-ils devenir? Ce n'était certainement pas son petit emploi qui les ferait vivre. Et elle qui avait promis de garder Jo'no pour les trois prochaines années!

Quand Gilles était enfin rentré, elle ne se possédait plus. Devant sa mine alarmée, celui-ci avait immédiatement compris qu'elle était au courant de la situation. Il n'avait même pas tenté de mentir. Il avait avoué avoir tout joué et tout perdu: l'entreprise, leurs épargnes, voire la maison! Il ne restait que les meubles, le camion et l'auto. Lorsqu'elle l'avait questionné au sujet de Monique, son air coupable l'avait trahi.

Normande referma les pans de son anorak dans la fraîcheur de la brunante. Elle serra les poings et des larmes de rage coulèrent sur ses joues. Contrairement à son habitude, Gilles n'avait pas essayé de l'amadouer. Ce geste était venu plus tard, après qu'il eut préparé son plaidoyer. Il avait eu le culot de demander un peu de temps pour se remettre sur pied ! Hors d'elle, elle avait lancé avec furie que c'était fini entre eux. Elle le quittait. Il l'avait alors suppliée, affirmant que Monique avait été une erreur de jugement ; et il avait juré de ne plus jamais jouer. Il l'aimait et ne pouvait souffrir de la perdre. Cependant, connaissant maintenant toutes ses tactiques de manipulation et forte de sa colère, Normande avait refusé de l'écouter. Elle l'avait même abreuvé d'injures tout en promettant que, cette fois-ci, c'était pour vrai. Il n'y aurait aucune arrière-pensée, aucune tergiversation. C'était la séparation. Point final !

Elle s'essuya les joues, heureuse de l'absence de Jo'no. Elle n'aurait pas voulu qu'il soit témoin de cette odieuse confrontation. Pauvre enfant ! Elle l'avait tiré d'une terrible situation afin de l'aider et de lui fournir un meilleur environnement ainsi qu'un peu de bonheur, et voilà que sa sécurité était encore menacée.

Elle s'était attachée à ce garçon, qu'elle aimait comme un fils. Le fils qu'elle n'avait pu avoir à cause de Gilles ! Frustrée, elle força le pas. Elle était responsable de son filleul et de son bien-être et elle entendait respecter cet engagement. Mais où vivraient-ils ? Comment ? De quelle façon réussirait-elle à payer sa scolarité ?

54

Le frêle enfant de dix ans à la mine sérieuse du carnet bleu de Secours aux Démunis n'était plus. Grand et élancé, Jo'no mesurait maintenant un bon mètre quatre-vingts et il devait peser dans les quatre-vingts kilos. Presque un homme. Néanmoins, il avait conservé le regard intense et perspicace qui avait tant bouleversé Normande la première fois qu'elle avait posé les yeux sur lui.

Assis sur le divan du salon, l'adolescent attendait patiemment pendant que Normande, très nerveuse, finissait de ramasser les restes du souper, un prétexte pour retarder un peu l'entretien. Elle lui avait dit au déjeuner qu'elle avait besoin de lui parler ce soir, sans faute. Il avait acquiescé sans poser de questions. Savait-il de quoi il retournait ? Il avait certainement perçu l'atmosphère néfaste qui régnait à la maison. Le garçon était brillant. Ses enseignants ne cessaient de s'émerveiller devant ses progrès scolaires.

Quoique ce fût peut-être plutôt l'appel du père Gilman qui le tracassait ? Pourtant, Jo'no avait paru se réjouir des intentions du prêtre. Il avait affirmé être content que sa mère soit dorénavant à l'abri de la misère, ajoutant que le père aimait beaucoup Monise et Real et qu'il prendrait aussi bien soin d'eux qu'il avait veillé sur lui pendant toutes ces années.

Pour sa part, Normande avait été des plus surprises par cet appel. Sans nouvelles de son amie depuis plusieurs mois, elle nageait dans l'incertitude. Gabriella avait donc fait fi de sa promesse? Elle donna un dernier coup de torchon au comptoir de cuisine et se versa une tasse de thé. Elle avait besoin d'occuper ses mains tremblantes en s'accrochant à quelque chose. Et elle vint s'asseoir en face de Jo'no. Elle se racla la gorge et commença.

— Tu... tu as dû remarquer que... ça ne va pas trop bien dernièrement entre mon mari et moi.

L'adolescent se raidit imperceptiblement et Normande maudit Gilles dans son for intérieur.

— Ça ne va plus entre nous deux et... nous avons décidé de... de nous séparer...

Jo'no, qui l'avait fixée en l'écoutant, acquiesça d'un signe de tête et baissa les yeux. Normande déglutit et attendit les questions qui ne vinrent pas.

— Nous allons devoir déménager, toi et moi...

— ...

— Gilles a... perdu la maison...

Jo'no releva la tête, la confusion lisible sur son visage.

— Tu sais ce que veut dire jouer? Parier?

Assurément. N'avait-il pas participé aux combats de coqs pour cette raison? Il fit signe que oui. Normande expliqua alors ce qu'était un casino: des machines à sous, des jeux de chance… et plus de perdants que de gagnants. Sans jamais mentionner Monique, elle précisa les conséquences des actes de Gilles pour eux deux.

Jo'no écouta avec attention et quand Normande se tut, il demanda simplement:

— Que puis-je faire pour vous aider?

Normande refréna son élan de serrer le garçon dans ses bras, de peur de l'intimider. Peut-être même que ce geste l'aurait rebuté ? Malgré son amour pour lui, elle était mal à l'aise de le lui démontrer ainsi.

Il sembla comprendre et dit :

— Vous êtes une bonne personne, madame Normande. Vous m'avez tellement aidé, c'est à mon tour maintenant de vous venir en aide.

Il promit de donner un coup de main pour les dépenses, déclarant qu'il l'avait fait pour sa mère et qu'il le ferait dorénavant pour elle, puisque Gabriella aurait moins besoin de lui à l'avenir. Il hésita et finit par dire qu'il ne voulait plus travailler pour son mari. Il confia que Jean-Yves s'était engagé à l'aider à trouver un autre emploi. Il insista sur le fait qu'elle n'avait pas à s'inquiéter pour lui ; il avait l'habitude de résoudre des problèmes.

— Nous allons nous en tirer, madame Normande.

Sur quoi celle-ci s'empressa d'avaler une gorgée de thé, maintenant froid.

— Merci, Jo'no. La première chose à faire est de trouver un logement. Après, nous verrons...

Ce n'est que le lendemain, quand elle jeta un coup d'œil sur le calendrier, qu'elle se rendit compte qu'hier, le 15 juin, Jo'no avait eu quinze ans. Elle avait oublié sa fête et il n'avait rien dit.

55

— J'ai la solution parfaite.

— Ah?

— Viens rester chez moi.

Normande faillit tomber de sa chaise. Sûrement, il plaisantait! Pourtant, il ne souriait pas. Les coudes sur sa table de travail, le menton dans les mains, il la contemplait de ses yeux noisette entre une pile de livres et une montagne de documents.

— Je t'offre l'hébergement. À toi et à ton protégé. Pour l'été. Sans frais. Même que c'est moi qui devrais te payer pour tes services.

Interdite, Normande ne savait comment réagir. Patrice semblait sérieux. Certes, ils s'étaient vus souvent au cours de l'hiver, néanmoins toujours dans le contexte d'une salle de classe ou ici, dans son bureau, à l'université. Elle s'était confiée à lui, lui avait parlé de ses difficultés avec Gilles et de son projet de parrainage.

Mais de là à cohabiter? Avec un adolescent dans son sillage? Elle n'était pas prête à faire le grand saut. Surtout dans l'état d'esprit dans lequel elle se trouvait actuellement: furieuse contre Gilles, en désarroi devant sa situation financière et anxieuse par rapport à ses responsabilités envers son filleul. De plus, malgré ses efforts, elle n'avait pas encore réussi à dénicher un appartement convenable à prix abordable. C'est alors que l'expression «pour l'été» la frappa. *Pour l'été*? Que proposait Patrice? Un arrangement à titre d'essai entre eux deux?

La voyant plisser le front, Patrice adopta une moue taquine. Gênée d'avoir été devinée, Normande rougit. Patrice fit mine de ne pas s'en apercevoir et il poursuivit, précisant qu'il avait accepté un emploi en France pour juillet et août. Il avait donc besoin qu'on surveille son domicile en son absence. Il avait prévu demander à son voisin de venir jeter un coup d'œil de temps à autre, histoire de ramasser le courrier, de tondre le gazon et de vérifier les lieux en cas de fuite d'eau, de vol ou de vandalisme, mais il clama qu'une présence continue serait beaucoup plus efficace. Il serait plus à l'aise de partir. Devant l'hésitation de Normande, il soutint que la femme du voisin était une écornifleuse qui profiterait probablement de son absence pour fouiner dans ses affaires.

— Ça me dépannerait et ça te donnerait le temps de t'organiser...

L'offre était tentante. Mais vivre dans la maison de Patrice? Évoluer au milieu de ses choses! Se servir de son frigo, manger à sa table, dormir dans son lit...?

— Tu me rendrais un fier service. Allez, Normande! Qu'en dis-tu?

56

Kapuskasing, le 8 juillet 2008

Chère Gabriella,

CELA ME PEINE *de t'écrire ce qui suit, pourtant il le faut. Rien n'allait plus entre Gilles et moi et j'ai pris la décision de le quitter. Je me sens mal par rapport à toi et à Jo'no, mais il m'était impossible de faire autrement. Il y a trop longtemps que je m'en laissais imposer par mon mari. Je ne pouvais plus vivre dans l'atmosphère étouffante de notre couple. J'ai besoin de respirer. J'ai faim de liberté, faim de penser pour moi et par moi-même, faim d'agir à ma guise sans être continuellement culpabilisée.*

Aussi bizarre que l'image suivante puisse te paraître, je t'en fais part. Notre couple me semblait devenu comme le malheureux assemblage de deux bouts de tissu dissemblables, un en polyester et l'autre en coton, qui n'aurait pas survécu au lavage. Le coton ayant trop rétréci tirait désormais douloureusement sur la couture, contraignant le polyester à gondoler de façon insupportable.

Qu'est-ce qui m'a incitée à « découdre » cette désastreuse alliance et m'a donné la force de surmonter ma maudite couardise ? J'ai découvert que Gilles a non seulement eu une aventure avec sa nouvelle secrétaire (raison pour laquelle il avait coupé mon poste à la compagnie), mais qu'il a aussi joué et perdu notre entreprise !

Ne t'en fais pas pour ton fils, Gabriella. J'ai déjà trouvé un logement pour nous deux et nous avons déménagé. Un ami nous a offert sa maison pour quelques mois, le temps de dénicher un abri permanent. J'ai l'intention de continuer à travailler et de prendre des cours jusqu'à la certification requise pour obtenir un emploi rémunérateur. Et, bien sûr, je veux continuer de m'occuper de ton fils. Je ne peux te dire à quel point j'apprécie sa présence, surtout en ces moments difficiles. Il m'est d'un grand réconfort. Jo'no est un jeune homme exceptionnel; tous ici s'entendent sur ce fait. Je n'ai qu'admiration et affection pour lui.

Je reviens à l'ami qui m'a offert sa maison. En fait, il s'agit de Patrice. Mon professeur de comptabilité dont je t'ai parlé. Je crois que j'en suis tombée amoureuse et je sens que c'est réciproque. Te souviens-tu, il y a quelques années, tu m'écrivais: «[...] je n'ai que trente ans, mais je suis de plus en plus consciente de la fuite du temps, du fait que chacun de nous n'a qu'une seule vie à vivre et que tout amour est précieux»? Eh bien, me voici rendue à quarante-cinq ans et il me faut prendre ma vie en main.

Il ne s'agit pas de cohabitation. D'ailleurs, à ce point-ci, je ne suis pas sûre de le souhaiter. Je dois faire le bilan de ma situation et mettre de l'ordre dans mes sentiments. Aussi, pour le moment, Jo'no est ma priorité.

Toujours est-il que Patrice devait s'absenter en juillet et août; il avait donc besoin d'un surveillant pour sa maison. C'est un homme extraordinaire, célibataire, qui selon ses dires, n'a pas trouvé le temps de s'attacher puisqu'il est toujours sur la route. Il a fait presque le tour du monde. Il est fascinant, doux et humble. Je suis certaine que tu me comprends.

Ce qui m'amène à Mark. Tu as donc accepté son amour. Je suis très heureuse que tu n'aies pas gâché ta chance de goûter un peu de bonheur pour une promesse faite dans des circonstances difficiles. Par contre, j'ai beaucoup de questions. J'espère que tu ne me croiras pas trop indiscrète. Je n'ai pas bien compris les propos de Jo'no (qui étaient assez confus). Mark a décidé de quitter l'Église sans renoncer au sacerdoce? Où allez-vous vivre? À Monte Cristi? À Saint-Domingue? Ailleurs? Réponds-moi vite!

En attendant, je te souhaite plein de bonnes choses. Tu le mérites grandement.

Amitiés.

Normande

Trois jours plus tard, Normande recevait une lettre de son amie. Leur correspondance s'était croisée. C'est avec effarement qu'elle prit connaissance de l'attentat contre Mark et de ses conséquences. Gabriella avait gardé ces événements pour elle afin de ne pas alarmer Jo'no. Maintenant que Mark se portait mieux, elle la priait de l'en informer tout en le rassurant autant que possible.

Puis, selon son habitude, elle demanda des nouvelles de son fils. Celui-ci lui écrivait invariablement que tout allait pour le mieux dans le meilleur des mondes. Cependant, Gabriella connaissait sa tendance à vouloir la protéger et elle désirait savoir *honnêtement* ce qui en était. «*Est-ce que sa famille lui manque au point où il en est malheureux? S'ennuie-t-il de ses amis? De son pays? Lysa est-elle une bonne jeune fille?*» Gabriella ne mâchait pas ses mots; elle priait Normande d'être sévère à l'endroit de son fils, soutenant que les Dominicains avaient le sang chaud et que plusieurs adolescentes sur l'île se retrouvaient souvent enceintes trop tôt.

Elle laissait savoir que Mark lui avait fait part de son appel téléphonique et l'avait rassurée quant à l'acceptation de leur mariage par Jo'no. Néanmoins, la jeune femme cherchait la confirmation de cette approbation.

Pour toi qui vis avec lui, Normande, qu'en penses-tu? Mon fils s'est-il confié à toi? Accepte-t-il vraiment que j'épouse Mark? Quelle a été sa réaction?

Gabriella admettait ne pas être prête à enfreindre sa promesse. «J'ai fait l'amour avec Mark, Normande. Et c'est presque immédiatement après qu'il a été attaqué!» Elle y voyait une preuve de la colère divine. Et pour confirmer son jugement, un deuxième malheur avait suivi: elle avait été accusée à tort d'avoir brisé un téléviseur dans une des chambres du complexe.

Mark, de son côté, insistait pour dire qu'il ne fallait pas attribuer à Dieu les mauvaises actions des hommes. Toutefois, Gabriella se cantonnait dans sa résolution.

Mon premier devoir est de m'occuper de Monise et de Real. Tant qu'ils n'auront pas de cédula de identidad, carte d'identité qu'on obtient en présentant un acte de naissance, je dois leur enseigner à lire et à écrire.

Elle justifiait ses propos en affirmant qu'avec Rino, il lui était souvent arrivé de placer les besoins de son mari avant ceux de ses enfants; or elle s'était promis de ne pas répéter cette erreur.

Elle écrivait que le travail de Mark était extrêmement dangereux.

Il s'en prend aux multinationales et au gouvernement dominicain. Je vis dans la peur de le perdre. Il y a des jours où je voudrais qu'il cesse ses revendications. Toutefois, j'hésite à le lui demander. Il me semble que cela reviendrait à trahir mes enfants et ceux des migrants haïtiens. Qui plus est, obliger Mark à renoncer à ses convictions ainsi dans le but de le remodeler pour dissiper mes peurs contribuerait à diminuer cet homme que j'aime. Comment me sentirais-je, moi, s'il m'implorait de désavouer ma vocation de mère? Chacun de nous est ce qu'il est, n'est-ce pas? Se contraindre à vivre à l'encontre de soi, de ses tendances et de ses aspirations finit par détruire l'essence d'une personne. Je ne peux y forcer Mark.

Elle concluait en ajoutant qu'elle ne pouvait pas non plus compromettre la vie de Monise et de Real.

Pendant son année de cours pour devenir pasteur anglican, Mark avait souhaité louer une maison à Saint-Domingue et amener Gabriella et ses enfants vivre avec lui. Néanmoins, craignant que la cohabitation avant le sacrement du mariage lui attire d'autres foudres divines, Gabriella avait décidé de demeurer au complexe jusqu'à ce que Mark ait satisfait aux exigences requises. Elle considérait qu'il s'agissait d'un hiatus salutaire qui lui permettrait de prendre un recul et d'observer le déroulement des événements.

Pour finir, la jeune femme remerciait Normande encore une fois d'avoir accepté de prolonger le séjour de Jo'no. Sur l'île, il n'aurait pu terminer ses études; elle n'avait pas l'argent nécessaire. De toute façon, Jo'no aurait insisté pour travailler afin de l'aider. Et pour Gabriella, rien n'était plus important qu'une solide éducation pour assurer l'avenir de son enfant. Oui, son fils était un être exceptionnel. Elle le reconnaissait en toute humilité. Et l'on ne devait sous aucun prétexte gaspiller ou perdre ce talent, cette grandeur d'âme.

C'est avec beaucoup d'émotion que Normande lut le post-scriptum:

Je bénis le ciel chaque jour, chère amie, de t'avoir placée sur mon chemin.

57

SITUÉE DANS UN CUL-DE-SAC, un peu à l'écart des voisins, la demeure était assez vieillotte. Construite en planches de bois grises et comportant trois étages, elle étalait ses multiples pièces à l'instar d'une vieille femme déployant ses jupes sur le sol près de sa marchandise à la foire.

Après que Jo'no en eut fait le tour, il avait conclu qu'il ne s'habituerait jamais au luxe canadien. Tout cet espace pour deux seules personnes! Il avait eu le choix entre cinq chambres à coucher! Il avait opté pour celle du troisième plancher, sous les combles, spéculant qu'il n'aurait peut-être plus jamais la chance de vivre si haut perché. De ce nid d'aigle, la vue était spectaculaire; il pouvait même apercevoir la rivière Kapuskasing qui miroitait au loin sous les rayons du soleil. Aussi, il aimait l'odeur fugace de bois vermoulu qui évoquait la bicoque de Panfosa tout comme le bruit mat de ses espadrilles percutant les marches anciennes quand il montait ou dévalait les escaliers.

Loin de Gilles, le garçon respirait mieux. L'atmosphère était plus intime, sa marraine plus détendue. Elle chantonnait en préparant les repas ou en s'adonnant à ses séances rituelles d'époussetage. Il lui arrivait même de se confier à lui, de lui raconter des anecdotes et des incidents loufoques de son enfance. Elle se fiait à lui pour tondre le gazon, tailler les haies et sortir les poubelles, des responsabilités qui lui rappelaient le temps où il devait recueillir l'eau de pluie pour sa mère. Il lui semblait avoir vécu toute une vie depuis.

Marraine et filleul avaient longuement discuté de l'épreuve du père Gilman et de son rôle en République dominicaine. Ils avaient également abordé la question du remariage de sa mère. L'adolescent se disait toujours d'accord, sans arrière-pensée.

Normande lui avait expliqué le sens du mot *banqueroute* et l'avait averti qu'il leur faudrait dorénavant être prévoyants et économes. Elle lui avait fait part en toute franchise de ses inquiétudes quant aux frais de scolarité à venir, puis elle avait énuméré des pistes de solution. Elle se proposait de rencontrer les dirigeants du conseil scolaire pour leur exposer la situation, espérant qu'ils acceptent de lui accorder un rabais ou même, potentiellement, une année gratuite. Sinon, elle solliciterait l'aide de son amie Louise ou ferait un emprunt à la banque. Elle restait optimiste.

Normande avait déconseillé à son filleul de mentionner les difficultés financières à sa mère. Celle-ci avait déjà assez de soucis. En aucun temps n'avait-elle fait allusion à l'aventure de son mari et Jo'no n'aurait pas soulevé le sujet pour tout l'or du monde. Il garderait, enfouie dans sa mémoire, la scène perturbante dont il avait été témoin un soir de tempête.

Resté plus tard que prévu après une rencontre sportive, il avait manqué le dernier autobus. Quand il avait mis le nez dehors, une violente bourrasque s'était jetée sur lui, le plaquant contre le mur de l'école. Et cette *neige, neige,*

neige qu'il aimait tant l'avait assailli à grands coups de lanières. Il avait alors résolument enfoncé sa tuque sur sa tête, enroulé son foulard autour de son visage et, les yeux mi-clos, s'était mis à marcher, bravant le blizzard. Il « ventait à écorner les bœufs », une expression de Gilles que Jo'no trouvait des plus saugrenues. Cette évocation de son hôte lui avait donné l'idée de passer à son bureau tout près et de regagner la maison avec lui en camion.

Il avait frappé à la porte, doucement d'abord, puis plus fort, car il croyait entendre l'homme râler au téléphone. Méprenant un grognement pour l'ordre d'entrer, il avait tourné la poignée, s'était avancé et avait aperçu Gilles et cette Moniiique dans une position...

Figé de stupeur, il avait laissé échapper un gargouillement. Gilles avait relevé la tête. Leurs regards s'étaient croisés. Le choc sur le visage de l'homme s'était mué en une violente furie. Ce dernier avait prestement repoussé la femme et, sacrant à pleine bouche, avait sauté sur ses pieds en remontant sa braguette.

Jo'no s'était ressaisi et s'était retourné pour partir. Avant qu'il ne mette un pied devant l'autre, Gilles l'avait brutalement attrapé par le collet et l'avait obligé à lui faire face. Blanc de rage, il l'avait dévisagé pour un instant qui avait semblé une éternité à Jo'no. Puis, il avait menacé de le dénoncer à la police au sujet de l'épisode des ours si jamais il soufflait mot de cette vision à Normande ou à n'importe quelle autre personne de ce qu'il venait de voir. Terrorisé, Jo'no avait acquiescé d'un signe de tête. Gilles l'avait lâché et, d'une rude poussée, l'avait projeté dans le couloir.

Le garçon était ressorti dans la tourmente et avait marché jusqu'à la maison sans sentir le froid. Il n'en avait parlé à personne, même pas à Billy qui avait insisté pour savoir ce qui le chicotait pendant les jours qui avaient suivi l'incident. Depuis, l'adolescent n'avait pu chasser cette scène de sa mémoire, un tableau pour le moins troublant, érotique. Il lui arrivait de se voir avec Lysa dans ce geste et l'image le laissait confus et bouleversé par un étrange mélange d'excitation et de honte.

58

Jo'no avait obtenu un emploi chez Independent Grocer. Il nettoyait et remplissait les tablettes, transportait des boîtes de marchandises, lavait les bennes pour fruits et légumes ainsi que les immenses congélateurs. Puisqu'il était mieux rémunéré qu'au chantier de construction et qu'il travaillait à temps plein en juillet et août, il était fier de pouvoir tenir parole envers sa marraine et d'apporter sa modeste contribution aux dépenses de la maisonnée.

Lysa était partie en vacances dans l'Ouest avec ses parents. Billy passait son premier été loin de la réserve. Il en éprouvait énormément de tristesse et de frustration. En conséquence, Jo'no lui consacrait une grande partie de son temps libre. Normande accueillait toujours son copain avec bienveillance; même qu'elle l'incitait à les visiter aussi souvent qu'il le souhaitait. La seule ombre au tableau était Max et son groupe de harceleurs.

Quelques semaines avant le début des classes, sous prétexte de «s'faire un peu d'*fun* dans cette maudite ville plate», les jeunes organisèrent un *party* à Sturgeon Falls, dans un site champêtre à proximité d'une chute à quelques kilomètres de la ville. Jo'no, Billy et Michel y furent invités.

— Viens-tu, Bill?

— Nah! Y veulent pas m'avoir là, ces osties-là.

— S'ils ne te voulaient pas, ils ne t'auraient pas invité, tu ne crois pas?

Billy esquissa une moue désabusée. Jo'no poursuivit.

— Mylaine va y être...

— Mylaine est comme les autres.

— Ce n'est pas ce qu'elle m'a dit hier, au magasin.

— Qu'est-ce qu'a dit?

— Qu'elle te trouvait *cool*.

— A dit ça pour rire de moi.

— Ce n'est pas l'impression que j'ai eue.

— C't'un truc pour m'attirer au *party*. Pour m'écœurer.

— *Come on*, Bill! Il faut que tu fasses un effort, que tu t'aides un peu. Viens avec Michel et moi. Les amis de Lysa vont y être: Joël, Pete, Charlène, Amélie.

— Tu sais c'qui va arriver, Jo'. Y vont boire, y vont fumer, pis ça va finir mal. Pourquoi tu veux y aller, toi? As-tu envie d'faire pareil?

La question fit remonter à la surface des souvenirs d'Orel, de Jean-Gadi et des voyous de Marmelade. Jo'no répondit avec un emportement qui surprit Billy.

— Jamais!

— Pourquoi tu veux y aller, d'abord?

— Par curiosité. Je ne suis jamais allé à ce genre de *party*. Et pour passer du temps avec les amis. Il n'est pas nécessaire de faire comme les cons pour s'amuser. Allons au moins voir ce qui en est. Si on n'aime pas, on n'est pas obligés de rester.

— Quand y vont être saouls ou *buzzés* ben raide, y vont s'mettre à m'traiter de crisse de Sauvage.

— Je pense vraiment que Mylaine te trouve *awright*...

L'ombre d'un sourire chiffonna les lèvres de Billy. Jo'no persista.

— Elle a dit qu'elle espérait t'y voir.

— Ça fait juste un an et demi que t'es ici. Tu les connais pas...

Mais l'éclair d'intérêt qui avait brillé dans les yeux de Billy n'avait pas échappé à Jo'no. Ni le ton implorant de sa voix. Il cherchait à se faire convaincre.

— *Come on*, Bill. Ce n'est pas loin. On peut s'y rendre à bicyclette.

Puis, Jo'no enchaîna de façon décisive :

— Michel et moi passerons te prendre après souper.

∾

Billy avait beau ordonner à Bucky de retourner à la maison et le repousser du pied chaque fois qu'il s'approchait, le chien galopait comme un forcené à côté du vélo, la langue pendante, le souffle court. Michel protesta :

— Laisse le don'. Que c'est qu'ça peut faire qu'y vienne avec nous autres ?

Billy haussa les épaules, se dressa sur sa bicyclette et se mit à pédaler plus vite. Michel et Jo'no le suivirent dans la piste qui, selon le jeune Dominicain, ressemblait étrangement aux étroites bandes de terre qui serpentaient dans les plantations. Ici, toutefois, la végétation était différente. Les arbres s'élevaient beaucoup plus haut que la canne, même qu'à certains endroits leur frondaison s'entremêlait pour former un tunnel au-dessus de leur tête. Normande avait averti son filleul de faire attention aux ours. Billy s'était moqué, disant à son ami de ne pas s'en faire ; les adultes voyaient des dangers partout.

Grisé par les odeurs familières de la forêt, par la vitesse et surtout l'anticipation, le jeune autochtone avait laissé tomber ses appréhensions. On l'avait invité !

Et Mylaine le trouvait *awright*! Après toutes ces années de taxage, on commençait à l'accepter! La vie était belle! Le nez au vent, il adressa une prière de gratitude à Moosum, assuré que son grand-père veillait sur lui.

Devant la bonne humeur de son copain, Jo'no se réjouissait. Il avait bien fait de le persuader de l'accompagner. Billy avait besoin de se détendre, de se distraire. La soirée était plaisante. L'air chaud et suave caressait la peau. Les sous-bois chatoyaient d'or sous les rayons obliques du soleil encore puissant. Au son du rythme syncopé du rap qu'il entendit palpiter au loin, Jo'no gonfla la poitrine. Ce serait un *party* «mental»!

Quand les garçons débouchèrent sur l'emplacement, une clairière semi-circulaire envahie d'herbes folles, l'atmosphère était déjà à la fête. Les jeunes bavardaient en petits groupes, déambulaient sur place ou se prélassaient dans des chaises de parterre ou sur des couvertures. Quelques-uns jouaient au Frisbee pendant que d'autres, leur éternel téléphone cellulaire à la main, textaient avec ceux qui n'étaient pas encore arrivés. On les accueillit avec enthousiasme. Jo'no vit Billy faire le tour des lieux du regard. Il cherchait Mylaine. Elle n'y était pas.

L'endroit était assez sauvage. Droit devant, par-delà un escarpement abrupt, se dressait un solide mur de roc. Jo'no s'approcha de la falaise et découvrit la rivière qui froufroutait tout au fond. En amont, il aperçut ce qui justifiait l'appellation du site. La forêt, toujours si présente et si redoutable, dans le Nord ontarien, y comprimait ici le cours d'eau tel un vulgaire tube de pâte dentifrice, le faisant exploser en une cascade tumultueuse. L'eau déferlait en trombes bouillonnantes, giclant furieusement contre les rochers puis, sautillant et gargouillant, elle arrêtait se reposer dans une petite baie avant de poursuivre sa route cmportée par un courant d'une force sournoise. Des pilons de ciment, que Jo'no estima être les vestiges d'un ancien pont, s'effritaient sous l'effet corrosif des éléments.

Un vrombissement fracassant le tira de sa contemplation. Mylaine arrivait, agrippée au dos de Justin, sur un quatre-roues. Un mauvais pressentiment s'empara de Jo'no. Justin était l'un des co-conspirateurs de Max. Pourtant, la jeune fille descendit du véhicule et se dirigea immédiatement vers Billy, un grand sourire aux lèvres. Minaudière, elle le salua.

— *Hey*, Bill. C'est *cool* que tu sois venu.

Et ce fut au tour de Max de faire son entrée en faisant rugir son quatre-roues et en le faisant cabrer, comme un cheval apeuré. Après qu'il eut fini de faire le pitre, il gara son véhicule, détacha la bâche qui recouvrait le porte-bagages arrière et souleva victorieusement deux caisses de cannettes de bière. Justin l'imita. Des exclamations de joie retentirent dans la clairière.

Mylaine tendit une des bâches à Billy et lui fit signe de la suivre. Jo'no observa le couple étendre la toile à proximité de l'escarpement et s'y installer. Bucky, surexcité, gambadait d'une personne à l'autre, tout un chacun cherchant à le flatter. Finalement, hors d'haleine, le chien voulut se coucher près de Billy et de Mylaine, mais le garçon le chassa. Ne comprenant pas pourquoi son maître était si peu engageant, l'animal, la mine triste, alla s'allonger à quelques mètres d'eux, le museau entre les pattes.

Max et Justin distribuèrent les cannettes qu'on ouvrit avec enthousiasme. D'autres jeunes arrivèrent avec des sacs à dos également bien remplis. Quelqu'un monta le volume de la musique. Certains se mirent à se trémousser au son du rap, d'autres à fumer. Des cigarettes ordinaires pour commencer, puis l'odeur de la marijuana se répandit dans l'air. Le soleil descendit à l'horizon jusqu'à ce qu'il n'en reste qu'une mince bande orangée et il disparut ensuite, remplacé par une grosse lune ronde et luminescente. On alluma un grand feu de camp. Les couples se mirent à danser langoureusement. D'autres, ayant peine à marcher, se laissèrent tomber sur les couvertures. L'un d'eux, le cerveau particulièrement embrumé par l'alcool, ramassa un Frisbee qui traînait par terre et appela Bucky. Frétillant de la queue, le chien s'approcha. Le garçon fourragea dans son sac, sortit une cannette de bière qu'il versa dans le Frisbee et qu'il poussa sous le museau de l'animal. Assoiffé, Bucky en but le contenu au complet, devant l'expression extasiée de l'adolescent.

À la lueur des flammes et du halo de la lune, Jo'no aperçut Mylaine qui câlinait Billy. Puis, il la vit relever la tête, chercher quelqu'un. Son visage s'anima d'un sourire malicieux. Jo'no suivit son regard jusqu'à Maxime qui opina imperceptiblement du chef. Alors, la jeune fille sauta sur ses pieds et se mit à battre l'air des mains.

— Maudits maringouins! Y vont nous manger tout rond! Y'a-tu quelqu'un qui a apporté du *bug spray*?

Les amis de Max réagirent instantanément. Chacun récupéra son sac et, comme par magie, une dizaine de cannettes d'insecticide apparurent. Max claironna:

— C'est la senteur qui les attire. Ça pue le Sauvage ici. Qui ça pourrait ben être?

De concert, tous les regards se portèrent vers Billy pendant que Mylaine s'en écartait prestement. Et Jo'no, atterré, comprit que son ami avait eu raison. On se rua sur lui et on se mit à le vaporiser de tous côtés. Billy, qui n'avait pas vu venir le coup, n'eut pas immédiatement le réflexe de se protéger et il reçut de l'insecticide dans les yeux. Il hurla de douleur et fonça dans le groupe pour esquiver le nuage d'aérosol. Croyant qu'il s'agissait d'un jeu, Bucky, les pattes flageolantes, se joignit aux jeunes et se mit à cabrioler autour de son maître pendant que les harceleurs criaient à qui mieux mieux :

— Tu pues, maudit Sauvage !

— C'est pour ça que t'attires les maringouins pis les mouches à marde !

— Crisse ton camp ! R'tourne dans l'bois où c'que t'aurais dû rester !

Aveuglé, Billy s'enfargea dans son chien et s'étala de tout son long, ce qui galvanisa Jo'no. Pendant que Michel, Joël, Pete, Charlène et Amélie hurlaient aux tourmenteurs d'arrêter et tentaient de leur enlever leurs vaporisateurs, Jo'no se mit à pousser et à jouer des pieds et des mains pour se frayer un chemin jusqu'à son ami. Avant qu'il ne puisse le rattraper, celui-ci se releva et prit ses jambes à son cou en direction de son vélo, espérant l'enfourcher et décamper à toute vitesse. Dans son affolement, il s'engagea plutôt dans le sentier qui descendait à la baie, Bucky à ses trousses, courant tout croche.

Des déflagrations retentirent. Croyant à des coups de feu, Billy terrorisé accéléra, talonné jusqu'au rivage par Max, Justin, Jo'no et tous les autres. À bout de souffle, le garçon se laissa tomber à genoux sur la grève, plongea les mains dans l'eau et se mit à se frotter les yeux avec frénésie. Jo'no et ses amis l'entourèrent pour le protéger tandis que Max, riant comme un fou et gueulant à tue-tête, demandait qui avait amené les pétards. Pour toute réponse, une cannette de bière vola dans les airs en pétaradant. On commença à en lancer d'autres dans la rivière. Bucky, conditionné à rapporter des objets, sauta à l'eau. Surexcités, les fêtards l'encouragèrent à grands cris, et il devint un jeu de voir laquelle l'animal ramènerait en premier.

Sous le choc, le regard embrouillé, Billy ne se rendit pas immédiatement compte du danger. Son chien était un excellent nageur. Toutefois, Bucky, affaibli par les effets de l'alcool, avait de la difficulté à manœuvrer contre le courant et à tenir la tête au-dessus des flots agités. Lorsque Billy parvint à s'éclaircir la vue, il se rendit compte que son chien bien-aimé ne réussirait jamais à s'extirper des puissants tourbillons. Il voulut se lancer à sa rescousse, mais Jo'no et Michel, conscients du risque, l'en empêchèrent. Quand il devint évident pour tous que Bucky ne s'en tirerait pas, un silence de mort s'établit dans la clairière, percé uniquement par les cris déchirants de Billy qui s'époumonait :

— *Come on*, Bucky ! Nage ! Nage, mon Bucky ! Moosum, viens l'aider ! Moosuumm !

Finalement, épuisé, incapable de soutenir la lutte, le chien coula sous les yeux des fêtards après avoir salué son maître dans un dernier jappement rauque. Il ne resta que le désespoir du jeune autochtone qui, prostré sur la berge boueuse de la rivière, pleurait toutes les larmes de son corps.

59

Jo'no insista pour que Billy vienne coucher chez lui.
Il refusa. Il voulait être seul pour pleurer son chien. Jo'no
passa la nuit à se blâmer. Pourquoi n'avait-il pas écouté son
copain ? « *C't un truc... Tu les connais pas...* » Ces paroles
le hantaient. Si seulement il ne s'était pas entêté à amener
Billy à ce maudit *party* !

Le lendemain, immédiatement après le travail, Jo'no se
rendit chez son ami. À la vue de la scène qui se présenta
à lui, un bourdonnement assourdissant lui envahit le
crâne et il fut pris de vertige. Deux voitures de police
étaient garées devant la maison, gyrophares clignotants
de leurs flashes stroboscopiques. Une foule étrangement
silencieuse se pressait derrière un ruban de balisage qui
ceinturait la résidence. Une boule d'angoisse dans la gorge,
Jo'no ne savait s'il voulait s'approcher ou prendre la fuite
quand une main se posa sur son épaule. Il se retourna. La
mine décomposée, Pete, flanqué de Joël, murmura :

— Ils l'ont trouvé y'a pas longtemps...

Pete déglutit et ne put continuer. Le bourdonnement
s'intensifia dans la tête de Jo'no. Il vit les lèvres de Joël
bouger, mais n'entendit pas ses paroles. Il avait dans la
bouche un goût de terre accompagné d'une sensation

de nausée. Son ami! Qu'était-il arrivé à son ami? Il désirait le savoir, par contre il refusait qu'on le lui dise. Il se mit à trembler.

— Y s'est pendu à un arbre au bord de Sturgeon Falls.

Jo'no sentit les jambes lui manquer pendant que Joël poursuivait.

— La police veut te parler.

— Pour… quoi?

— Sais pas. On demandait pour toi tout à l'heure.

Au même moment, un agent se présenta.

— Jo'no Vellera?

La vieille peur sournoise qu'évoquait toujours un uniforme le reprit de plus belle et Jo'no eut l'horrible impression de remonter trop vite des profondeurs marines. Le policier, l'air sévère, lui intima l'ordre de le suivre. Il le fit asseoir dans sa voiture où il le questionna de long en large sur les événements de la veille. Quand il eut terminé, il déclara qu'il avait interrogé d'autres participants et que sa version des faits concordait avec les leurs. Il lui montra ensuite une feuille de papier griffonnée d'un court message.

— Reconnais-tu cette écriture?

C'était celle de Billy. Jo'no fit signe que oui et tendit la main pour prendre la feuille. Le policier qui portait des gants l'en empêcha, bien qu'il lui permît de suivre les mots des yeux pendant qu'il lut à haute voix.

Je suis tanné de vivre. Équeuré!!! Tout le monde m'ayi. je peu pas retourné dans la réserve. j'ayi ça resté ici c'est trop différent. Il a jusse Jo qui a voulu être mon ami et il restera pas longtemps au Canada. Faut qu'il retourne dans son pays. Je m'en va retrouvé Moosum et Bucky. Eux autre au moins y m'aimait. C'est jusse moi qui a laissé sortir les ours à Cochrane, personne d'autre. Ils me faisait trop pensé a moi.

Billy

Le policier se tut pendant que de grosses larmes coulaient sur les joues de Jo'no. L'homme était convaincu que le jeune Dominicain avait trempé dans l'incident à l'Habitat, toutefois il ne dit rien. Profondément touché par le fait que son copain autochtone avait tenu à le disculper avant de s'enlever la vie, il choisit d'honorer l'amitié qui avait lié les deux adolescents. Il laissa à Jo'no un peu de temps pour se remettre, puis il demanda :

— Tu veux appeler quelqu'un ?

— Oui, s'il vous plaît. Ma marraine, madame Normande Viau.

Les funérailles furent des plus tristes. Seuls Normande, Jean-Yves, Brigitte et leurs enfants, le couple qui hébergeait Billy ainsi que les amis de Jo'no assistèrent à la cérémonie religieuse. Les services de l'Aide à l'enfance avaient fait incinérer le corps et demandé à Jo'no de porter l'urne funéraire lors de l'office. Quand on lui remit le simple coffret de bois, Jo'no expérimenta une forte sensation de déjà-vu. Henri, son petit frère, se superposa à l'image de Billy. Lui aussi avait été victime de la méchanceté des hommes. Le garçon sentit son cœur s'affoler d'un noir tourbillon de douleur et de désespoir et il vacilla. Le directeur des funérailles le soutint en lui prenant le bras. Jo'no se redressa. Les yeux mouillés, il marcha avec dignité jusqu'au chœur et déposa les restes de Billy sur la table commémorative entre un crucifix et un cierge allumé.

Normande eut beau tenter de réconforter son filleul, affirmant qu'il n'avait rien à se reprocher, que son intention d'amener Billy au *party* était honorable, que les coupables étaient Max, Justin, Mylaine et les autres, celui-ci demeurait inconsolable. Un matin, il déclara tout de go qu'il souhaitait retourner chez lui. Normande ne fut pas surprise. Jo'no semblait incapable de surmonter sa tristesse et sa déception. Il ne cessait de répéter qu'il avait cru qu'au Canada ce genre de tragédie ne survenait pas.

Un soir, l'adolescent osa poser la question qui le chicotait depuis longtemps : pourquoi sa marraine avait choisi de le parrainer, lui, au lieu d'un garçon comme Billy ? Déconcertée, Normande resta bouche bée. Elle avoua candidement que l'idée de commanditer un autochtone dans son propre pays ne lui était jamais venue. Les annonces publicitaires télévisées dont elle s'était inspirée prônaient le parrainage d'enfants dans des pays dits « pauvres » ou « sous-développés ». Le Canada ne figurait certes pas sur ces listes. Pensive, elle ajouta que c'était une excellente question. Sur quoi Jo'no voulut savoir si elle était déjà allée dans une réserve indienne. Déroutée encore une fois, elle répondit que non. C'est avec étonnement qu'elle admit avoir vécu toute sa vie dans une province où il en existait plusieurs, et jamais elle n'y avait mis les pieds.

60

Normande desservit la table pendant que Patrice remplissait les coupes de vin. Rentré la veille, il lui avait offert cette bouteille de mousseux, un parfum parisien ainsi qu'un magnifique foulard de soie lyonnaise en guise de remerciements. Quand elle vint se rasseoir, il repoussa ses lunettes sur son nez, du nouveau pour Normande, car lors de ses cours, il avait toujours porté des lentilles cornéennes, puis il reprit la conversation.

— Pourquoi t'évertuer à chercher un appartement? Pourquoi ne pas rester ici? La maison est assez grande. Il y a amplement de place pour trois...

La proposition secoua Normande, qui ne répondit pas immédiatement. Certes, elle y avait songé. Elle l'avait même espérée, toutefois dans un avenir indéterminé. Ainsi qu'elle l'avait écrit à Gabriella, elle désirait faire le bilan de sa situation et mettre de l'ordre dans ses sentiments avant de s'engager dans une autre relation. Pendant que son pouls s'accélérait, elle se demanda si ce n'était pas le véritable motif pour lequel elle n'avait pas encore trouvé de logement. Elle prit une longue gorgée de vin qu'elle laissa reposer sur sa langue, tout en observant que les lunettes de Patrice lui conféraient un petit air de John Lennon. Ses beaux yeux, agrandis par la convexité du verre, brillaient de désir.

Aimait-elle Patrice? Qu'était-ce l'amour? Un simple sentiment? Un besoin essentiel? Une attirance physique? La nécessité d'une valorisation? La recherche d'exaltation? Elle s'était sérieusement creusé les méninges pendant son absence outre-mer.

Il lui fallait être sûre d'elle-même avant de répondre. Patrice avait été suffisamment blessé. Avant son départ, il lui avait confié qu'à vingt-quatre ans, sa fiancée, une jeune fille qu'il aimait depuis ses années du secondaire, l'avait laissé en plan le jour de leur mariage. Il lui avait parlé de la peine qu'il avait éprouvée et du coup qu'avait pris son estime de soi. Amer et vindicatif, il avait, par la suite, brisé bien des cœurs. Ce n'est qu'après plusieurs années qu'il s'était amendé et avait réussi à rebâtir sa confiance. Qu'il s'ouvre ainsi en toute franchise, sans crainte de montrer sa vulnérabilité, avait grandement touché Normande, peu habituée à ce genre d'épanchement.

Gilles, pour sa part, était venu à plusieurs reprises durant l'été la supplier de revenir à la maison, lui apportant chaque fois un cadeau. Désespéré, il avait réitéré son amour, l'assurant qu'il avait appris sa leçon. Que Monique avait été une erreur monumentale. Il regrettait cette aventure et promettait de changer, d'être plus conciliant. Devant son repentir et son chagrin évident, Normande avait eu mal pour lui. Elle lui avait dit qu'elle ne lui en voulait pas et avait essayé de lui faire comprendre qu'en fait, elle l'aimait elle aussi, mais qu'il s'agissait plutôt d'affection et non du genre d'amour dont un mariage avait besoin pour grandir. Cet amour, elle l'avait trouvé auprès de Patrice. À ces mots, Gilles avait éclaté en sanglots. Normande avait été désolée; néanmoins, elle avait conservé son calme et avait tenu bon. Elle en ressentait une grande fierté.

Quand la culpabilité tentait de s'immiscer dans sa conscience, elle se forçait à penser à autre chose. Elle se remémorait les discussions avec Louise au sujet d'une éventuelle cohabitation avec Patrice. Son amie l'avait encouragée à faire selon sa volonté *à elle* plutôt que de céder à l'altruisme, ajoutant qu'elle avait acquitté sa dette envers ce beau principe depuis belle lurette. Sa sœur, Brigitte, était du même avis, bien qu'elle l'ait formulé différemment et qu'elle ait préconisé la circonspection.

Cependant, la plupart du temps, Normande songeait à Jo'no qui, heureusement et grâce à Jean-Yves, était revenu sur sa décision de retourner sur l'île. L'adolescent avait passé beaucoup de temps à la ferme. Jean-Yves l'avait soutenu dans son chagrin et avait répondu à ses interminables questions. Aussi, la présence turbulente des enfants réconfortait toujours Jo'no. Lysa avait également joué un rôle important dans le revirement de sa résolution. La jeune fille, ayant appris les événements survenus en son absence, avait fait tout son possible pour le persuader de rester au Canada jusqu'à la fin de ses études secondaires.

∾

Patrice allongea la main et toucha celle de Normande pour la ramener au moment présent. Il ne dit rien, se contentant de l'implorer de son regard où l'or et le marron se fondaient dans l'iris en une demande des plus éloquentes. Normande était profondément consciente de ce qu'il souhaitait. Elle en comprenait les implications ainsi que les conséquences. Même si tout son être tendait vers cet homme, elle hésitait. Il la pressa :

— Je t'aime, Normande. J'ai passé deux mois à ne penser qu'à toi. Je n'ai plus vingt ans. Je sais ce que je veux. C'est une vie à deux. Avec toi.

Par les fenêtres ouvertes, une légère brise commençait à rafraîchir l'air chargé d'humidité. Un rouge-gorge s'époumonait, perché sur une branche de bouleau près de la maison. La vie offrait parfois de ces moments de grâce que l'on désirait prolonger à tout prix. Normande dut se faire violence pour murmurer :

— Il y a Jo'no dans ma vie, Patrice. Je lui suis très attachée. Et j'ai promis de m'occuper de lui pendant les trois prochaines années.

— Et alors ? Qu'est-ce que ça change ? J'ai toujours voulu un fils.

Normande sentit un courant chaud fondre sur elle et l'envelopper tout entière pendant qu'un sentiment d'intense soulagement la libérait de toutes ses contraintes. Saisie d'un ardent désir pour cet homme si généreux, elle se leva et, dans un souffle, balbutia :

— Jo'no ne rentrera que très tard.

Patrice la suivit dans la chambre que Normande avait choisie lors de son emménagement. La sienne.

61

La rentrée des classes fut difficile. Jo'no s'attendait continuellement à voir arriver Billy, sac au dos. Maxime et ses compères s'écartaient prudemment sur son passage, redoutant sa démarche déterminée et sa mine sombre. Le taxage fut réabordé dans plusieurs cours, ravivant chaque fois la douleur de la perte de son ami. Puis, Billy fut graduellement oublié et ne vécut plus que dans l'esprit du jeune Dominicain.

L'adolescent s'attacha peu à peu à Patrice. Ce dernier s'intéressait à lui, l'écoutait avec attention et s'enquérait de son pays, de ses études et de ses plans d'avenir. Il avait même soulevé en toute simplicité la question de son amour pour Normande, l'assurant de ses bonnes intentions. Lorsque Jo'no apprit que c'était, en fait, lui qui avait payé son année scolaire, il lui en fut très reconnaissant.

L'automne revint. La majesté de la nature déployant ses fresques spectaculaires agit sur le garçon comme un baume sur son deuil. De plus, deux événements inopinés vinrent le rasséréner et atténuer son chagrin. Un soir qu'il était seul avec Normande, la sonnerie de l'entrée retentit. Il se leva pour aller ouvrir. Avant qu'il n'ait le temps de se rendre dans le hall, la porte s'ouvrit avec fracas, claquant contre le mur et sortant presque de ses gonds. C'était Gilles. Indubitablement ivre.

Les yeux fous, il s'avança en vacillant, exigeant d'une voix querelleuse de voir sa femme. Quand celle-ci se présenta, il l'abreuva d'injures. Le cœur dans la gorge, Jo'no lui demanda de partir. Gilles tourna alors sa hargne contre lui, le traitant de tous les noms et l'accusant d'avoir détruit sa vie de couple. Lorsque Normande essaya de s'interposer, il l'attrapa brutalement par un bras et se mit à la tirer vers la porte en criant qu'elle avait fini « de fourrer son petit prof tapette » et qu'elle rentrait « à maison ». Normande tenta de résister. Il la saisit à bras-le-corps pour l'amener de force. Jo'no vit rouge. Il arracha littéralement sa marraine de la poigne de son mari et se jeta sur lui pour l'empêcher de revenir à l'attaque. Gilles voulut riposter, bien qu'il n'eût aucune chance. Non seulement était-il en état avancé d'ébriété, mais Jo'no avait beaucoup grandi et, en raison des sports et de son travail, il était en excellente condition physique. Il poussa Gilles sans ménagement vers la sortie. Furieux, celui-ci l'agrippa à deux mains par le tee-shirt. Jo'no rétorqua par un solide crochet au plexus solaire. L'homme tituba, blasphéma, le traita de « p'tit crisse de nègre » et il partit en menaçant de « revenir y casser la gueule ».

Énervé, à bout de souffle, le garçon se laissa tomber sur une chaise pendant que Normande, tremblante, ne cessait de le remercier et de répéter qu'elle n'oublierait jamais son geste. Plus tard, quand Patrice revint sur l'incident, c'est d'une voix remplie d'émotion qu'il lui dit qu'il était très fier de lui et qu'il était un homme dans tous les sens du mot. Puis, il ajouta des paroles qui touchèrent profondément Jo'no : « Je suis sûr que ton père aurait été très fier de toi. »

Lysa fut plus circonspecte. Effrayée, elle le mit en garde contre « cet homme », craignant des représailles. Jo'no avait beau essayer de dissiper ses inquiétudes, elle ne démordait pas, multipliant exhortations et recommandations. À bout d'arguments, un jour qu'ils revenaient à pied de l'école, il chercha une diversion. Après un rapide tour d'horizon, il pointa du doigt et s'exclama :

— Regarde, Lysa : une zoutarde !

Interloquée, la jeune fille cligna des yeux, suivit l'index et éclata d'un grand rire franc. Jo'no ne comprit pas sa réaction, bien qu'il fût soulagé d'avoir réussi à détourner son attention. S'esclaffant toujours, Lysa s'accrocha à son bras, posa affectueusement sa tête sur son épaule et gloussa :

— T'es trop *cute*, Jo' !

— Quoi ? Pourquoi tu dis ça ?

— Ce n'est pas une *zou*-tarde. C'est une *ou*-tarde.

— Ah !

— Excuse-moi. Je ne ris pas de toi. C'est que tes expressions sont trop comiques des fois. Tu t'es trompé à cause de la liaison.

— Quelle liaison ?

— Quand on dit « regarde les outardes », on fait la liaison entre le *s* du « les » et le son *ou* du mot « outardes ». Mais, s'il y en a juste une, il n'y a pas de « *s* », donc...

— Ah ! Je comprends. O. K., regarde une outarde.

Amusés, les adolescents oublièrent les menaces de Gilles.

Le deuxième événement fut un appel téléphonique de Saint-Domingue. Appel qui apporta à Jo'no consolation et soutien moral. Intrigué par le numéro qui paraissait sur l'afficheur, il ne se concentra pas immédiatement sur la voix. C'est pourquoi il ne reconnut pas d'emblée sa mère.

— Jo'no! C'est bien toi?

Quand il entendit la voix de sa mère, le garçon se sentit emmitouflé d'une douillette de chaleur et d'odeurs familières. Puis, la panique le saisit. Qu'était-il encore arrivé au père Gilman? Ou peut-être s'agissait-il de Monise? Non, ce devait plutôt être Real! L'affolement lui clouait le bec. Il refusait d'envisager un autre malheur. Il allait même raccrocher lorsque Gabriella comprit, et elle s'exclama:

— Tout va bien ici, Jo'no! Ne t'en fais pas! Tout va bien!

— Maman!

— Oui! C'est moi! Comme ta voix a changé! Normande a raison, tu es un homme maintenant. Je l'avais constaté sur les photos que tu m'envoies, mais de t'entendre ainsi... Comment vas-tu? Ta marraine m'a écrit au sujet de ton ami, Billy. J'étais si désolée et si inquiète pour toi que le père Gilman a fait en sorte que je puisse t'appeler du complexe. Il est ici avec moi. J'espère que tu restes fort. Je t'en sais très capable. Que je suis heureuse de t'entendre! Il me semble que tu es tout près. Je voudrais tant te serrer dans mes bras!

Incapable de se contenir, elle éclata en sanglots. La gorge nouée, Jo'no avait de la difficulté à respirer. Il réussit pourtant à articuler:

— Ça va, maman. Ne t'en fais pas pour moi.

En dépit du fait que Gabriella intervint à plusieurs reprises pour signaler qu'il fallait raccrocher parce que l'appel coûterait trop cher, mère et fils s'entretinrent longtemps, passant d'un sujet à l'autre, répétant des choses qu'ils s'étaient déjà écrites, mais qui leur paraissaient plus réelles lorsqu'exprimées à haute voix.

Jo'no posa beaucoup de questions au sujet de son frère et de sa sœur. Gabriella se fit une joie de relater que Monise, qui venait d'avoir douze ans, était une jeune fille d'une maturité remarquable, sérieuse dans ses études, et qu'elle aspirait à devenir infirmière. Real, à presque huit ans, n'était plus un bébé. Il était pourtant toujours aussi turbulent et ressemblait de plus en plus à Rino. À l'évocation de son père, Jo'no sentit sa poitrine se serrer et il se dit que cette plaie ne guérirait jamais tout à fait. Ressentant la tristesse de son fils, Gabriella raconta quelques incidents cocasses occasionnés par Real pour le faire rire.

Sur l'insistance de sa mère, Jo'no parla de Billy : s'épancher de la sorte lui fit du bien. En rervanche, c'est avec beaucoup d'amertume qu'il confia que le même mépris abject que nourrissaient les Dominicains envers les coupeurs de canne haïtiens avait causé la mort de son ami. Il lui dit que depuis le décès de Billy, il revoyait souvent en rêve le visage haineux de Luis penché sur lui.

Jo'no demanda ensuite des nouvelles du père Gilman. Il apprit que le prêtre avait élu domicile dans une maison de pension aux abords de l'église épiscopale de Saint-Domingue. Il poursuivait sa formation et continuait avec ténacité ses tournées dans les *bateyes*, quoique dorénavant toujours en compagnie d'un groupe de bénévoles, des militants anglicans, américains, qui avaient les mêmes buts que lui. Pour ses visites à Monte Cristi, il montait à bord d'un autobus touristique et se déplaçait seulement bien entouré de vacanciers. Jo'no aurait aimé demander à sa mère la date et les circonstances de son mariage, toutefois le sujet le rendait mal à l'aise et il résolut de poser ses questions dans une lettre.

Gabriella s'enquit de Lysa et l'adolescent fit ses louanges d'un ton un peu gêné. Puis, sur une note plus enthousiaste, il rapporta que Patrice lui enseignait à conduire. Ensuite, il décrivit l'automne avec passion et promit d'envoyer des photos. Quand vint le temps de terminer la conversation, Jo'no fut submergé d'un raz de marée de nostalgie. Il redit qu'il les aimait tous et qu'il avait très hâte de retourner chez lui.

Gabriella l'encouragea à lui écrire régulièrement et elle ajouta, au plus grand plaisir de son fils, que le père Gilman veillerait à ce qu'elle puisse dorénavant lui parler au téléphone une fois par mois. Elle lui demanda ensuite son adresse courriel. Jo'no l'entendit la répéter au père en articulant lentement.

Le garçon raccrocha le combiné, la tête remplie d'images de sa vie antérieure qui, certes, ne correspondait pas au confort et à l'abondance de sa situation actuelle, mais qui, néanmoins, lui manquait. Le fait d'avoir entendu la voix chérie le ragaillardit et lui remonta le moral. D'autant plus que sa mère avait promis que, lors du prochain appel, il pourrait parler à son frère et sa sœur.

Quelques semaines plus tard, alors qu'il ouvrait l'ordinateur pour lire ses courriels, c'est au comble de l'excitation qu'il constata que le père Gilman lui avait écrit. Ce fut le début d'échanges multiples avec le prêtre.

62

L'ANNÉE SUIVANTE SE PASSA sans événements marquants. Seuls quelques remous sans conséquence vinrent brouiller le courant ordinaire de la vie. Sur l'insistance de Patrice qui soutenait que Jo'no courait à l'épuisement, le garçon consentit à réduire ses heures de travail chez Independent Grocer après que l'homme l'eut convaincu que sa marraine et lui pouvaient parfaitement se tirer d'affaire. Même que Patrice lui donna la permission d'envoyer à sa mère l'argent de poche qu'il lui remettait chaque semaine. Jo'no ne travailla donc plus que les mercredis après les heures de classe et les samedis après-midi. Par conséquent, quand l'hiver se fut bien installé avec ses épaisses couvertures de neige, Jo'no suivit les conseils de Patrice et alla de temps à autre se promener en motoneige avec Michel.

L'adolescent continua à se distinguer dans ses études et dans les sports, notamment au volley-ball. Les tournois hors de la ville par contre restaient une source de tourments, car ces occasions faisaient immanquablement resurgir des souvenirs de Billy et de l'épisode des ours.

Le jeune Dominicain revenait souvent sur cette mésaventure. Qui avait eu raison ? Moosum qui était convaincu que ces animaux étaient mieux morts qu'enterrés vivants dans un milieu artificiel? Ou les Blancs qui, croyant que ces grands mammifères étaient en voie de disparition, prônaient leur protection? Ce n'était pas vraiment clair et il se demandait où et comment trouver la bonne ligne de conduite en présence de points de vue opposés. Il aurait aimé en discuter avec Patrice, mais la peur d'avouer sa participation au méfait l'en empêchait.

Peu à peu, la vie se chargeait de lui enseigner ses petites leçons. Ainsi, Jo'no dut se rendre à l'évidence que l'amour brûlant entre Lysa et lui, cet engagement qu'il avait cru éternel, perdait graduellement de son intensité. Comme un feu de camp en fin de soirée, la flamme vacilla et finit par s'éteindre. Sans raison apparente. Les deux adolescents s'intéressèrent à d'autres, tout en restant de bons amis. Puis, le père de Lysa obtint un emploi en Alberta et la jeune fille quitta la ville avec la promesse de garder contact par courriel.

Jo'no se plongea avec plus de zèle dans ses recherches sur les *bateyes*. Patrice, un fervent de politique, l'encourageait et le secondait. Plus le garçon s'instruisait sur la situation des siens, plus elle lui paraissait complexe. Plusieurs groupements y jouaient un rôle, entre autres: le gouvernement dominicain qui considérait la présence des travailleurs haïtiens comme indésirable, mais indispensable; le gouvernement haïtien qui s'accommodait honteusement du fait que ses citoyens nécessiteux quittent le pays; et les multinationales américaines qui tiraient parti d'une main-d'œuvre à bon marché. Tous y trouvaient leur profit sur le dos des coupeurs de canne.

Avec l'aide du père Gilman, il se familiarisa avec des mots qui revenaient fréquemment dans ses lectures. Des mots comme: droits humains, migration, syndicat. Il prenait des notes qu'il classait avec soin, en discutait avec Patrice et remerciait sa mère dans ses lettres de lui avoir épargné ce triste sort.

« Je t'aime, mon fils. Sois toujours fier de qui tu es. » Ces paroles de Gabriella resurgissaient souvent. Toutefois, *qui* était-il ? Depuis la mort de Billy, le sujet du racisme le tourmentait. Pourquoi cette discrimination ? Pourquoi lui, un moins que rien en République dominicaine, était-il bien vu ici ? N'était-il pas la même personne ? Ce qui le ramenait toujours à Billy. Pourquoi son ami avait-il été si mal traité ? C'était un bon gars : intelligent, fier, indépendant, sportif, qui adorait son grand-père, affectionnait son chien et appréciait la nature. En quoi était-il différent de Max et de ses copains ? Qu'importait si sa peau était un peu plus foncée et ses yeux bridés ? Pour sa part, le jeune Dominicain qui avait besoin de modèles, se réjouissait de voir des personnalités telles que Stanley Péan, Gregory Charles, Corneille, Dany Laferrière et Boucar Diouf à la télévision.

Le 15 juin, il eut seize ans. Ce jour-là, Patrice arriva à la maison avec un sac-cadeau qu'il lui tendit avec ce clin d'œil complice qu'échangeaient parfois les hommes entre eux pour laisser entendre que les femmes étaient exclues. C'est avec un certain embarras que le garçon découvrit un rasoir électrique. Normande le taquina un peu ; après quoi, sur un ton plus sérieux, elle déclara qu'il franchissait une autre étape vers l'âge adulte. Ce même été, il obtint avec fierté son permis de conduire. En septembre, il entra en 11e année.

63

Mark avançait en claudiquant légèrement ; sa hanche, blessée lors de l'attentat, gardait une certaine raideur. Aussi, le nouveau borgne favorisait le côté gauche du sentier à cause de son œil droit. Gabriella le regardait venir depuis son cabanon, l'âme en peine compte tenu des nouvelles décevantes qu'il faudrait lui annoncer. Néanmoins, son corps répondait d'avance aux caresses anticipées.

Son amour avait été plus fort que sa raison. Et à chacune des visites de Mark, elle s'était donnée à lui sans retenue, se disant que c'était la seule richesse qu'ils possédaient. Surtout que Mark avait continué à maintenir qu'il n'existait aucune cause à effet entre s'aimer physiquement et les événements subséquents.

À quelques reprises, Gabriella s'était demandé ce que son père aurait pensé de cette liaison, lui, un adepte de la vieille école dont on ne devait jamais transgresser les principes. Lui était-il arrivé d'outrepasser son intégrité ? Cela lui avait semblé inconcevable. Elle avait conclu que son père n'avait probablement jamais été placé dans une situation où le fossé entre les grands préceptes et leur application était infranchissable.

Elle avait décidé d'épouser Mark. Elle avait trop besoin de tendresse, trop besoin de l'amour d'un homme bon. D'autant plus que ses enfants nécessitaient soutien et protection. Monise en particulier l'inquiétait. Depuis que son corps de fillette s'était transformé en silhouette de femme, on lorgnait de son côté.

Gabriella frissonna au souvenir du pervers qui avait sauté sur elle pour la tripoter et l'embrasser. Il arrivait encore que le dépravé la suive pour la harceler. Déposer une plainte auprès des autorités du complexe était hors de question. Les dirigeants voyaient d'un mauvais œil ce qu'ils qualifiaient de «petites *chicaneries* d'employés». Créer des remous pouvait s'avérer néfaste; on pourrait la déporter. Qu'adviendrait-il alors de ses enfants? Il lui fallait quitter le *Playa Dolio*.

∽

Elle se doutait bien que Mark venait renouveler sa demande en mariage. Il avait terminé la formation requise par la Communion anglicane et, la semaine précédente, il avait été baptisé et confirmé dans cette religion.

Gabriella esquissa un mouvement d'amertume, tout en s'admonestant. Pourquoi n'avait-elle pas pensé plus tôt à ce préalable? Elle aurait pu ainsi accélérer les démarches nécessaires.

Mark s'approcha et, sans un mot, il la prit dans ses bras. Il poussa un profond soupir de satisfaction en passant ses lèvres dans ses cheveux.

— Chez moi. Je suis chez moi. Voilà ce que je ressens quand je suis avec toi, Gabriella. Je t'aime tellement.

Elle lui caressa la nuque de ses longues mains fines et se contenta de souffler:

— Viens.

Il la suivit dans le taudis.

Après qu'ils eurent fait l'amour, Mark plongea son regard dans les grands yeux sombres de la femme qu'il adorait et il demanda :

— Veux-tu m'épouser, Gabriella ?

Gravement, elle acquiesça de la tête. Avide, il s'enquit :

— Tu les as donc récupérés ?

Il vit la désolation envahir ses prunelles. Elle fit signe que non et expliqua :

— Il y a quelques années, un incendie dans la chapelle du complexe a détruit plusieurs dossiers, dont mon certificat de mariage. Par conséquent, je n'ai rien à soumettre aux autorités pour qu'on me redonne une carte d'identité.

Les épaules de Mark s'affaissèrent. Sans documents légaux, ils ne pouvaient se marier. L'Église anglicane n'avait aucun pouvoir relativement à cette exigence de l'État. Et les pasteurs anglicans ne pouvaient cohabiter avec une femme sans la bénédiction du mariage.

— Ce n'est que partie remise, Mark. Il me faudra écrire une lettre à l'évêché de Port-au-Prince pour obtenir mon acte de naissance et mon acte de baptême. Ce sera long ; les services sont extrêmement lents, mais nous y arriverons.

Soudainement ragaillardi, Mark se redressa, prit les mains de Gabriella dans les siennes et s'exclama :

— Allons les chercher, ces documents ! En personne ! Ça ira beaucoup plus vite. J'ai trop hâte de faire de toi ma femme.

Plus il parlait, plus il s'emballait.

— Tu pourras revoir ta ville natale. Me la faire visiter. Même faire une demande de passeport ! Je veux t'amener au Canada, Gabriella. J'y pense depuis un bout de temps. Je veux te présenter à mes parents.

Il balaya l'objection qu'il voyait naître dans le beau visage.

— Monise et Real aussi, bien sûr ! Tu t'imagines ? Ils pourront à leur tour voir de la neige ! Faire de la motoneige ! Tu pourras serrer Jo'no dans tes bras. Revoir Normande !

— Mais pour traverser la front…

— Nous emploierons la même stratégie que la dernière fois. Je suis certain que sœur Adela acceptera de te prêter un autre habit. Au retour, je redoublerai d'efforts pour me procurer les documents requis pour l'obtention des passeports de Monise et de Real. Même s'il me faut les adopter officiellement ! Qu'en dis-tu ?

Il lui fit un petit clin d'œil coquin et enchaîna :

— Quand le gouvernement dominicain aura vent de mon intention de retourner au Canada, il fera des pieds et des mains pour me fournir tout le nécessaire. Qu'en dis-tu ?

Transportée, Gabriella ne put proférer aucune parole. Elle se contenta de faire signe que oui.

64

— OH ! MON DIEU ! JO'NO, VIENS VITE !

Le garçon sentit la peur lui crisper l'intérieur. Gilles revenait les harceler ! Et Patrice était absent ! Il lâcha la souris, repoussa violemment sa chaise d'un coup de talon et courut au salon. Normande était seule, assise devant le téléviseur, rivée à l'écran. Jo'no exhala son soulagement, tout en se demandant pourquoi sa marraine s'énervait ainsi pour un documentaire. Sans tourner la tête, Normande le pressa de s'approcher d'un signe de la main et pointa l'appareil.

— C'est terrible ! Regarde !

D'un coup d'œil, Jo'no vit qu'on présentait un reportage au sujet d'un tremblement de terre. Il s'agissait d'une scène typique des films d'horreur. On aurait dit que, dans un effort titanesque pour émerger de son repaire souterrain, un serpent monstrueux avait louvoyé sous la croûte terrestre à la recherche d'une sortie. Les secousses causées par ses puissantes ondulations avaient fait basculer des blocs entiers d'immeubles et gondoler le macadam, provoquant des explosions de poussière, de morceaux de bois, de plâtre et de gravats. Des gens en panique couraient partout. D'autres, en état de choc, marchaient sans but au milieu des décombres, des blessés, des arbres déracinés, des cadavres et des autos renversées, certaines dont les roues tournaient encore comme de grosses coquerelles agitant les pattes. Ici et là, de longues colonnes de fumée noire et épaisse s'élevaient au-dessus de l'endroit assiégé.

Sans dire un mot, Normande qui avait coupé le son pour appeler Jo'no, remonta le volume. Immédiatement, le cri des sirènes déchira le silence du salon. Des hurlements de frayeur, des gémissements de douleur et des sanglots mêlés à des invocations à Jésus et à Ogoun jaillirent du téléviseur.

Ogoun? Jo'no se laissa tomber sur le divan. Où cette scène cauchemardesque avait-elle été tournée? Impitoyable, la caméra continuait d'avancer, balayant la zone sinistrée, captant des tableaux tous plus tragiques les uns que les autres. Des corps gisaient dans des postures impossibles. Des hommes, des femmes et des enfants ensanglantés restaient assis par terre, prostrés, le regard vide. Ailleurs, des bras et des jambes dépassaient les éboulis. Des chiens, museau au sol, erraient parmi les débris, dévorant la nourriture tombée des étals d'échoppes. Dans une vision d'horreur, Jo'no en vit certains s'attaquer aux dépouilles.

En gros plan, le garçon aperçut un jeune de son âge, le torse poignardé d'un fragment de métal, les yeux grands ouverts. Des yeux qui ne verraient plus jamais. Il ne s'agissait pas d'un documentaire, mais d'un reportage en direct. Et Ogoun était une divinité haïtienne...

Quand la caméra s'arrêta sur le palais présidentiel dévasté de Port-au-Prince, il se mit à trembler, puis il porta les mains à son visage pour réprimer le gémissement qui montait en lui. Sa mère, Monise, Real et le père Gilman étaient censés se trouver là, *en ce moment*. Normande le rejoignit sur le divan et s'assit près de lui, atterrée par la catastrophe.

Jo'no ne dormit pas de la nuit. Incapable de s'arracher à l'écran, il resta sur place, priant pour ne pas voir les êtres aimés baignant dans une mare de sang, les membres sectionnés ou le crâne fracassé. Il lui semblait que le maléfique reptile qui avait détruit la capitale s'était enroulé autour de lui et le broyait de ses anneaux constricteurs. Une centaine de fois, il crut reconnaître un des siens, gisant sans vie, le visage couvert de cette poudre grise qui avait plu sur la ville. Chaque fois, il pensa mourir lui aussi.

Le lendemain, la tragédie faisait les manchettes de tous les médias. On annonçait qu'un séisme de magnitude 7 avait eu lieu peu avant dix-sept heures, heure locale. On plaçait l'épicentre à Léogâne, une ville située à une vingtaine de kilomètres à l'ouest de Port-au-Prince, la capitale où vivaient près de deux millions de personnes. La secousse avait duré plus d'une minute, suivie d'une douzaine de répliques. Des maisons avaient glissé dans un ravin ; des écoles, des banques et des hôpitaux s'étaient effondrés. L'électricité avait été coupée et les lignes téléphoniques, sectionnées. On rapportait des milliers de morts.

La semaine subséquente fut affreuse, pour Jo'no. Le désespoir le terrassait. Comment savoir si ceux qu'il aimait avaient survécu ? Et dans quel état ? Il n'avait aucun moyen de communiquer avec eux. À l'école, on le hélait, on le questionnait, on lui offrait ses sympathies au point où il voulait hurler. Lui, de nature habituellement calme, ne se possédait plus. Son intérieur s'était désagrégé en une masse gélatineuse et tremblotante. Il sursautait à n'importe quel bruit. Continuellement sur le qui-vive, il ne pouvait attendre le son de la cloche pour rentrer à la maison, espérant toujours un appel de sa mère ou un courriel du père Gilman. Devant le silence obstiné du téléphone et l'absence de message à l'ordinateur, la rage le prenait et il devait se retenir pour ne pas lancer les appareils à bout de bras contre le mur.

Puis, il retournait s'asseoir devant le téléviseur et fouillait systématiquement chaque visage qui y apparaissait. Le fait que chaque jour on retrouve des survivants sous les décombres entretenait son espoir. Il voyait bien cependant qu'il serait bientôt trop tard. Les reporters prévenaient que, pour plusieurs, on ne saurait jamais ce qui leur était arrivé. Quand on commença à enterrer les morts dans des fosses communes afin d'éviter les épidémies, le cœur de l'adolescent se brisa à nouveau.

On rapportait que dans la capitale, la peur était palpable. Les gens, terrifiés par les nouvelles secousses, couchaient à la belle étoile. On manquait d'eau, de nourriture, de médecins et de médicaments. On pratiquait des amputations à froid. Une puanteur pestilentielle imprégnait la ville. Il y avait pénurie d'essence. Les secours tardaient à venir. Chacun de ces renseignements transperçait Jo'no comme autant de méchantes aiguilles torturant une poupée vaudou.

Patrice fut d'un grand réconfort. C'est lui qui eut l'idée de communiquer avec le regroupement de ressortissants haïtiens au Québec pour demander de l'aide. On fit plusieurs suggestions. Elles n'aboutirent à rien.

Patrice téléphona ensuite au quartier général de l'ONU, l'organisme responsable des Casques bleus. Étant donné que ces soldats déambulaient quotidiennement dans le décor cataclysmique pour porter secours aux victimes, il espérait, contre toutes probabilités, qu'on saurait quelque chose. Rien.

65

D'où venait ce bourdonnement bizarre? Qu'est-ce qui lui comprimait si intolérablement la tête? Il avait l'impression d'avoir la caboche coincée dans l'étau du garage de son père. Mark battit des paupières. Des milliers de minuscules étoiles clignotantes explosèrent devant lui. Il tressaillit et les mâchoires du serre-joint se resserrèrent cruellement sur ses tempes. Grimaçant, il laissa échapper un gémissement.

Où était-il?

Il faisait noir. Il était couché. C'était donc la nuit? Pourtant, il était tout habillé. Il tâta autour de lui et ne sentit pas la douceur des draps, mais plutôt les petites pointes acérées du gravier. S'était-il endormi sur une plage? Quel jour était-ce? Curieusement, il ne put le déterminer. Dans sa confusion, il s'agita et tenta de se relever. Il fut aussitôt saisi d'un étourdissement qui provoqua une violente nausée. Il retomba sur le dos et s'obligea à ne plus bouger.

Que lui arrivait-il?

Une peur insidieuse l'envahit. Avait-il encore été agressé? Perdait-il la raison? Il s'efforça de se souvenir de ses actions antérieures. Comment était-il parvenu ici? Des images floues de ses parents firent surface. Rien d'autre.

Le méchant bourdonnement s'atténua pour être remplacé par des plaintes étouffées. Lentement, avec beaucoup de précautions, afin de ne pas provoquer d'autres haut-le-cœur, il porta la main droite à l'oreille. Tout lui parut normal. Il répéta le geste du côté gauche. Même résultat.

Les pleurs augmentèrent en quantité et en intensité. La frustration le gagnait. Avait-on besoin de lui? Il lui semblait que les lamentations provenaient d'enfants. Mark remua doucement les jambes. Tout fonctionnait. Il ouvrit grands les yeux. Le papillotement avait disparu. Toutefois, il faisait toujours nuit. Et puis non: un mince filet de jour jouait sur ses cuisses. De la lumière? Ce n'était donc pas la nuit. Pourquoi alors faisait-il si noir ici? Ici, *où*?

Qui pleurait tout près? Mystère. Il crut entendre une espèce de grattement à ses pieds. Et des voix masculines.

— Là! Attention! Doucement! Prête-moi ta pelle, je vois un bras...

Les boîtes-cadeaux! L'accueil chaleureux. La reconnaissance sur le visage de la religieuse. L'école Sainte-Rose! Les souvenirs se mirent à affluer. À la demande de sœur Adela, il était venu livrer du matériel scolaire à Léogâne. Sœur Marion l'avait gracieusement invité à prendre le thé. Ils avaient conversé de choses et d'autres, ensuite il s'était levé pour partir. Alors qu'il passait le seuil de la porte, il avait brutalement été projeté par terre. Puis, plus rien.

— Il est mort. Pauvre petit! C'est le vingt-sixième...

Un tremblement de terre! Il avait été victime d'un tremblement de terre! Sœur Marion! Assise à son bureau, souriante, le saluant de la main quand le plancher s'était subitement mis à vibrer. Mark plissa les yeux dans un effort pour examiner les lieux. Il constata que le toit s'était effondré. Une énorme poutre gisait de travers au-dessus de lui, une extrémité appuyée précairement sur le linteau de la porte et l'autre... Il suivit du regard la massive pièce de soutènement, se forçant à tourner la tête malgré la douleur, et il vit que l'autre bout reposait sur... sœur Marion! Étendue par terre. Écrasée.

— J'entends quelqu'un! Un homme! Par ici!

∽

Quatre-vingt-dix pour cent des maisons de Léogâne avaient été endommagées, et presque tous les édifices de béton détruits. On estimait que de vingt à trente mille personnes avaient trouvé la mort dans ce terrible séisme. L'école Sainte-Rose, sise au centre-ville dans un cadre florissant de palmiers et de bananiers, avait été entièrement démolie. Des dizaines d'enfants et de religieuses y avaient péri.

Trois jours après le cataclysme, Mark déambulait dans ce paysage d'après-guerre, encore ébranlé d'être sorti vivant de l'éboulement. Il n'avait subi aucune blessure, sauf pour ce coup à la tête qui le laissait confus et hésitant. Malgré tout, il avait prêté main-forte aux secouristes pour tirer des vivants et des cadavres des décombres. Il avait épongé du sang, transporté des blessés et réconforté des individus agonisants.

Il pensait sans cesse à Gabriella, restée à Port-au-Prince avec ses enfants pour visiter de vieux amis d'autrefois. La terre avait-elle tremblé là aussi? C'était inévitable. Où se trouvait-elle lors du séisme? Était-elle toujours en vie? Blessée? Agonisante? Et Monise et Real? Mark se tourmentait également pour Jo'no. Les médias, perpétuellement à l'affût de primeurs sensationnelles, devaient déjà télédiffuser l'horrible réalité partout à travers la planète et le garçon devait être fou d'inquiétude.

Ses parents à lui de même ! Comment communiquer avec eux pour leur laisser savoir qu'il était encore de ce monde ?

Mark était sur des charbons ardents. Il ne pouvait attendre de retourner dans la capitale, ce qu'il se promettait de faire dès l'arrivée des secours humanitaires. Même s'il devait s'y rendre à pied. Une éventualité plus que probable, puisque sa voiture de location avait été retrouvée en forme d'accordéon dans une épicerie et que, selon tous les rapports, la route était impraticable à cause de fissures et d'éboulis rocheux. C'était d'ailleurs la raison pour laquelle l'aide internationale et la Croix-Rouge tardaient à venir.

Entre-temps, les conditions de vie à Léogâne devenaient intolérables. Il n'y avait ni eau courante ni électricité. La ville empestait l'odeur musquée de la décomposition. On portait des masques chirurgicaux ou on s'enduisait la lèvre supérieure de pâte dentifrice pour couvrir l'odeur putride de la mort. Les survivants avaient mis ce qui restait de nourriture en commun et ils chapardaient les débris pour se construire des abris de fortune.

66

— COMBIEN ?

L'homme marmotta quelque chose en créole que Mark ne comprit pas. De toute façon, il n'avait plus de gourdes. Il fouilla dans sa poche et sortit une poignée de pesos dominicains qu'il montra au propriétaire de la bicyclette. Celui-ci acquiesça en secouant faiblement la tête. Les yeux ternes, il accepta l'argent et poussa la vieille bécane vers Mark.

Cinq jours après la catastrophe, une équipe de sauveteurs britanniques était enfin parvenue à Léogâne. Plusieurs sinistrés mouraient de soif, de faim et de leurs blessures. Malgré le désespoir qui le rongeait tel le renard du jeune Spartiate, Mark n'avait pu se résigner à quitter ces malheureux. Il y avait trop à faire. Certains criaient encore sous des tonnes de gravats. On les nourrissait par des trous, en attendant de l'aide pour les en extirper. Ce n'est que lorsqu'un groupe de chirurgiens japonais et argentins arriva sur place, suivi d'un bateau canadien, chargé d'équipement de secours, que Mark enfourcha son vélo et se mit à pédaler vers Port-au-Prince.

Tout le long de la route, il dut se faire violence pour ne pas s'arrêter à chaque mètre. La misère dépassait tout entendement. Concentré sur son but, les yeux au sol, il contournait déblais, cahots et crevasses, obsédé par de macabres prémonitions : Gabriella, morte de soif sous un fatras d'éboulis, Monise amputée des jambes, le petit Real jeté sans cérémonie dans une de ces nombreuses fosses communes qui longeaient le chemin.

Le surlendemain, devant la vision apocalyptique à son entrée dans la capitale, un découragement sans nom s'empara de lui. Les rues n'existaient plus. Les immeubles qui avaient servi de points de repère n'étaient plus que de funèbres amas de matériaux de construction. Comment s'orienter ? Localiser une adresse ? Situer l'hôtel où ils s'étaient inscrits ? Comment retrouver qui que ce soit ? Même après plus d'une semaine, les gens continuaient d'errer, demandant à tout un chacun si on avait vu son père, sa mère, son enfant.

Épuisé par la longue randonnée, incapable de saisir l'ampleur de la dévastation, Mark progressa lentement, appuyé sur la bicyclette comme sur une béquille. Ici et là, des cadavres recouverts de vieux vêtements, de morceaux de carton ou de pièces de contreplaqué attendaient la sépulture. Plus loin, il constata avec horreur qu'on avait empilé des corps, qu'on avait entourés de pneus, et qu'on se préparait à y mettre le feu. Impuissant devant ce tableau dantesque, il ne put que continuer à avancer, une saveur de dégoût dans l'âme.

Puis, petit à petit, il découvrit des signes d'espoir. Ici et là, on dispensait des bouteilles d'eau. Ailleurs, on distribuait des rations de riz, de pois et d'huile. Sous un grand palmier, l'Organisation mondiale de la Santé avait accroché son étendard et offrait des biscuits énergétiques. Se déplaçant avec précaution parmi les ruines, Mark arriva à un campement de tentes neuves, équipées de moustiquaires et de réchauds multicombustibles. Il vit aussi des bulldozers, grondant sous l'effort monumental de dégager les chemins pour permettre aux camions de passer et aux hélicoptères de se poser afin de pourvoir au ravitaillement. Et, partout, au milieu de la poussière, des longues files d'attente et du tintamarre incessant, des Casques bleus circulaient, prêtant main-forte et assurant la sécurité.

Mark souhaitait par-dessus tout trouver un endroit où les survivants auraient donné signe de vie afin d'aider les gens comme lui à la recherche de leurs proches. Cependant, il ne nourrissait que peu d'espoir. Comment aurait-on mis sur pied une telle coordination dans cet incommensurable chaos?

Soudain, il aperçut à distance un genre de trépied surmonté d'une caméra. Il s'y dirigea et, au fur et à mesure qu'il s'approchait, il repéra un homme qui parlait dans un microphone tout en faisant de grands gestes circulaires de la main. Un reportage télévisé! Sur la caméra, il lut en grosses lettres de couleur: CBC. Des Canadiens! Quand il s'adressa à eux en anglais, il fut accueilli avec enthousiasme. Paul Hillyard et Craig Mann voulurent immédiatement l'interviewer et ils l'invitèrent à se joindre à eux dans la petite auberge où ils logeaient en périphérie de la capitale.

Mark accepta avec gratitude et, dès qu'il y parvint, il demanda à ses hôtes s'ils avaient un ordinateur portable. Craig répondit par l'affirmative et lui prêta le sien, tout en l'avisant que le service de messagerie était assez erratique. Il fallait être patient. Mark composa à la hâte un courriel pour ses parents afin de les rassurer. Quand il pressa la touche d'envoi, rien ne se produisit. Déçu, il demanda alors aux Canadiens s'ils avaient un téléphone portable.

Ce fut au tour de Paul de répondre qu'ils en avaient un, mais que, malheureusement, ce service s'avérait tout aussi capricieux que celui du Web. Après avoir tenté sans résultat de loger un appel, Mark se résolut à essayer plus tard.

Pendant que les deux journalistes préparaient l'équipement pour filmer l'entrevue, Mark se morfondait. Devrait-il envoyer un courriel à Jo'no dès que le réseau serait fonctionnel ou valait-il mieux attendre des nouvelles de Gabriella et de ses enfants? Il se questionnait toujours lorsque les hommes se dirent prêts à l'interviewer.

Mark commença par réclamer la confidentialité sur sa vie personnelle et sur les raisons de sa présence à Port-au-Prince. Paul et Craig donnèrent leur parole d'honneur, sur quoi il leur raconta brièvement son histoire. Quand il eut terminé, il demanda d'une voix désespérée s'ils avaient vu une femme répondant à la description de Gabriella. Devant l'expression de commisération de ses interviewers, il n'insista pas. Il leur permit ensuite d'enregistrer ses réponses à leurs questions relativement à son expérience du séisme. Il brossa de son mieux un portrait des horreurs dont il avait été témoin, s'arrêtant de temps à autre pour se racler la gorge et se défaire de l'angoisse qui menaçait de l'étouffer.

Paul et Craig lui offrirent le gîte pour le reste de la semaine, après quoi ils devaient retourner au Canada. À cause de l'état de l'aéroport de Port-au-Prince, il leur faudrait prendre l'avion à Saint-Domingue. Ils proposèrent donc à Mark de le ramener chez lui. Il accepta l'offre d'hébergement avec reconnaissance; toutefois, il déclina l'invitation pour le trajet de retour. Il n'avait pas l'intention de rentrer en République dominicaine tant qu'il ne connaîtrait pas le sort de Gabriella et de ses enfants.

En soirée, il réussit à communiquer avec ses parents par messagerie. Ceux-ci répondirent presque à la minute près, écrivant que l'un d'eux, soit son père, sa mère ou un de ses frères, était resté à proximité d'un ordinateur depuis le séisme. Ils remerciaient Dieu de l'avoir épargné, réitéraient leur amour et l'adjuraient de prendre bien garde à lui avec plusieurs points d'exclamation.

Mark rédigea ensuite un courriel à l'attention de Jo'no, choisissant ses mots avec précaution. Il ne voulait pas créer de panique ni entretenir de faux espoirs chez le garçon. Il promit de déployer absolument tous les efforts en vue de retrouver les membres de sa famille. Avant de presser la touche d'envoi, il traduisit oralement son message à Paul et à Craig, afin de sonder leur opinion. Les deux journalistes s'accordèrent pour dire que le ton leur semblait juste et Mark l'expédia. Tout comme pour ses parents, la réponse ne se fit pas attendre. L'adolescent le suppliait de trouver sa mère, sa sœur et son frère. En vie.

Puis, pareillement à tous les survivants, Mark se mit à parcourir la ville détruite, découvrant le visage des corps qui pourrissaient un peu partout, priant chaque fois pour qu'il ne s'agisse pas de Gabriella, de Monise ou de Real. Il ne mangeait plus et ne dormait pas, revenant à l'hôtel seulement au coucher du soleil parce que, malgré les nombreuses chandelles qu'on allumait à la tombée du jour, il était impossible d'arpenter la capitale en sécurité.

Le matin précédant leur départ, les deux Canadiens invitèrent Mark à les accompagner dans le secteur nord de la métropole. Ils allaient enregistrer un dernier reportage portant sur une clinique mobile. Mark refusa. Il avait ratissé cette section de Port-au-Prince et n'avait trouvé ni trace ni renseignement concernant sa bien-aimée. Paul insista :

— *Come on, Mark! You never know...*

Mark déclina de nouveau. Il était las, démoralisé. Il chaussa ses espadrilles sans entrain et sortit dans la chaleur matinale déjà écrasante pour fouiller plutôt le secteur est, une zone qu'il n'avait pas encore parcourue. Si Gabriella avait survécu, elle avait peut-être décidé de diriger ses pas vers le *Playa Dolio* afin de le retrouver et il tomberait sur quelque indication qui le mettrait sur la bonne piste.

Toute la journée, il déambula à travers la destruction, rencontrant partout des âmes en peine comme lui. Cependant, aucun signe de la femme aimée. C'est avec une dernière parcelle d'espoir qu'il revint le soir, implorant le ciel que ses copains aient glané quelques bribes d'informations qui pourraient l'aider.

Rien. Épuisé, abattu, il se laissa tomber sur une chaise et, la tête entre les mains, se mit à pleurer silencieusement, les épaules secouées de sanglots. Gabriella était morte. Il ne la reverrait jamais. Il ne saurait pas non plus ce qui était advenu de la gentille Monise ni du petit diablotin de Real. À l'idée d'annoncer cette terrible nouvelle à Jo'no, son chagrin redoubla.

Paul et Craig, impuissants devant sa peine, se retirèrent dans un coin de la chambre pour visionner les segments de reportages enregistrés pendant la journée. Craig actionna la génératrice et Paul projeta le résultat du tournage sur le mur qui leur servait d'écran. C'est lorsque Mark releva la tête qu'il crut apercevoir Gabriella en gros plan en face de lui. Le caméraman assombrit l'image pour effectuer un recul et, telle une volute de fumée, elle se dissipa. C'était une illusion.

Mark se dit que son désir de retrouver Gabriella était si fort que son imagination la concevait partout. Le cadreur fixa ensuite l'objectif sur une bannière de Médecins sans frontières et fit un zoom sur un groupe de chirurgiens épuisés, ruisselants de sueur, qui procédait au tri parmi des estropiés. Et Gabriella réapparut! Penchée sur un enfant à l'entrée d'une grande tente de toile. Était-ce possible? Mark refusait d'ajouter foi à cette vision, de peur d'une cruelle déception. Il ferma les yeux et les rouvrit. Gabriella prenait maintenant une cruche et versait de l'eau dans un verre. C'était bien elle! Lorsque le caméraman changea l'angle de la prise de vue et qu'elle disparut encore une fois, Mark poussa un cri qui fit sursauter les reporters.

— Revenez en arrière!

Paul et Craig, croyant qu'il perdait la raison, le fixèrent, les bras ballants. Mark se leva et, pointant la caméra d'un doigt hystérique, se mit à répéter:

— Rembobinez! C'est elle! Gabriella! C'est vraiment elle!

67

— Es-tu prête ?

Fébrile, Gabriella se regarda une dernière fois dans le miroir de la minuscule salle de bain.

— Je crois... oui. Penses-tu qu'il va me trouver vieillie ?

Mark esquissa un sourire embarrassé. Il éprouvait de la difficulté à répondre à ce genre de questions, ne sachant pas toujours comment réagir. Il n'avait pas souvent côtoyé les membres du sexe opposé dans sa jeunesse et, dans son for intérieur, il avait la conviction de s'être marié trop tard pour comprendre les curieuses circonlocutions du cerveau féminin.

Gabriella attendait sa réponse avec anxiété. Il la prit dans ses bras tout en respirant son odeur épicée qui faisait sans cesse ses délices et il remercia le ciel encore une fois, pour lui avoir donné cette femme exceptionnelle. Il l'embrassa passionnément sur le front et la rassura.

— Il te retrouvera exactement comme tu étais quand il est parti.

— Mais c'est un homme à présent. Il me verra avec ses yeux de dix-huit ans...

— Crois-moi, il ne t'en trouvera que plus belle. Viens, sinon nous serons en retard.

Gabriella se rendit à la chambre de Monise. Celle-ci finissait de se préparer. Selon son habitude, sa fille avait endossé une blouse à manches longues. Gabriella l'admira. Son adolescente était ravissante. Elle se retint néanmoins de le lui dire. Pourquoi gâcher l'atmosphère du moment? Ses bonnes paroles suscitaient invariablement la même réaction instinctive: un regard furtif sur l'interminable balafre d'un rose agressif qui zigzaguait de son épaule jusqu'à sa main gauche, brasillant comme un éclair sur la peau lisse et chocolatée. Puis, c'était le renfrognement pathétique. Gabriella ne s'attarda pas cette fois à se demander si sa fille finirait un jour par accorder moins d'importance à cette malheureuse conséquence du séisme. Elle se contenta de lui dire qu'il était temps de partir.

∾

Au décollage, la sensation d'écrasement contre le fauteuil raviva chez Jo'no l'excitation et les appréhensions qu'il avait éprouvées lors de son départ de Saint-Domingue. Il avait peine à croire qu'il y avait quatre ans et demi de cela. Depuis que sa mère avait épousé le bon père et qu'elle vivait confortablement à Saint-Domingue, il avait minutieusement économisé son argent, faisant même plusieurs heures supplémentaires afin de pouvoir retourner passer l'été chez lui avant d'entrer à l'université. En proie au mal du pays, les lettres, les courriels et les photos ne lui suffisaient plus.

Il appuya la tête sur le dossier du fauteuil, ferma les yeux et se laissa emporter par les souvenirs. Ils affluèrent en trombe, pêle-mêle, ceux du *batey* et ceux de sa vie subséquente s'entrecroisant. Il se revit, enfant, installant avec assiduité et détermination son système primitif de collecte d'eau, puis il repensa à son choc devant le gaspillage du précieux liquide pour les douches journalières chez sa marraine.

Il se rappela son insistance à aller couper de la canne après le décès de son père et les arguments du père Gilman, lors d'une veille de Noël, pour le convaincre qu'un homme devait être instruit pour subvenir aux besoins de sa famille. Ce qui évoqua l'école de sa mère où le sol servait de tablette à écrire et des bouts de bois affilés, de crayons. Simultanément, l'incident du furetage dans les poubelles en 8e année lui revint. La honte qu'il avait ressentie remonta en lui comme une bile amère. Il s'empressa de chasser ce triste souvenir.

Il le remplaça par le visage sympathique de Cécile Langevin. Il avait fouillé le Web pour retrouver sa trace et il l'avait appelée pour la remercier de sa générosité. La dame avait été très heureuse de le savoir au Canada. Elle avait voulu connaître son cheminement pour y arriver et lui avait confié qu'elle ne l'avait jamais oublié. Elle s'était dite touchée qu'il ait pris la peine de communiquer avec elle. Elle lui avait souhaité bonne chance et l'avait invité à garder contact.

Puis, sans crier gare, Luis surgit dans sa pensée comme un diable de sa boîte. Jo'no s'agita sur son siège, de sorte que le passager voisin, un homme âgé, maigre et chauve, lui jeta un regard agacé. Le garçon s'obligea à se calmer, tout en revivant la douleur de l'expulsion en Haïti. Le sentiment de panique qu'il avait éprouvé, au milieu d'un monde hostile, lui revint de plein fouet. Ce souvenir lui insuffla une colère restée intacte. Une résolution dure comme pierre se cristallisa dans son esprit. Il se rendrait à Panfosa avant de retourner au Canada et il affronterait ce bandit, terreur de son enfance. Par la même occasion, il reverrait tous ceux qu'il y avait connus. Il savait que la majorité y vivait toujours, car le père Gilman lui en avait touché mot de temps à autre dans ses courriels.

À l'idée de ces retrouvailles, il fut pris d'incertitude. Comment les habitants du *batey* le recevraient-ils? Se réjouiraient-ils de sa bonne fortune? Ou plutôt l'envieraient-ils? Si oui, pourrait-il les blâmer? Lui qui avait eu tellement de chance! Il revenait au pays avec un diplôme du secondaire et une inscription à l'Université de Toronto pour étudier le droit international. Après plusieurs discussions avec Patrice et le père Gilman, suivies de mûres réflexions, il avait décidé de devenir avocat. C'était la meilleure façon de se préparer en vue d'aider les siens. La faculté offrait un programme d'échange d'étudiants, une occasion qu'il saisirait pour se spécialiser en loi dominicaine. Il avait été récipiendaire de plusieurs bourses en plus du fait que Patrice insistait pour payer sa scolarité. Oui, il était plus que fortuné; il était béni. Et il entendait se montrer digne de ce qu'il considérait comme sa destinée.

Il savait que la lutte serait longue et acharnée, toutefois cela ne faisait qu'accroître sa résolution. Dès qu'il obtiendrait son diplôme universitaire, il reviendrait en terre natale et s'attaquerait à l'ignoble législation qui privait des centaines de milliers de Dominicains d'origine haïtienne de leur droit à la nationalité. Pour Monise et Real, la situation avait été réglée grâce au père Gilman qui avait usé de son influence et persévéré auprès de la chancellerie de Saint-Domingue. Les deux étaient maintenant détenteurs d'une carte d'identité et inscrits à l'école.

Encore une fois, Jo'no remercia Secours aux Démunis, à qui il devait son salut. Grâce à cet organisme, il se trouvait actuellement en route pour les îles et non dans un champ de canne à sucre, à trimer comme un forcené. Les promotions télévisées ramenaient chaque fois la même interrogation chez lui: pourquoi les Canadiens ne commanditaient-ils pas tous un enfant? Il avait timidement abordé le sujet un jour avec Gilles. Ce dernier s'était emporté, soutenant avec zèle qu'il s'agissait de vol organisé. Normande était intervenue. «Voyons, Gilles, tu as la preuve du contraire devant toi. As-tu oublié Panfosa?» L'homme s'était contenté de grommeler.

Jo'no avait fini par comprendre que son parrainage avait été source de division dans le couple. Sa marraine avait pressenti son malaise et l'avait assuré qu'il n'était pour rien dans la rupture de son mariage. Même que, grâce à lui, elle avait trouvé la force de mettre un terme à une relation malsaine et de refaire sa vie. Elle affirmait être maintenant beaucoup plus heureuse, plus épanouie.

Il se remémora la première fois qu'il avait vu cette Canadienne. Elle était restée figée sur place, perplexe, incertaine. Il l'avait crue déçue de lui comme filleul, pensant qu'elle s'attendait à un autre type de garçon. Malgré sa gêne, il avait respectueusement tendu la main. Elle avait hésité puis avait avancé la sienne, tout en le saluant de façon formelle. «Bonjour, il me fait plaisir de te rencontrer enfin.» Ils avaient souvent reparlé de cette première rencontre, lui et elle, chacun décrivant ses premières impressions en rigolant. Comme le temps s'était vite écoulé! Et que d'événements depuis!

Pour un bref instant, Jo'no se demanda ce qui était advenu de Gilles. Il ne l'avait pas revu et sa marraine ne le mentionnait jamais. Il haussa les épaules et revint au parrainage. Pourquoi les associations caritatives n'incluaient-elles pas les Autochtones sur leurs listes?

Quand il avait posé la question à Gilles, ce dernier avait répondu sur un air de suffisance: «C'est parce qu'y possèdent déjà leur propre organisme de charité, le gouvernement canadien!» Pourtant, chez Moosum, Jo'no n'avait pas remarqué de signes d'abondance. Par contre, Billy y avait vécu heureux. Billy! Comme il lui manquait!

L'agente de bord le tira de ses pensées en lui offrant un breuvage. Il accepta une boisson gazeuse, sachant cette fois-ci que c'était gratuit. Oh! Il avait hâte de revoir son pays! Comment le percevrait-il après avoir été exposé à la richesse et au confort canadiens? Ses souvenirs seraient-ils fidèles à la réalité?

∾

Le chemin de l'aéroport était bondé. Mark conduisait avec impatience. Il lui tardait de serrer la main de Jo'no. Il jeta un coup d'œil furtif sur Gabriella, assise à côté de lui. Elle non plus ne pouvait attendre de revoir son fils. Un pli cependant lui barrait le front. Elle pensait sûrement à Real. Mark allongea le bras et lui caressa tendrement l'épaule.

Dût-il vivre cent ans, jamais il n'oublierait l'instant où il l'avait retrouvée. Vivante! Agenouillée au milieu de centaines de blessés, elle s'affairait à désinfecter la jambe d'un jeune homme couché à même le sol. La clinique consistait en un terrain vague, délimité par un cordon accroché à des piquets chambranlants. Desservi par une équipe médicale, mobile, l'endroit débordait d'estropiés et un nombre incalculable d'autres faisaient la queue tout près.

Gabriella s'entretenait avec le malade, mais Mark n'avait pu l'entendre dans la cacophonie de plaintes, de cris et d'ordres du personnel soignant qui déambulait au milieu de conditions sanitaires effroyables. L'odeur suffisait pour faire fuir tout être humain. Quand Gabriella eut fini de nettoyer la plaie, elle avait appliqué un pansement et Mark avait ressenti sur sa propre peau la douceur de ses mains. Incapable de croire à ce miracle, il était resté figé sur place, tentant de retrouver son souffle, tremblant de reconnaissance, pendant que sa conscience répétait à l'infini: *merci mon Dieu, merci!*

Gabriella avait ramassé la bassine d'eau, les bandages souillés et l'onguent. Elle avait adressé un sourire au jeune homme, puis s'était relevée pour passer au prochain patient. C'est à ce moment qu'elle l'avait aperçu. Mark avait vu ses grands yeux couleur de café s'écarquiller en une expression d'incrédulité. Elle avait chancelé. Il s'était élancé pour l'empêcher de tomber, toutefois ses efforts avaient été entravés par les malades qui jonchaient le sol.

Gabriella avait lentement regagné la maîtrise de soi et, avec une précaution infinie, elle avait déposé les choses à terre, gardant le regard sur lui comme si elle craignait de le voir disparaître. Mark avait enjambé les corps pour la rejoindre. Il l'avait prise par la main et l'avait entraînée loin du tourbillon d'activités de la clinique, où elle s'était affaissée dans ses bras. En état de choc, elle n'avait cessé de répéter: «Mark, je te croyais mort!»

Il serait éternellement reconnaissant à Paul et à Craig de l'avoir conduit à cet endroit où elle s'était réfugiée après s'être extirpée indemne, sauf pour quelques égratignures, de l'enchevêtrement de branchages d'un grand manguier violemment déraciné. Ils avaient retraversé la frontière sans trop d'ennuis grâce aux deux journalistes qui s'étaient portés garants d'eux et aux gardes plus indulgents en ces temps exceptionnels.

~

Mark revint au présent. Il trouvait compliqué de s'adapter à un mode de vie plus sédentaire, lui, le nomade qui avait inlassablement parcouru les sentiers des champs de canne. Il était maintenant un homme marié, assigné à une paroisse. Par contre, vivre aux côtés de sa Gabriella compensait tout. Il ne regrettait rien.

Il se félicitait d'avoir suivi les conseils de monseigneur Brotherton. Le prélat lui avait suggéré d'avoir recours aux services de maître Gutierrez pour le seconder dans sa quête des pièces justificatives requises pour le mariage. L'avocat avait réussi à les obtenir en sommant des témoins du *Playa Dolio* et de Panfosa de venir confirmer devant les autorités du ministère de l'Immigration que Gabriella avait bel et bien épousé un Dominicain et qu'elle avait été détentrice d'une carte d'identité.

Maintenant soutenu par ses supérieurs et ses paroissiens, Mark poursuivait sa lutte pour les *braceros*. À cette pensée, il sentit une énergie soudaine irriguer ses muscles et, dans un élan de bonheur, il appuya sur l'accélérateur et l'auto bondit en avant.

68

DÈS QU'IL POSA LE PIED SUR LA PREMIÈRE MARCHE de l'escalier de débarquement, Jo'no respira goulûment l'air chaud, lourd et imprégné de senteurs exotiques. Il se délecta de son goût savoureux, puis il descendit d'un pas allègre et se hâta vers le comptoir des douanes. Il présenta son passeport et répondit distraitement aux questions du préposé, fouillant avidement le rassemblement de gens venus accueillir les arrivants.

Il aperçut les êtres aimés à travers le mur vitré, le père Gilman d'abord à cause de sa silhouette imposante, ensuite Monise puis sa mère. Son cœur qui galopait comme un cheval de course se gonfla dans sa poitrine, à tel point qu'il crut étouffer. Sa mère! Comme elle était belle! Encore plus que dans ses souvenirs. Son élégance le frappa. Il sut d'instinct qu'elle s'était vêtue avec ce soin particulier pour lui. Sa gorge se noua et sa vue se brouilla.

Il récupéra ses bagages en se demandant où était son frère, sans pour autant s'en inquiéter, car Real resterait toujours Real. Il fila à grandes enjambées vers Gabriella qui le buvait des yeux. Elle sortit du groupe, s'avança et, enfin, il la serra dans ses bras. Il se sentit tout gauche; elle avait raccourci! Il la repoussa avec douceur pour mieux la regarder. Elle dut lever la tête pour lui sourire. C'est d'une voix enrouée qu'elle murmura :

— Mon enfant, mon fils.

Monise s'approcha timidement. Même s'il l'avait vue grandir en photos au cours de son absence, Jo'no fut frappé d'étonnement. Sa petite sœur était devenue une femme ! Il ne put qu'admirer sa silhouette avec sa poitrine généreuse, ses longues jambes dorées sous une minijupe, ses yeux de velours sombres, ses lèvres charnues et sa coupe de cheveux dernier cri. Il l'embrassa tendrement sur le front. Il tendit ensuite la main au père Gilman qui la serra, puis il la lâcha pour l'étreindre avec force. Quand finalement chacun fut remis de ses émotions, Jo'no s'exclama :

— Où est mon diablotin de frère ? Il s'attarde devant les étalages de gadgets électroniques ou les comptoirs de sucreries, je suppose ?

Il fut surpris d'entendre le bon père répondre sur un ton neutre :

— Il n'a pas eu la permission de nous accompagner. Je t'expliquerai plus tard.

Jo'no leva les yeux sur sa mère. Elle n'ajouta rien, mais son expression affligée en disait long. Anxieux, il aurait voulu poser plusieurs questions. Cependant le père leur faisait signe de le suivre et Monise le tirait vers la sortie.

Le trajet de retour fut joyeux, malgré la tension que Jo'no pressentait en arrière-plan. Gabriella, assise près de lui sur la banquette arrière, ne cessait de lui sourire et de lui caresser le bras. Remué par une foule de sentiments, le garçon restait bouche bée. Il avait tellement de choses à dire qu'il ne savait par où commencer. Il en était ainsi pour les trois autres passagers. Chacun se taisait ou ils se mettaient tous à parler en même temps.

Pour briser la glace, on commença par échanger des banalités. Jo'no commenta le véhicule neuf du père Gilman. Celui-ci répondit par une longue explication sur la performance de la petite auto. Gabriella s'enquit de Normande et Monise, avec un sourire quelque peu penaud, et voulut savoir s'il lui avait apporté la paire de jeans griffée qu'elle avait réclamée. Finalement, n'en pouvant plus, Jo'no demanda de but en blanc :

— Est-ce que vous allez enfin me dire pourquoi Real n'a pu venir à l'aéroport ?

Monise répondit :

— Parce qu'il a été puni.

Puni ? L'offense avait dû être extrêmement sévère pour que sa mère ne permette pas à son frère de les accompagner. Après tout, l'occasion était spéciale. Avant que Jo'no poursuive ses spéculations, le père Gilman intervint :

— Real nous donne beaucoup de fil à retordre dernièrement.

Jo'no entendit Gabriella prendre une profonde inspiration. Il observa une veine qui battait sur sa tempe. Elle retira sa main de la sienne et, d'une voix changée, elle raconta que Real s'était joint à un groupe de jeunes fauteurs de troubles. Deux jours plus tôt, ils avaient saccagé le bureau du directeur de l'école. Pour sa participation à cet acte de vandalisme, Real avait dû aider le concierge à nettoyer les lieux. En outre, il était obligé de le seconder dans ses tâches chaque jour après les heures de classe pendant les deux prochains mois. C'était ce à quoi il s'adonnait actuellement. Le père Gilman enchaîna qu'il aurait pu intervenir pour que le garçon soit libéré pour la circonstance ; cependant, en accord avec Gabriella, il avait pris la décision de ne pas le faire. Monise ajouta :

— Attends de le voir !

Attristé, Jo'no ne demanda pas d'autres explications. Il se contenta de regarder le ciel. Le soleil couchant avait peint l'horizon de longues vagues ondulantes de rouge et de mauve agressifs. On aurait dit un océan fouetté par de grands vents en colère. Par-delà, dans la pénombre envahissante, Jo'no aperçut la pointe des clochers et les toits plats des gratte-ciel de Saint-Domingue. Il avait oublié que la nuit tombait si vite dans les tropiques.

La vue de la nouvelle demeure de sa mère le réconforta. Situé en retrait de la route, l'endroit était paisible et accueillant. Sans ostentation ni grandes proportions, la maison d'un vert lime, construite de plain-pied, affichait un air de famille. Entourée de hauts palmiers et d'arbustes en fleur, elle possédait même une modeste véranda sur laquelle sa mère avait disposé des berceuses.

Avant que Gabriella ait le temps de l'inviter à entrer, la porte s'ouvrit et Jo'no resta ébahi devant le garçon qui en sortit. Il dut regarder deux fois pour s'assurer qu'il s'agissait bien de son frère, car il ne reconnaissait pas le Real des photos que sa mère lui faisait parvenir de temps à autre. De grandeur moyenne, son frère était toutefois assez costaud pour un jeune de presque onze ans. Il portait un tee-shirt de coton noir affichant l'inscription F*CK (Jo'no se demanda s'il en comprenait le sens), dont les manches avaient été coupées. Pour exhiber le tatouage d'un requin mangeur d'hommes sur l'épaule gauche? Son pantalon court pendait de plusieurs centimètres sous la taille. Il était chaussé d'une de ces paires d'espadrilles Nike garnies de bandes fluorescentes, extrêmement dispendieuses. Elles étaient flambant neuves.

Un sentiment d'alarme envahit Jo'no. Pas autant à cause de l'accoutrement, puisque plusieurs jeunes Canadiens s'attifaient de la sorte, mais surtout en raison du regard insolent de Real et de la contenance suffisante qu'il arborait avec les pouces accrochés au coin des poches. Jo'no constata avec effarement que cet air frondeur, derrière lequel se devinait une violence réprimée, évoquait les Max, Orel et Jean-Gadi de ce monde.

Gabriella poussa doucement son aîné de la main. Jo'no s'avança pour étreindre son frère. Celui-ci recula d'un pas, le visage animé d'une lueur de défiance. L'expression ne dura qu'un instant, puis elle s'effaça pour faire place à un sourire taquin. Jo'no reconnut enfin le petit garçon espiègle d'autrefois. Il présenta sa main, mais Real l'ignora, levant plutôt la sienne pour la salutation plus désinvolte du *high five*. Jo'no comprit que celui-ci voulait paraître décontracté, *cool* comme disaient les jeunes Canadiens. Il frappa donc la paume droite de son frère de la sienne.

Plus tard, après qu'ils eurent fini de manger, Real s'éclipsa comme il le faisait couramment, au dire de Gabriella. Monise s'offrit à desservir la table et laver la vaisselle et le père Gilman prétexta un travail à l'église. Jo'no resta seul avec sa mère, qui l'invita à s'asseoir avec elle sur la véranda.

La nuit était paisible, sauf pour le bourdonnement lointain des véhicules, la douce stridulation des cigales et le grincement caractéristique des berceuses sur le plancher de bois. Des fragrances odorantes et capiteuses embaumaient les lieux comme si, avant de fermer leur corolle, les fleurs avaient choisi d'exhaler leur meilleur parfum.

Jo'no fut reporté à ces soirées de son enfance quand, à cause de la chaleur humide et écrasante de l'unique pièce de leur demeure, il sortait à la recherche de courants d'air. Il y retrouvait souvent sa mère assise sur le banc adossé à la maisonnette. Ensemble, dans la moiteur accablante, ils attendaient son père qui rentrait tard et fréquemment en état d'ébriété.

Avant qu'il n'ouvre la bouche, Gabriella murmura :

— Je ne voulais pas te causer d'inquiétude. C'est pourquoi je ne t'ai pas parlé des problèmes de ton frère.

Jo'no l'entendit ravaler bruyamment avant de poursuivre.

« Il n'est pas encore... perdu. Au fond, c'est un bon garçon. Ses allures de dur cachent une blessure profonde. Je ne sais pas exactement ce qui lui est arrivé lors du séisme, mais je m'en doute... »

La voix de sa mère se brisa. Elle se tut pendant un long moment. Jo'no comprit qu'elle cherchait la force de continuer.

« Il m'est revenu... changé. Ton frère n'est plus l'enfant insouciant et exubérant qu'il était. Il est renfrogné. Il en veut au monde entier. Il s'en prend à Mar... au père Gilman, ce qui m'attriste beaucoup. Il se rebiffe contre son autorité et refuse ses conseils, persuadé que Mark m'a en quelque sorte volée à lui. Et... »

Gabriella hésita. Suspendu à ses lèvres, Jo'no attendit.

— ...il t'en veut à toi également...

— À moi ! Pourquoi ?

— Il faut le comprendre. Dans son état d'esprit, il confond tout, blâme tout un chacun.

— Moi aussi ?

— Il t'envie d'avoir eu la chance d'être parrainé. Il s'est convaincu que tu l'as laissé tomber quand tu es parti. Que si tu avais été là, il n'aurait pas subi... ce qu'il a été obligé d'endurer...

Gabriella, qui avait gardé les yeux baissés sur ses mains qu'elle croisait, décroisait et recroisait, leva le regard sur son fils aîné. Jo'no y lut une si grande détresse qu'il en eut le souffle coupé. Qu'était-il arrivé à son frère ?

Gabriella raconta que la semaine précédant le tremblement de terre, ils s'étaient tous rendus à la préfecture de Port-au-Prince afin de présenter une demande pour ses documents. Ils avaient été accueillis par un fonctionnaire compétent qui avait promis de faire diligence. Ce dernier les avait priés de se représenter à son bureau dans sept jours ouvrables. Forts de ces bonnes nouvelles, ils avaient visité différents quartiers de la capitale. Ils avaient exploré Pétionville, flâné sur la Plaine du Cul-de-Sac, déambulé devant le palais présidentiel, parcouru les marchés et photographié des monuments historiques. Monise et Real, fascinés par cette aventure, s'étaient bien amusés.

Lors de la journée fatidique, Mark devait se rendre à Léogâne et elle avait été invitée à dîner chez un ancien ami de son père. Elle s'y était rendue avec ses enfants. Ils avaient passé un après-midi intéressant : elle, à se remémorer son père avec son hôte ; Monise, à se prévaloir de l'imposante bibliothèque du vieillard ; et Real, à fureter partout. Après quelques heures, le garçon, ennuyé, s'était glissé en douce à l'extérieur pour explorer le voisinage. Quand fut venu le temps de partir, Gabriella avait eu beau l'appeler, il n'avait pas répondu. Anxieuse, elle avait salué son hôte, pris Monise par la main, et était partie à sa recherche.

Elle avait marché le long des rues du quartier, demandant aux passants s'ils avaient vu un petit homme de huit ans portant un tee-shirt bleu arborant un oiseau et une balle de baseball. Les gens répondaient par la négative ou se contentaient de secouer la tête, tout en lui jetant un regard de commisération. De plus en plus inquiète, elle avait pressé le pas, au point où Monise avait eu peine à la suivre. La fillette avait protesté. Il faisait chaud et elle avait soif.

Gabriella l'avait alors conduite à un banc à l'ombre d'un manguier, lui ordonnant de ne pas s'éloigner pendant qu'elle se rendait à la petite épicerie d'en face pour acheter des bouteilles d'eau.

Elle venait de fermer la porte derrière elle quand la marchandise avait commencé à danser sur les rayons. Croyant à un vertige subit, causé par l'angoisse, la soif et la chaleur, elle s'était agrippée au comptoir, prenant de profondes respirations afin de retrouver l'équilibre. Lorsque tout s'était mis à choir au sol et qu'une tablette s'était écrasée dans un fracas de poussière et de vitre cassée, Gabriella avait compris qu'il s'agissait d'un tremblement de terre. Elle s'était élancée vers la porte en même temps que quatre ou cinq clients qui hurlaient et se bousculaient pour sortir avant que le toit ne s'abatte sur eux. Quand Gabriella avait réussi à s'extirper du groupe en panique, un claquement assourdissant avait éclaté comme un coup de tonnerre au-dessus des cris. C'est avec horreur qu'elle avait aperçu la route se fissurer devant elle en une longue fermeture éclair. Ainsi éventré, le sol avait relâché sa poigne sur les racines du manguier et le géant s'était mis à vaciller. « Monise ! »

Gabriella avait hurlé le nom de sa fille qui, terrorisée, s'était ramassée en boule sur le banc, la tête entre les genoux, et refusait de bouger. Galvanisée, Gabriella s'était élancée vers son enfant. Elle n'avait eu que le temps de l'attraper avant que l'énorme tronc ne s'abatte sur elle dans un craquement sinistre ; pas assez vite cependant pour la sauver de la pointe rigide et cruelle d'une branche cassée qui lui avait déchiré le bras sur la longueur.

∞

Même s'il connaissait en gros ces péripéties, Gabriella lui en ayant parlé lors d'appels téléphoniques, Jo'no suivait religieusement le récit. À entendre ainsi en personne les détails de cette tragédie, il lui semblait mieux saisir ce qu'avaient vécu sa mère et sa sœur.

Mais Real? Il savait que son frère avait réussi à regagner l'hôtel où la famille devait coucher, c'est-à-dire ses décombres, car l'immeuble avait été presque entièrement détruit. Seule la façade affichant son nom en grosses lettres rouges était restée debout. C'est en gardant les yeux sur cette enseigne que Real avait zigzagué, grimpé et contourné obstacles et débris pour rejoindre sa mère.

∾

Après avoir nettoyé et entouré le bras de sa fille avec un morceau de sa robe, Gabriella avait désespérément cherché un médecin. Dans l'affolement, le désordre et la confusion générale, cela s'était avéré impossible; surtout qu'elle hésitait à s'éloigner de l'hôtel au cas où, par miracle, Real y reviendrait. Elle avait gardé la plaie aussi propre que le permettaient les circonstances, changeant le pansement chaque jour jusqu'à ce qu'elle et Monise ne soient plus vêtues que partiellement.

Avec sa fille dans ses bras, elle avait couché à la belle étoile, imitant ainsi tant d'autres qui ne possédaient plus rien, terrifiés par les nombreuses répliques qui venaient secouer la ville au moment où on s'y attendait le moins. La nuit, les mélopées funèbres et les chansons créoles accompagnaient la fumée des chandelles qui montait vers le ciel. Le jour, Gabriella avait porté secours aux survivants qui fouillaient les décombres à mains nues, souvent au péril de leur vie, priant pour retrouver son benjamin vivant.

Le cinquième soir après le cataclysme, découragée de ne jamais connaître le sort de Real, elle était à installer Monise sur une bâche, lorsqu'au clair de lune, elle avait aperçu un enfant qui se dirigeait vers elle en boitillant. Il était sale, ses vêtements étaient déchirés, une croûte de sang séché lui recouvrait une partie du visage et son bras droit pendait à un angle qui laissait supposer une fracture. Sa première pensée avait été qu'il s'agissait d'un autre pauvre orphelin à la recherche d'aide et de nourriture. Elle était si épuisée qu'elle ne trouvait pas l'énergie de se porter à son secours. Il y en avait tant de ces malheureux. Les victimes ne cessaient d'émerger des débris de la ville martyrisée.

L'enfant pourtant semblait se diriger droit vers elle. Curieusement, c'est Monise qui avait reconnu son frère. Elle s'était redressée comme un ressort de sa couche sommaire et, oubliant la douleur de son bras, s'était mise à crier : « C'est lui, maman ! C'est lui ! C'est Real ! »

Gabriella avait d'abord pensé à de la divagation de la part de sa fille. Dans son état d'épuisement et de désespoir, il lui avait été impossible de croire au miracle. Pourtant, le garçon avançait toujours, ses yeux hagards braqués sur elle. Puis, elle l'avait reconnu. Real ! Son bébé !

Elle s'était précipitée à sa rencontre, se frayant un chemin à travers les piles de gravats, tombant, se relevant, insensible aux griffes des poutres fracassées et des morceaux de béton aux pointes acérées. Elle avait rejoint Real qui s'était affaissé dans ses bras sans dire un mot. L'euphorie lui avait insufflé de nouvelles forces qui lui avaient permis de soulever son fils et de l'amener dans le petit espace qu'elle avait aménagé. Le lendemain, elle s'était rendue à la clinique mobile au nord de la ville.

∾

Gabriella se tut. Jo'no sut qu'elle était arrivée au point culminant de son récit, à ce fait qu'elle lui avait caché. Il se prépara à recevoir les confidences qui avaient tant peiné sa mère et perturbé Real. Gabriella respira profondément pour se dégager la gorge des pleurs qui s'y accrochaient.

Ce n'est que beaucoup plus tard, alors que Real fut guéri de ses blessures, qu'il avait parlé de ses mésaventures. Sa fugue l'avait mené à un terrain de jeu. Les balançoires et les glissades l'avaient attiré. Il s'était joint aux jeunes de son âge et s'amusait ferme quand un homme bien vêtu était venu s'asseoir sur un banc tout près. Real ne lui avait pas prêté attention, sauf qu'à un moment donné, l'individu avait sorti un sac de sa poche et s'était mis à distribuer des bonbons. Quelques enfants avaient voulu en accepter, cependant les adultes qui les accompagnaient les avaient rappelés à eux et avaient quitté l'endroit.

Pour sa part, Real, ravi, s'était avancé et l'homme lui avait rempli les mains de caramels enveloppés de papiers multicolores. Le garçon s'était empiffré puis l'individu l'avait invité à le suivre, lui promettant des gadgets électroniques.

L'enfant avait été enfermé dans une vieille remise poussiéreuse, sans fenêtre, avec trois adolescents. Quand il s'était mis à pleurer et à réclamer sa mère, l'homme l'avait frappé, menacé de mort et, après avoir verrouillé la porte, était reparti.

Un de ses compagnons d'infortune, un jeune de quinze ans nommé Ilionor, s'était approché pour le consoler. Il avait pris Real dans ses bras et, tout en lui caressant doucement le dos, lui avait demandé s'il savait ce qu'était un *restavèk*. L'enfant avait secoué la tête.

L'adolescent était à le lui expliquer lorsqu'un sourd grondement avait envahi les ténèbres et que le cabanon s'était mis à vibrer.

Le bruit était devenu infernal. On aurait dit des coups de fusil. À travers les murs de béton, les garçons avaient entendu des hurlements, des fracas d'effondrement et ce qui semblait être de violents claquements de tonnerre. Ilionor avait été le premier à réagir. Il s'était élancé sur la porte, se déchirant les poings sur le bois. Rendus hystériques par la peur, les deux autres s'étaient levés pour joindre leurs efforts aux siens pendant que la remise tanguait de plus belle. C'est à ce moment que Real avait vu poindre le jour entre les blocs de ciment qui se séparaient comme par enchantement. Il avait alerté ses compagnons. Ensemble, ils avaient observé la brèche s'agrandir jusqu'à ce qu'elle soit assez béante pour les laisser sortir. Ilionor avait alors saisi la main de Real tandis que les deux autres prenaient leurs jambes à leur cou.

Que s'était-il passé par la suite? Real restait vague, avouant seulement qu'Ilionor l'avait obligé à piller des épiceries, des boutiques et des commerces de toutes sortes. Comment l'adolescent s'y était-il pris? Quel pouvoir avait-il eu sur son fils? Chaque fois que Gabriella avait tenté d'en savoir plus, Real s'était fermé à l'instar d'une huître et il avait revêtu cette expression dure qu'elle ne lui avait jamais vue auparavant. Comment était-il parvenu à échapper à cet Ilionor? Invariablement, quand Gabriella avait posé la question, son fils avait jeté un coup d'œil subreptice sur ses mains et une lueur de triomphe avait momentanément animé ses traits. Ses lèvres s'étaient contractées en un rictus troublant. Puis son visage était devenu de pierre. Elle avait donc cessé de le questionner.

Gabriella se tut. Jo'no restait figé sur sa chaise qui ne grinçait plus depuis longtemps. C'est ainsi que le père

Gilman les trouva, mère et fils, assis côte à côte, en silence. Il monta les trois marches, se pencha sur sa femme et l'embrassa sur le front. Elle leva la main et lui caressa la joue. Ce témoignage d'amour remua profondément Jo'no et le tira de l'atmosphère de tristesse où l'avait plongé le récit de la tragédie de son frère. Il fut soudain conscient de la douceur de la nuit. Sa mère qu'il aimait tant était en sécurité. Et Real... «Il n'est pas encore... perdu. Au fond, c'est un bon garçon.» C'était son frère qui avait maintenant besoin de lui. Il déclara tout de go :

— Je vais demander à Patrice et à madame Normande si je peux ramener Real avec moi au Canada.

∾

Jo'no passa l'été à renouer avec sa famille. Après que ses hôtes eurent accepté d'accueillir son frère au Canada, ce qui se fit en un temps record par courriel, il présenta une requête de passeport et de visa pour Real avec l'aide du père Gilman. Sous la recommandation de sa marraine qui connaissait maintenant les nombreuses exigences d'une telle démarche, il s'entendit avec sa mère et le bon père pour garder l'affaire secrète afin de ne pas créer de faux espoirs chez son frère. Une semaine avant la date prévue de son retour, ses efforts furent récompensés. Il détenait tous les documents requis en main.

Il s'apprêtait à annoncer la nouvelle à Real quand celui-ci vint lui quémander de l'argent pour s'acheter un anneau de *piercing*. Jo'no lui proposa plutôt son projet de parrainage. De prime abord, Real ne le crut pas. Il présuma qu'il s'agissait d'une ruse pour le détourner de son intention. Ce grand frère si longtemps absent désapprouvait tout : ses amis, ses activités, ses vêtements, ses tatouages et, manifestement, les *piercings*. Qui plus est, voilà qu'il se moquait de lui! Aller au Canada? Lui? Un rêve fou, impossible! Il jura à haute voix et tourna le dos, prêt à filer, quand Jo'no réitéra sa proposition. Se pouvait-il vraiment que…?

Le garçon se permit un minuscule filet d'espoir. Un infime centavo d'optimisme. Pas plus. Depuis le séisme, il avait appris à ne pas faire confiance. Il dévisageait Jo'no, secouant la tête de gauche à droite pendant que, malgré sa volonté, son torse se dilatait comme soufflé par une pompe à ballon. Son grand frère attendait, un sourire engageant aux lèvres. Si c'était vrai…

— Alors? Allez! Qu'en dis-tu? Regarde.

Jo'no sortit le passeport de sa poche et le lui mit sous le nez. Jubilant, le garçon de onze ans leva les deux mains pour un double *high five*.

∿

Il ne restait donc à Jo'no qu'un projet à mettre à exécution avant son retour. Une intention qu'il avait remise tout l'été sans savoir pourquoi. Sa visite à Panfosa. Deux jours avant son départ, il s'y rendit avec sa famille et le père Gilman, accompagné de plusieurs paroissiens. Les habitants du *batey* l'accueillirent avec joie. Tous voulaient lui parler. On avait mille questions à poser. Lorsqu'il s'informa de Luis, on lui répondit avec force sous-entendus qu'il avait disparu depuis quelques mois. Personne n'en avait réentendu parler. Jo'no ne put déterminer s'il était déçu ou soulagé.

Il eut beau ouvrir tout grands les yeux afin de voir avec son regard pré-départ, ceux-ci, indépendants de sa volonté, persistèrent à lui présenter l'emplacement sous sa perspective actuelle. Une sensation floue et insolite qui lui rappela la première fois qu'il avait utilisé les jumelles de Patrice. Ce dernier lui avait montré comment régler l'écartement pupillaire des deux tubes et tourner la molette centrale pour faire la mise au point et obtenir un champ visuel clair et défini. Malgré ses efforts, il ne parvint pas à éliminer la distorsion déconcertante entre le passé et le présent.

L'endroit lui sembla plus petit que dans ses souvenirs. Et infiniment plus misérable. Il avait oublié les chiens galeux qui fourrageaient dans les rebuts et les nuées de mouches qu'il fallait constamment chasser de la main. Il fut frappé par la malpropreté des lieux et l'odeur repoussante des latrines à ciel ouvert. Il avait également oublié les tristes taudis, les poules maigres qui picoraient sans entrain tout comme les cordes à linge sur lesquelles pendaient de lamentables lambeaux. Les conditions s'étaient-elles détériorées ou avaient-elles toujours été ainsi?

La clairière au bout de la piste où il avait vécu était en voie de disparition, envahie par une végétation vorace. De la maisonnette, il ne restait que quelques morceaux de bois carbonisé encore visibles parmi les herbes folles. Il déambula seul autour du périmètre, se remémorant son ardent désir de voir de la neige. Il se rappela l'enfant sérieux qu'il était, les circonstances de la naissance d'Henri, les visites du père Gilman. Il s'arrêta à l'endroit où sa mère faisait l'école, ému par ses souvenirs. Puis, il reprit sa marche et rejoignit les siens. Cette partie de sa vie était finie. Grâce à sa marraine, il avait pu quitter cet environnement et aller au-delà de cette existence minable, contraignante et asservissante. L'avenir l'attendait. L'avenir l'appelait.

À la fin du mois d'août, il monta dans le Boeing avec Real. Il se tourna une dernière fois pour saluer sa mère, sa sœur et le père Gilman, puis il poussa résolument son frère émerveillé devant lui. Il reviendrait dans quelques courtes années, nanti de brevets qui, il le croyait dur comme fer, lui permettraient d'améliorer le sort de ses compatriotes.

Sites Web pour lecteurs et lectrices qui souhaitent en connaître davantage

Comité québécois pour la reconnaissance des droits de travailleurs haïtiens en République dominicaine (CQRDTHRD)
Organisme à but non lucratif dont les principaux objectifs sont la promotion, la protection et la défense des droits des travailleurs haïtiens en République dominicaine. www.esclavagemoderne.ca

Sonia Pierre
Militante née en République dominicaine de parents haïtiens, Sonia Pierre a combattu pour l'obtention de droits pour les émigrés haïtiens. fr.wikipedia.org/wiki/Sonia_Pierre

Céline Anaya Gautier
Photographe et auteure, Céline Anaya Gautier a dénoncé les conditions d'esclavage des coupeurs de canne à sucre haïtiens dans les plantations dominicaines. www.celineanayagautier.com

Pour visionner son exposition intitulée *Esclaves au Paradis*: www.sucre-ethique.org/Diaporama-Esclaves-au-Paradis

Pour voir la vidéo intitulée *Les esclaves de la « zafra »* :
www.courrierinternational.com/article/2005/12/01/
les-esclaves-de-la-zafra

Habitat de l'ours polaire
Centre de sauvetage et de réadaptation des ours polaires à
Cochrane, Ontario. www.polarbearhabitat.ca

Nishnawbe-Aski Police Service
Service de police des Premières Nations. www.naps.ca

TABLE DES MATIÈRES

1	11
2	15
3	19
4	23
5	27
6	31
7	35
8	39
9	41
10	47
11	51
12	59
13	65
14	71
15	77
16	79
17	83
18	87
19	95
20	99
21	105
22	107

23 113
24 125
25 127
26 131
27 135
28 141
29 149
30 151
31 155
32 157
33 161
34 163
35 171
36 175
37 179
38 183
39 189
40 195
41 201
42 207
43 215
44 221
45 227
46 231
47 237
48 243
49 249
50 253
51 257
52 263
53 267
54 271
55 275

56 277
57 283
58 287
59 295
60 299
61 303
62 309
63 313
64 317
65 321
66 325
67 333
68 341

Les Éditions L'Interligne
261, chemin de Montréal, bureau 310
Ottawa (Ontario) K1L 8C7
Tél.: 613 748-0850 / Téléc.: 613 748-0852
Adresse courriel: communication@interligne.ca
www.interligne.ca

Directrice de collection: Michèle Matteau

Œuvre de la page couverture: Suzanne Richard
Graphisme: Estelle de la Chevrotière Bova
Melissa Casavant-Nadon
Correction des épreuves: Jacques Côté
Distribution: Diffusion Prologue inc.

Les Éditions L'Interligne bénéficient de l'appui financier du Conseil des Arts du Canada, de la Ville d'Ottawa, du Conseil des arts de l'Ontario et de la Fondation Trillium de l'Ontario. Nous reconnaissons l'aide financière du gouvernement du Canada par l'entremise du Fonds du livre du Canada (FLC) pour nos activités d'édition.

Les Éditions L'Interligne sont membres du Regroupement des éditeurs canadiens-français (RÉCF).

RECYCLÉ
Papier fait à partir
de matériaux recyclés
FSC® C103567

Marquis imprimeur inc.

Québec, Canada
2012

Imprimé sur du papier Silva Enviro 100% postconsommation
traité sans chlore, accrédité ÉcoLogo et fait à partir de biogaz.

Ce livre est publié aux Éditions L'Interligne à Ottawa
(Ontario), Canada. Il est composé en caractères Minion
Pro, corps douze, et a été achevé d'imprimer sur du papier
Enviro 100 % recyclé par les presses Marquis imprimeur
(Québec), 2012.